# 火城

高橋克彦

角川文庫 12222

# 目次

# 切り火

## 一

泣く、ということはひとつの才能である。

女や子供ならともかく、今の世にあっても男の涙は人に軟弱な印象を与える。武士の世ではなおさらだった。たとえ親や子が死んでも、男は決して涙を見せるものではないと厳しく教育されている。それは日本すべての藩内においてそうだったであろう。ましてや、武士道とは死ぬこととみつけたり、の決然とした一言から説かれる『葉隠《はがくれ》』を家訓とした肥前佐賀藩ではもっと徹底していたはずだ。

涙は武士にあるまじきものだった。

なのに――

この男はしばしば泣いた。

うっすらと涙をにじませる、という程度の泣き方ではない。人目もはばからず、手放しで号泣した。ときには畳に額を擦りつけて痩《や》せた身をよじった。鼻水を激しく啜《すす》りあげた。

直立不動のまま溢《あふ》れる涙を床に滴らせた。

だれも泣かない時代にあって、その涙は奇異というより、較べることのない優しさや真《しん》摯《し》さと映った。もとより、この男とてわざと涙を流して見せたのではない。だが、それで人の信頼を得ることが多かったのだから、やはり才能と言っていい。この男が泣きはじめると、周囲の者たちは、
またか――

と閉口しながらも、やがてはその見事な泣きぶりに心を揺さぶられた。

この男ほど、資料や伝記の中に頻繁と涙の痕跡《こんせき》を残した人間はいない。特に、維新を乗り越え、名を成した後年では、辛苦の昔日を思い起こしてか、よく泣いた。話が藩主であった鍋島閑叟《なべしまかんそう》公の思い出に及ぶと、はたから見ても面白いように涙を零《おと》した。そろそろお泣きなさる、と聞き手は苦笑を押し隠して互いの袖《そで》を引き合ったと言う。

老年こそ柔和さが勝つようになったが、若い頃は決して涙の似合う顔ではなかった。額の秀でた怜悧《れいり》な顔立ちで、どちらかと言うと狡猾《こうかつ》な印象を人に与えた。黒い目の奥から発せられる人を射るような鋭い輝きと、薄い唇に漂う容赦なさが、この男の第一印象である。獣にたとえるなら狐であろうか。だからこそ涙が武器となった。この男の涙には道理や思想までをも簡単に覆す力があった。泣きながら熱弁を奮う。相手はたじたじとなってこの男の意見を呑《の》む。そういうことが、この男の人生にはたびたびとあった。

男の名は佐野栄寿《えいじゅ》、後の常民《つねたみ》。

日本赤十字社の生みの親である。

二

〈またか──〉

平伏している佐野栄寿の、揃《そろ》えた手の甲にぽたぽたと落ちる涙を認めて師の伊東玄朴《いとうげんぼく》は苦虫を嚙《か》み殺した。

嘉永三年（一八五〇）冬。場所は江戸下谷《したや》御徒町《おかちまち》、蘭医《らんい》伊東玄朴の経営する「象先堂《しょうせんどう》」。その一番奥まった玄朴の私室。と言っても、大工《だいく》遠州屋周蔵に頼み、いっさいの壁をなくし、すべてを障子で仕切ったこの塾に、佐野の嗚咽《おえつ》を隠す障害はなにひとつない。今頃は多くの塾生ばかりか、患者たちもこの部屋の動向に耳をそばだてているだろう。佐野は象先堂の塾頭なのだ。頭脳も優秀だが、佐野はまた伊東玄朴と縁の深い佐賀藩よりお預かりとも言える大事な人物であった。

佐野の旧姓は下村。佐賀藩士下村三郎左衛門の五男として城下より少し離れた早津江《はやつえ》に生まれた。十一歳の折りに親戚《しんせき》である佐野常徴《つねみ》の家と養子縁組を結ばされた。佐野常徴は佐賀藩主の侍医である。

これによって栄寿は、武士から医者の道へと針路を変えさせられたが、栄寿が養子となって二年が過ぎた天保五年（一八三四）、佐賀の城に隠居していた元藩主鍋島斉直《なりなお》の江戸移転にともない養父佐野常徴に江戸詰めの命が下った。

しかし栄寿は江戸への同行を許されず、そのまま一人佐賀に残り、藩校の弘道館《こうどうかん》で勉学を続けた。栄寿の明晰《めいせき》さは弘道館でも群を抜いていた。弘道館には外生と内生の制度がある。自宅から通う者を外生と呼び、館内に寄宿して学ぶ特待生を内生と言った。この内生に栄寿は十四歳で許可された。養父母が江戸詰めで藩内にいないという事情もあったのだろうが、十六歳以上にならなければなかなか認められなかった内生に十四の若年で進んだという評判は藩内に大いに知れわたった。

その十六になって栄寿は江戸に向かい、養父母の家に入る。江戸では佐賀出身の儒学者古賀《こが》侗庵《とうあん》の塾に学び、そこでも詩文などで天才を示した。が江戸に出てわずか二年目の天保十年、鍋島斉直の逝去により、用を果たした佐野常徴は国許《くにもと》に戻ることとなった。栄寿も養父とともにふたたび佐賀に帰った。

国に戻って栄寿は本格的に医学の勉強をはじめる。たった二年そこそこで彼は医師として一家を構えるまでになった。おそるべき優秀さと言える。二十歳でやはり佐野家に栄寿より早く養女となっていた駒子と結婚した。藩医の後継者として将来にも不安はなく、不自由のない暮らしぶりだった。それが二十五歳になって急変する。藩主鍋島直正《なおまさ》（後に閑叟と号す）によって京都への留学を命じられたのだ。

目的は蘭学の習得である。

代々長崎の警備を任されていた佐賀藩には外国の情報が他藩とは比較にならぬほど多く流入し、藩主の直正は、科学技術の導入こそが来たるべき新時代を先導するものだと見抜いていた。ただ外国の武器を買っているだけでは軍の一部を増強するに過ぎない。全体を洋式化するには、ぜひとも藩内にてすべてを調達する他にない。それには技術者の養成が必要となる。その結論に達した直正は、藩内から優秀な人材を選び、京都、長崎、大坂、江戸へと莫大《ばくだい》な藩費を投じて送り込んでいた。

栄寿もこの命に喜んで応じた。

京に上がった栄寿は、当時、江戸で三大蘭学者の一人と名の高い坪井《つぼい》信道《しんどう》門下の鬼才、広瀬元恭《ひろせげんきょう》に就いて蘭語と化学を学んだ。そこを二年で習得し、次いで大坂に出向くと、今度は、やはり坪井信道門下の筆頭と誉れの高い緒方洪庵《おがたこうあん》の指導する適塾《てきじゅく》に入り、また二年の歳月を費やした。このときの仲間に大村益次郎《ますじろう》がいる。

あしかけ四年を蘭学に打ち込んだ栄寿に国許より新たな命が下された。江戸に赴き、坪井信道と並ぶ伊東玄朴の塾に学べとの指図である。

伊東は佐賀の出身で、早くから蘭学に目覚め、長崎にてシーボルトの門人となった人物だった。佐賀出身とは言え、武士とは違って民間の出だが、そのシーボルトが原因で藩に抱えられることとなった不思議な運を持っている。例のシーボルト事件の重要関係者として嫌疑を受けたのだ。しかも江戸から長崎のシーボルトに日本地図を届けたという重大な嫌疑である。当の玄朴は預けられた荷物の中身を知らず、ただ運んだに過ぎなかったが、それを耳にした佐賀藩は青ざめた。国禁を破った罪は重い。たとえ民間の者と言っても、佐賀の出身となればどんなとばっちりを食うか知れたものではない。頭を悩ませた末に、藩は玄朴を召し抱えることに決めた。シーボルト事件を取り扱っているのは町奉行所だ。町奉行所には士分を捕縛する権限はない。それは目付の管轄となる。とすれば最低、逮捕は免れるとの判断から生まれた奇策だったが、この策が見事に当たった。もともと荷物の中身を知らなかった玄朴はよどみなく調べに応じ、お構いなし、の判決を得た。シーボルトの門下生で罪を受けなかったのは、実に玄朴ただ一人だった。ただし、お咎《とが》めがなかったからと言って、藩も玄朴の士分を破棄にはできない。奉行所にはっきり佐賀藩士と届けたのだ。玄朴はそのまま藩医に据えられた。隠れもない実力があってこその結果なのだが、運もある。以降、玄朴は佐賀藩のために洋書の翻訳も手掛けることとなった。

栄寿には、その玄朴の手助けをして洋書の翻訳をせよ、との直命である。

栄寿にも異存はない。広瀬元恭に学び、緒方洪庵の塾に日々を過ごすうちに、栄寿は医師として立つよりも、もっと大きな使命が自分にあるのだと感じはじめていた。

そうして嘉永三年（一八五〇）、栄寿は二十九という年齢でふたたび江戸に出た。

形の上では玄朴の門下生だが、同郷の上にすでに医学と蘭語、化学を修めた人間である。それに年齢も高い。玄朴は子飼いの弟子たちよりも栄寿を丁重に遇した。それどころか数カ月もしないうちに栄寿を塾頭にした。

これでは塾内に反発が起きても仕方がない。また、貧困な中で勉学にいそしむ塾生も多かった。彼らの目には栄寿が憎らしく映った。生活費のほとんどは佐賀藩御用達の薬問屋が面倒を見、その他に藩より年間三十六両もの金が栄寿には下される。月にならせば三両。

とてつもない大金だ。現在に換算するとおよそ四十万円近い。食費を切り詰め、灯油代にまわしていた塾生たちには鼻持ちならない男と見えたに違いない。

栄寿が裕福だったエピソードがひとつ伝わっている。適塾時代のことらしい。蘭学を学ぶには、なによりも辞書が必要だ。塾には全二十一巻にも及ぶ『ズーフ・ハルマ』が揃《そろ》っていた。公刊本はなかったから、塾生の皆が争ってその辞書を借りだし、睡眠時間を削って筆写した。その労苦を厭《いと》った栄寿は仲間にいくばくかの謝礼を支払い、そっくり書き写してもらったと言う。いくばくかの金と言うが、別の本には七両とある。住み込みの手伝いの年俸が二両から三両と言われた時代の七両となれば、いくばくとも言い難い。今にして百万前後の金を書き写しの謝礼に差し出したということになる。

辞書は本を読み解くための道具であって、辞書そのものはなにも生み出さない、と合理的に考えたのかも知れないが、蘭語さえ読めれば蘭学者として名を成せた時代にあっては（また、それだけの蘭学者も実際多くいたのである）辞書は他のどの本よりも貴重なものであった。けれど、蘭学の理解よりも、蘭学の実践を意図していた栄寿にとっては、確かに辞書は道具でしかなかった。蘭語を自由に操れるようになるのが栄寿の本来の目的ではない。自分の語学力が足りなければ別の人間がそれを正しく読めばいい。中になにが書いてあって、それが佐賀藩の将来にどう役立つか、こそが栄寿の一番の関心だった。あれこれと言葉の意味を考えている余裕は栄寿になく、また佐賀藩にもなかった。

だから栄寿は語学を苦手とした、かと言うと実は反対だ。玄朴の門に入って間もなく、栄寿は玄朴の代わりに藩へ送る洋書の翻訳を多く手掛けている。

金があって才能もある。こういう男はたいてい嫌われる。ましてや他の塾生が学問の基礎に置く辞書への崇敬《すうけい》もない。象先堂に波紋が生じたのも当たり前であった。

三

〈困ったものだ……〉

玄朴は自分の栄寿に対する激しい叱責《しっせき》を期待しているであろう弟子たちを想像して本当に困った顔をした。薄い障子の向こうには、聞き耳を立てている気配がはっきりと分かる。

「あなたは——」

と玄朴は意を決して言った。藩お預かり扱いとは言え、五十歳の師が二十も年齢の異なる弟子に用いるにしては丁寧な口調である。

「ご自分のなされたことの意味がお分かりか」

栄寿はそれに応《こた》えず、ただ泣いた。

「泣いては済みますまい」

ほとほと困惑した顔で玄朴は逆に訴えた。

「泣きたいのはこちらにござる」

「これほどの大事……泣く以外には。弁解など許されぬのはとうに承知しております」

栄寿は濡《ぬ》れた顔を上げた。

〈よくもまあ……〉

玄朴は叱責も忘れて苦笑した。なぜ大の男がこうも衒《てら》いもなく涙を零《おと》せるものか。

「理由をお聞かせなされ」

玄朴は溜《た》め息とともに質《ただ》した。

他の弟子からの報告で、何日も前から書庫に揃えてあった『ズーフ・ハルマ』が一冊残らず紛失していることが判明したのだ。最初は盗難かと慌てたが、いろいろと調べていくうち、こともあろうに塾頭の栄寿がこっそりと持ち出し、質入れしたらしいと分かった。

塾内は騒然となった、栄寿への日頃の不満が爆発したのである。常に栄寿の才能を認め、庇《かば》い続けてきた玄朴も、さすがにこの一件に関しては途方に暮れた。弟子たちは栄寿を塾から追い出すと息巻いている。学者の魂にも等しい辞書を質入れするなど、学者にあらず。また人にもあらず。そういう弟子たちをなんとか鎮めて、外出から戻った栄寿を自室に呼び寄せたのだが……その理由を薄々と察していたと見えて、栄寿は「ハルマのことだが」と一言口にした玄朴を前にして泣きはじめたのだった。

「書庫の辞書を持ち出し、質入れするなど、よほどのことでありましょう。あなたの常に申されるごとく、辞書は道具に過ぎぬかも知れませぬ。事情によっては私とて考えぬではない。正直にお話し下され」

「できませぬ」

そう言って栄寿ははらはらと落涙した。

「できぬ、とは男らしくもない」

「男ゆえ、できぬと解して下さい」

「それでは門人たちに示しがつきませぬ」

玄朴はそこを声高に伝えた。

「して……いかほどで質入れいたしたのか」

「三十両にござる」

障子の外でざわめきがあった。

常軌を逸した金額である。いかに貴重な辞書といえども三十両では簡単に請け出すことのできない破格の値だった。質屋にしても、よくそれだけの値をつけたものだ。今に直せば四百万。それなら丁寧な写本を買い揃えることもできそうな金額だ。

「どうなさるおつもりであった？」

玄朴はその途方のなさにむしろ苦笑した。

「失礼だが、藩におすがりするつもりか？」

「藩とは無縁にござる」

「それでは金子《きんす》の工面もむずかしかろう」

「…………」

「滅多に使わぬものならともかく……ハルマとは、思い切ったことをなされた」

「たった今までも金策に」

うっ、と栄寿は肩を震わせた。

「泣くのはお止めなされ」

玄朴は叱《しか》った。

「あなたの面目にも関わりますぞ」

「大恩ある玄朴先生までも欺き、もはや手前に面目などありませぬ」

栄寿は大声で泣いた。

「困ったお人じゃ……これでは話もかなわぬ」

「………」

「お屋敷にご報告せねばなりませぬな」

玄朴が言うと栄寿はキッと顔を上げた。

「無理をすれば明日にもハルマを取り戻すことができましょう。あなたのお言葉によっては金子を私が用立てたことにして差し上げようとも考えておりました。しかし、三十両の大金といい、肝腎《かんじん》の質入れした理由もお話し下さらぬでは、いかに私が見込んだ塾頭とて……多くの門人たちへの示しもつきませぬ」

「子の喧嘩《けんか》に親を持ち出しまするか……」

栄寿の言葉に玄朴は呆《あき》れた。

「それとこれとは違いますぞ」

「私とて男子にござる。なにゆえ私だけの責任で済ましてはいただけませぬので」

「さ……それはあなたが」

玄朴は絶句した。

「藩の公金を流用したとあれば、藩のご処置を受けるにやぶさかではありませぬ。されど当家のハルマは藩のものにあらず。それを質入れしたとて藩とは無縁にござります。言わば私事。用立てした金とて藩とは関わりなく、私が私用に費やしたこと。藩にいっさいの落ち度なきは明白。ご報告されれば、藩もただ迷惑と感じるのみにござる」

「いや、そういうことを申しておるわけでは」

「このこと世に聞こえれば、藩の面目すら立ちませぬ。私は構わぬ。が、藩までもが荷担して質入れしたと噂《うわさ》が世に広まれば……」

栄寿は拳《こぶし》を握ってわなわなと震えた。

「とは大袈裟《おおげさ》にござろう」

「では塾の方々が江戸中に残らず触れ歩いて下さりますか。質入れは佐野一人の仕業《しわざ》にて、佐賀藩とはいっさい関わりがなきことと」

栄寿は大声で言った。

「そこまで藩のためを思うあなたが……なぜに今度のような不始末を」

「藩とは無縁のことゆえ……」

それきり栄寿は頭を下げた。

「では……破門の他にありますまい」

「ならば、玄朴先生のお命いただきます」

「なんと！」

「男子たるもの、破門されておめおめと生きながらえられるとお思いでござるか。ただ蘭《らん》語《ご》を口にするだけの師なれば、こちらから願っても破門をお許しいただきます。世もそれを認めるでありましょう。されど玄朴先生は我が国随一のお方なれば、そしられるのは我が身一人と決まっております。この塾を破門されて私の道はもはやありませぬ。京、大坂ばかりか、故郷の佐賀にても象先堂より見捨てられたうつけと嘲笑《ちょうしょう》されるは必定。それではお国のためには働けませぬ。仮に生きながらえたとて、この栄寿の生涯に破門のこと必ずついてまわります」

その言葉と同時に障子に手をかける音が聞こえた。玄朴は叫んでそれを抑えた。

「罪の大事さはこの栄寿重々に心得おります。ここで何万言を費やしたとてお許しいただけるものにはござらぬ。なれば……心苦しくも玄朴先生をこの手にかけ、私もそのまま腹を切って果てる他に道はありませぬ。それなら狂気で済みます。破門の後に一人腹切っては藩にも家名にも傷がつき申す」

呆れた理屈であった。

自分の犯した罪の釈明をしないばかりか、藩にも伝えるな、破門にするなら師であろうと斬《き》る、と言うのである。それが冗談でもなさそうなのは、涙が示していた。

「玄朴先生はこの日本にとって大切なお方。こちらの苦衷もお察し下さりませ」

「困ったお人じゃな」

　玄朴はおなじ言葉を繰り返すと、

「あい分かり申した。お屋敷には申さぬ。破門も取り消しましょう。私とて無駄に死にたくはありませぬ。じゃが、このまま当塾にはおられませぬぞ。決してあなたのお名前に傷がつくようにはせぬが……なんらかの罰は与えねばなりませぬ。金子は明日にでもお渡し申す。ハルマを引き取ってきて下され。ハルマさえ戻れば、あとは私とあなたとのこと。それで問題は解決いたしましたな」

　むしろ障子の外に向けて念を押した。

「これで涙をお拭《ふ》きなさい」

　玄朴は懐から懐紙を抜いて渡した。

「お気持は察するが、いかにも見苦しい」

　障子の外で小さな笑いが起きた。

　栄寿は立ち上がると障子を開けた。一間《いっけん》隔てた障子に何人かの影が映っている。栄寿は走ると、その障子を開いた。

「皆様方、この通りにござる」

　ぼろぼろと涙を見せて栄寿は廊下に平伏した。塾生たちは互いの顔を見合わせた。

「この涙に免じて、このこと、決して外には漏らして下さるな。一生の願いじゃ」

「佐野さん」

一人が余裕を浮かべて声をかけた。

「ハルマさえ戻れば文句はありませんよ。我々は学問の徒です。手を上げて下さい」

そうだ、と別の塾生たちも頷《うなず》いた。

〈不思議な男よな……〉

遠くから窺《うかが》っていた玄朴は微苦笑をした。本来ならば叩《たた》き出されて当たり前の男である。なのに、師である自分の生温《なまぬる》い処置にも塾生たちは文句を言わぬどころか、逆にこれまでの反目を忘れたかのように処している。師であろうと殺す、と口にした佐野栄寿の覚悟にあるいは恐れを抱いたのかも知れない。そういう男の涙を見ればだれでも心が動く。

〈この男……佐賀を救うやも知れぬな〉

学問や思想によってではなく、この涙でだ。

四

次の日の午後。

玄朴と栄寿は上野の茶屋に向き合っていた。

「あなたにはご迷惑をおかけいたした」

玄朴は栄寿に深々と頭を下げた。

「ご迷惑などと……ご恩に報いただけです」

栄寿は照れた笑いで玄朴の肩を支えた。

「私が密《ひそ》かに工面すればよいものを……生涯返せない借りを作ってしまいましたぞ」

「長英殿《ちようえい》については――」

うっかりと口にして栄寿は襖《ふすま》の外に聞き耳を立てた。今の時期に高野長英の名を出すことは危険であった。過ぎた十月晦日《みそか》、酸で顔を焼き青山百人町に潜居していた高野長英がついに捕り方に包囲され自刃《じじん》して果てたのである。天保十年（一八三九）五月、いわゆる「蛮社《ばんしゃ》の獄《ごく》」によって渡辺崋山《わたなべかざん》とともに捕縛され、六年を牢《ろう》に過ごしたのち、弘化元年（一八四四）に脱獄。それより数えて実に六年の逃亡生活の末であった。

「我らおなじ学問を選びし者の務め。お救い申すのも当たり前にございます」

「済まぬ。お陰であなたの立場が危うくなりました。腑甲斐《ふがい》無い師とお笑い下され」

「そのことはともかく、あの金子が役立たずに終わりましたのが残念にございます」

「長英殿とは長崎の鳴滝塾《なるたきじゆく》以来の同志。最後に私の気持を示すことができただけで満足じゃ。あの方も分かって下さったに相違ない。これまで何度となくあの方のお頼みを心ならずも拒み通しました。これもお家にご迷惑をかけてはならぬとの一心でござったが……我が身を思うての詭弁《きべん》であったかも知れぬ。家族や門人たちを思えばそれもできなかった。しかし、これで悔いはござらぬ」

玄朴はふたたび頭を下げて礼を言った。

「すべては私の放蕩《ほうとう》のしでかしたこと。まさか長英殿へお渡しした金子とは塾生ばかりか奥様もご承知なきことにござれば……ご安心下され。佐野栄寿、この秘密、生涯をかけてお守り申します」

「春になればあなたに藩よりご下命が下されましょう。江戸での留学を終え、帰藩せよと。理由はいっさい触れられぬはずであるが……あるいは噂が流れるやも知れませぬ」

「もとより覚悟の上にございます。ただし、噂などは所詮《しょせん》噂。それに負ける私では……」

「できるご助成ならいくらでも」

「ならば、京の広瀬元恭先生に文をお出しいただけませんでしょうか」

「広瀬殿に？」

玄朴は怪訝《けげん》な顔で質《ただ》した。

「この噂……特に蘭学を学ぶ人々には真っ先に伝わり申す。それもどうでも構わぬことにございますが、ただお一人、広瀬元恭先生にだけは誤解をなくしていただきたいので」

「あなたは門下でありましたな」

「そのような私事ではありませぬ」

栄寿は静かに首を振った。

「帰藩の途中に京に立ち寄る所存です。ぜひとも広瀬先生にお願いのすじがありまして。そのときに、悪い噂を広瀬先生が信じておられたら、私の願いなどまともに受け取っては下さいませんでしょう。どういう理由でも構いません。栄寿の噂は嘘《うそ》だとお伝え願えれば」

栄寿は真剣な目で玄朴に訴えた。

「お家でも承知のことですか？」

「これも私の一存」

「噂が嘘であるのは私が承知じゃ。分かりました。広瀬殿にははっきりと伝えましょう。安心して会われるがよろしい」

ははっ、と栄寿は両手を揃えた。

「もっとも、私の手紙などより、あなたの涙のほうをご信用なさると思いますがな」

玄朴はそう言って何度も首を振った。

## 五

高野長英の潜居や逃亡に関して、ともに長崎鳴滝塾でシーボルトに就いて学んだ伊東玄朴が、密かにでも手助けをしたという資料はいっさい残されていない。ましてや佐野栄寿の象先堂追放の一件までもが長英に端を発していたなどとは、すべて私の想像に過ぎない。しかし、そうとでも考えない限り、塾を追放された直後の栄寿の鮮やかな働きはとうてい首肯できないことである。

いくつかの伝記を読むと、栄寿は『ズーフ・ハルマ』質入れのことで破門を言い渡した師の伊東玄朴に対し、ならば殺す、と刀に手を掛け、危うく破門という不名誉だけはまぬがれた、とある。だが、それが原因で象先堂には居られなくなり、佐賀藩の下命を待って江戸を去り、新たな勉学のため長崎に向から途中で起死回生の奇策を案じて京都に立ち寄った、と、いかにも幕末・明治の英傑にふさわしいエピソードとして説かれているのだが、冷静に考えれば、あまりにも不自然な話であろう。

そもそも、栄寿がなんの目的で『ズーフ・ハルマ』を、しかも三十両（現在の四百万円近く）という大金で質入れしたかが、まったく解明されていない。学資に窮したとか、志士きどりで会合の費用を負担していたのだとか、いかにもそれらしい憶測は記載されているものの、どちらも当時の栄寿の情況からは有り得ない説に思える。学資は余るほど藩より支給されていた。入塾中の生活費は全額、その他に年間三十六両が研究の補助金として栄寿に渡されていたのである。象先堂に学ぶ多くの生徒たちが灯明の油代にさえ事欠いていたのを考えると、これで学資に窮したなど贅沢《ぜいたく》の極みだ。また、栄寿は藩から命じられた留学生という立場で、自身が願った入門とは異なる。本当に必要な学資なら藩に用立ててもらえたはずだし、栄寿とて玄朴にきちんと理由を説明したであろう。

一方、志士きどり云々《うんぬん》も、幕末という時代を好意的に解釈した推測としか思えない。佐賀藩は明治の直前に至るまで他藩との交流を厳重に禁止していた。いわゆる二重鎖国と呼ばれる政策だ。参勤交代など、やむをえない事情を除いて佐賀の人間が藩外に出ることはご法度《はっと》で、その反対もまた同様だった。これには藩の財政立て直しのひとつとして密貿易を行なっている事実を幕府に悟らせないための理由も大きかったが、藩主鍋島閑叟の自負も加わっている。勤皇だ攘夷《じょうい》だと揺れ動く幕末の時期にあって閑叟は佐賀藩の人間が他藩の者と交わる必要を少しも認めなかった。いや、逆に交わることのマイナスを閑叟は本気で案じていた。閑叟のもっとも嫌悪したのは、力の裏付けのない理論を振りかざす攘夷論者であった。口先だけはなんとでも言える。しかし、満足な武器も持たず、夷狄《いてき》の力も知らぬ人間が、ただただ幕政を批判し、天皇を崇《あが》めても無意味なだけである。それは外国船の頻繁に出入りする長崎警護に携わっている現実から閑叟が得たものだった。大砲ひとつにしても我が国のものは沖合に停泊する外国船に弾が届かない。なのに彼らは船上からやすやすと町を破壊できる。現状で攘夷などとは途方もない空論だと閑叟は解していた。

科学は思想に勝る、とこの時代にあって明確に意識していたのは佐賀の鍋島閑叟を除けば、わずかに薩摩《さつま》の島津斉彬《しまづなりあきら》一人ぐらいのものだったであろう。だが、栄寿ら佐賀の若い才能たちが閑叟の命を受けて科学技術の習得に血道をあげていた嘉永年間の初め、斉彬はまだ薩摩の藩主となっていない。斉彬が藩主となったのは嘉永四年（一八五一）。つまり栄寿の象先堂追放事件のあった翌年のことである。その五、六年も前から閑叟は日本の生き延びる道は科学技術の導入にあると看破していた。その理屈も分からぬ他藩と交わっても、いたずらに無駄な時間を費やすだけなのだ。そんな暇があるなら一門でも多く大砲を鋳造し、一隻でも多く軍艦を新造すべきだと閑叟は信じた。机上の空論にも等しい攘夷論者を閑叟は激しく嫌い、尊王はともかく、攘夷思想に自藩の人間が傾倒するのを危ぶんだ。それが佐賀藩の二重鎖国政策を生み出した。幕府は一藩の軍事の増強も認めていない。どんな理屈をつけようと、佐賀藩が軍事の増大を図れば誤解を招く。そのためには一人たりとも外の人間を佐賀に入れてはならない。と同時に佐賀の人間が外の空気に触れて、攘夷思想というやっかいな菌にかぶれても困るのである。

栄寿とて例外ではなかった。

才を見込まれての江戸留学生なのだ。

その栄寿が藩の方針を破り、志士きどりで有象無象《うぞうむぞう》の攘夷論者などを接待するわけがない。佐賀藩とて、他藩の人間と親しく接する留学生には当然目を光らせている。もし栄寿にそうした噂でもあれば、真っ先に糾弾する。曖昧《あいまい》に見逃すなど絶対にしなかったはずだ。

維新直前ならまだしも、明治に二十年近くも間がある嘉永三年の時点では、佐賀の人間が志士と交わることなど有り得なかった。あったとしたなら江藤新平《えとうしんぺい》のように必ず閉門蟄居《ちっきょ》を命じられていただろう。

では、なぜ伝記作者が学資に窮したとか、志士きどりで饗応《きょうおう》したなどという苦しい憶測を並べ立てたのか？　結局、佐野栄寿自身がハルマ質入れに関して生涯沈黙を守り通したからに他ならない。

三十両の不正横領は大問題である。

なのに栄寿は藩より叱責《しっせき》も受けていなければ、被害にあった伊東玄朴すら寛大な処置をこうじた。いかに大事な留学生といえども女性問題とか賭《か》け事が理由ならこうはいかない。自然と学資や志士への援助ではなかったかと想像が働く。が、それも有り得ないとなれば……栄寿の沈黙が重い意味を持ちはじめる。

本間楽寛氏もこの謎《なぞ》にはほとほと手を焼いたものと見えて、昭和十八年（一九四三）に著わした『佐野常民伝』では、象先堂追放のエピソードをすっぽりと除外している。他の部分が詳細なだけにいかにも異様だ。あるいは氏は三十両を単純に女性問題と考え、日本赤十字社の生みの親である佐野常民の伝記には似つかわしくないとの判断から外したものかも知れないが、やはり異常なエピソードと言わなければならないだろう。

# 六

この謎を解かぬまま多くの伝記作者たちが栄寿の京都での行動を記述したので、ますます栄寿は奇策の人となった。象先堂追放が藩内に伝われば、もはや出世の見込みもなければ、信用も失墜する。そこで佐賀への旅の途中ですべてのマイナス札をプラスにする方法を思いついた。何年か前に学んだ広瀬元恭を頼り、そこに学ぶ優秀な人材を何人か伴って佐賀に戻る。そうすれば藩主閑叟の怒りも解けるし、佐賀藩のためにもなる。

実際に栄寿はその通りにことを運んだから、伝記に大きな間違いはない。ただ、その背後にあるものを見落としているとしか私には思えない。奇策の人、というとらえ方は決して厭《いや》な感じではなく、魅力的でさえある。しかし、栄寿のそれからの生涯を読み続けているうちに、奇策ほどこの男に似合わぬものはないと感じるようになった。彼は熱と誠意の人であって、決して博打《ばくち》にも似たやり方でことを成す性質ではなかった。十七、八の若さであれば、あるいはこうした一か八《ばち》かの行動を選ぶこともあったかも知れない。けれど栄寿はこのとき二十九歳だった。三十間近で奇策を用いられる人間であるなら、その後の生涯におなじような発想が何度か繰り返されているはずだ。なのに、私の知る限り一度として見当たらない。京都に立ち寄り、技術者を伴うことによってマイナスを一挙にプラスに転じるという考えは、栄寿の長い人生にとって最初で最後の奇策なのである。

しかも、この奇策には多大なる困難がつき纏《まと》っていた。

栄寿自身の信用のなさだ。

いかに江戸と離れた京都とはいえ、栄寿が頼みとする広瀬元恭は自分が不始末をしでかした伊東玄朴と親しい蘭学者である。ハルマの質入れ直後に江戸を離れ京都に上がったとしたら広瀬元恭も栄寿の不始末を耳にしていない可能性はあるが、栄寿が元恭を頼って寄り道したのは質入れ事件よりおよそ半年が経過してからのことだ。一〇〇パーセント耳にしていたと断言していい。そういう相手に栄寿は愛弟子《まなでし》を預からせてくれと頼みに行くのである。栄寿の気持はどうあれ、広瀬元恭がそんな男の言葉を簡単に信用するだろうか？

だからこその奇策だと人は言う。

情況はどうだったにしても、栄寿が広瀬元恭を搔《か》き口説き、技術者たちを連れ帰ったのは事実である。ここで元恭や栄寿の心理を云々《うんぬん》してもはじまらない、と。

だが、私の疑問はそこから生まれた。

三十両の使途は不明だ。象先堂追放は事実らしい。なのに栄寿は師から罰も受けない。しかも栄寿はその状態にあって藩にも相談せず勝手に京都に立ち寄り、召し抱えの確約もできないのに何人かの技術者を同行している。その上、頼りの相手はとても栄寿を信用していたとは思えない。これだけ奇妙なことが重なれば、確かに伝記から外したくもなるし奇策と言いたくもなる。

頭を悩ませながらも私はあれこれと周辺人物の伝記や資料を読み漁《あさ》った。そして閃《ひらめ》いたのが高野長英だった。

ハルマ質入れ事件は嘉永三年（一八五〇）の冬とあって、月日は明確にされていない。そこにほぼ重なるように高野長英の自刃が起きている。最初は無関係だと無視していたのだが、玄朴の伝記や広瀬元恭の江戸での師であった坪井信道の伝記に目を通していると、実にしばしば長英の名が登場してくる。ばかりか、彼らは思いがけぬくらい長英と密接な関係だった。まさに文字通りのファミリーなのである。

これには青地林宗《あおちりんそう》という蘭方医が扇の要《かなめ》となっていた。

青地林宗は四代にわたる松山藩漢方医青地快庵《かいあん》の子。弱冠《じやつかん》江戸に出て杉田玄白《すぎたげんぱく》の門下となり蘭学に目覚めた。後年、父の跡を襲い松山藩の侍医となったが、やがて本業よりも語学力を評価されるようになり、ついには松山藩の世職だった長崎探題の監察として派遣を命じられた時点で藩医を辞して野《や》に下った。彼の願いは蘭学の知識を用いて国を益することであり、語学で役人になることではなかった。その後、大坂、長崎と遊学し、ふたたび江戸に出て蘭方医として大成した。翻訳に『気海観瀾《きかいかんらん》』がある。文政十年（一八二七）に出版され、引力の解説や光の屈折、水蒸気の働きなどにも触れたこの書物は、日本に物理学をはじめて導入したものとして価値が高い。晩年は水戸の藩医として迎えられ、多くの弟子を育成した。二男六女に恵まれたが、跡を継ぐべき二男はともに夭折《ようせつ》し、女婿たちが青地林宗の意思を引き継ぎ、日本に物理学の基礎を築いた。

その筆頭が長女の粂《くめ》と一緒になった坪井信道。

次いで坪井信道の愛弟子川本幸民《かわもとこうみん》が、伊東玄朴の仲介により三女の秀子と結婚。玄朴と青地林宗は長崎時代の盟友だった。玄朴が江戸に出て開業したとき、その資金は林宗から借り受けたとされている。

続いて四女の宮子の嫁いだのが、なんと高野長英。これも鳴滝塾で同門だった玄朴の仲介と想像されるが、青地林宗も長英とは長崎で面識があった。

最後に六女の三千子が玄朴の跡目を継いだ玄晁と一緒になった。

こうして見ると高野長英と伊東玄朴、そして坪井信道の愛弟子であった広瀬元恭との密接な繋《つな》がりが明白となってくる。玄朴にとって長英は鳴滝塾の同門であるばかりか、仲人の役目を務めたこともある相手で、その上、息子の義理の兄でもある。しかも、長英の妻は大恩ある友人の娘なのだ。

一方、広瀬元恭にすれば長英は恩師坪井信道の義理の弟となり、崇拝する青地林宗の娘婿でもあった。元恭は師である坪井信道よりは林宗の影響を強く受け、医学以上に物理学を講義の中心に据えていた。

そしてこの二人の共通の弟子に佐野栄寿がいる。

# 七

ここまで分かってくると、長英の自刃の時期が栄寿のハルマ質入れ事件と奇妙に重なることが重要に思えてならない。

自刃してしまったために果たせなかったが、長英は捕り方の手が身近に及んでいるのを察知し、ふたたび江戸からの逃亡を図っていたのである。前の脱獄の際には玄朴が逃走資金を用立てた。密接な血の繋がりからも、玄朴は長英の居場所を当然知っていたと思われる。となると長英は今度も玄朴を頼ったとは想像できないだろうか。飛躍した想像ではない。長英の気持に立てば、ごく当たり前の頼みである。広い江戸にあって、長英が心より信頼できる人間は実に玄朴一人なのだ。昔からの蘭学仲間で、妻の縁者で、金にも不自由していない。

だが、頼られた玄朴としては困った。

長英に罪がないのは充分に承知している。できればいくらでも都合してやりたいところだったろう。しかし、玄朴と長英の繋がりは幕府も無論知っている。もし逃亡資金調達が噂《うわさ》にでもなれば、即座に呼び出しがくる。なんとしてでも秘密にしなければならない。弟子はおろか、家族であろうと、だ。

そうなると金の工面が面倒となる。

だれにも悟られずに纏《まと》まった逃亡資金の調達をするのは、いかに生活に困らない玄朴といえどもむずかしい。借金をすればいつかは世間に伝わる恐れがある。

そこに佐野栄寿が登場した。

想像であるから、どちらから話を持ちかけたかまでは分からない。

だが、玄朴の頭にシーボルト事件の際に自分を救った佐賀藩の奇策が浮かんだのは確かだったはずだ。もし、ことが露顕した場合でも、ただの医学生よりは藩の留学生である佐野栄寿は安全な位置にいる。藩医の家系に連なる栄寿を町奉行所が迂闊《うかつ》に取り調べるわけにはいかないのだ。

玄朴と栄寿の間で綿密な計画が交わされた。

『ズーフ・ハルマ』を質入れして長英の逃走資金を用立てる。その責任はすべて栄寿が引き受ける。その代わり玄朴は栄寿を破門扱いせずに追放とする。しかし、佐賀藩より処罰の対象とならぬよう玄朴が説得する（事実、玄朴は必死で藩に栄寿の才能が惜しいと訴え続けたらしい）。そうすれば玄朴もハルマを質から請け出すという名目で堂々と家計の中から三十両を捻出《ねんしゅつ》することができるのだ。

ただし、これでは栄寿に益するところはなにひとつない。無駄に追放という不名誉を押し付けられる結果となる。

当然栄寿にも考えがあってのことだった。

佐賀藩のために役立つ人材を密《ひそ》かに探し求めていた栄寿は、京都の広瀬元恭の門人に白羽の矢を立てていた。といって、なまなかのことでは同意を得られそうにない。師である元恭の推薦と説得なしにはとうてい不可能な難題だった。しかし、この件で玄朴に恩を売っておけば、玄朴の口利きで元恭が働いてくれる可能性はぐんと強まる。坪井信道亡き今、元恭にとって玄朴は師にも等しい存在だった。加えて栄寿は元恭の崇拝する長英の救出に手を差し延べた人物として、大きな意味を持ちはじめるのも必定であった。

この計算の下に栄寿は玄朴と長英との橋渡しの役目を引き受け、あえてハルマ質入れという不名誉に甘んじたのだ。

もとより仮説である。

が、これによってすべての疑問が氷解する。

長英の逃亡に絡む金であれば栄寿が生涯口にできなかった理由も分かるし、藩や玄朴が罪に問わなかったのも当たり前だ。その後、少なくとも広瀬元恭のみは栄寿を信頼した事情にも解答が出る。すんなりと栄寿の同行した技術者たちが佐賀藩に召し抱えられたこととて、あらかじめ藩と栄寿との間に了解があったとしか解釈ができない。追放が事実であれば、藩は栄寿の進言になぞ耳も貸さなかったはずである。

奇策というより、むしろ堅実な計画に基づいた栄寿の行動とも取れるようになる。

その方が栄寿に相応《ふさわ》しい。

もとより体面など気にせぬ男だった。でなければ人前で臆面《おくめん》もなく涙は見せられない。目的の成就のためならば、たとえ一斗の涙でさえ流して平気な男なのである。一時の不名誉は蚊ほどにも感じなかったに違いない。

かくして、佐野栄寿は嘉永四年の夏、わずか一年を過ごした江戸を後にして意気揚々と広瀬元恭の居る京都を目指した。

# 非常の人

## 一

京都に上がった栄寿《えいじゅ》は東洞院姉小路北笹屋町《ひがしのとういんあねこうじきたささや》にある元恭《げんきょう》の塾を真っ直ぐ訪ねることはせず、とりあえずは堀川元誓願寺《ほりかわもとせいがんじ》通りにある佐賀藩京都屋敷の近くに宿を取った。薩摩《さつま》藩のように広大な屋敷を京都に構えていればそこに滞在するのだが、佐賀藩のそれは形ばかりの小さな家で、とても泊まれる場所ではない。それはともかくとして、元恭の指導する時習堂《じしゅうどう》には全国から多くの人間が集まっている。いかに元の門下生の栄寿であっても、その塾をいきなり訪ねて何人かを佐賀藩に招聘《しょうへい》したいと申し入れれば噂《うわさ》が広まる。後々のことを思うと、なんとしても秘密裡《ひみつり》に話を進めねばならない。それには恰好《かっこう》の人物が塾生の中にいた。栄寿と同様に佐賀藩からの留学生で、つい最近時習堂に入門したばかりの於条童《おじょうどう》仙《せん》という若者だった。栄寿は密《ひそ》かに童仙と会う必要もあって藩の京都屋敷の側《そば》の宿を選んだのである。

童仙は屋敷より連絡を受けて翌日の夕方に栄寿のいる宿を訪ねてきた。栄寿は西日の照り返しのきつい二階の部屋にいて上半身裸で京都の地図を熱心に眺めていた。昼に京都屋敷から借りだしてきたものである。

「おひさしぶりです」

年若い童仙は栄寿の顔を見ると懐かしそうな笑顔で畳に両手をついた。

「都には慣れたかね？」

栄寿は汗を掌で拭《ぬぐ》いながら言った。京都の夏は蒸し暑い。掌がべとつく。

「都の方はなんとかなりそうですが、蘭学《らんがく》は大変です。佐野さんとは頭のできが……」

童仙は頭を掻《か》いて苦笑した。

「先生が目下『理学提要《りがくていよう》』という本をお纏《まと》めになられているのをご存知ですか？」

「講義でずいぶんと苦労させられたよ。イスホルジング、という学者の書いた本だろう」

「やはり佐野さんが学ばれていた頃からあの書物を……こちらは言葉もおぼつかないというのに、いきなりあれでは自信を失います」

「なあに、先生だって翻訳するだけで本当のところは分からないことだらけだと笑っていた。入門して間もなくのおまえが理解できなくて当たり前だ。とにかく頭に詰め込めばいい。今は見当がつかなくとも、いずれ分かる時がくるかもしれない」

「くるかもしれない、ですか？」

童仙は頼りなさそうに笑った。

「ダイヤモンドを酸素瓦斯《ガス》で燃やして炭素にする方法もあの本で教えられたが、肝腎《かんじん》のダイヤモンドというものをこちらは一度も見たことがない。そいつは先生にしても一緒だ」

「役に立つものでしょうか？」

大真面目《おおまじめ》な顔で童仙が質《ただ》した。

「先日は、アルキメーデス、という学者の話をうかがいました。水で物の体積とやらを量る方法を工夫した学者なそうですが……なにやら、もどかしい。決して弱音を口にしているのではありません。ただ、今の時代に私だけがのんびりした学問をしているようで」

「根が分からぬでは舎密《せいみ》（化学）の習得は無理だ。おまえは京都にきたばかりではないか。焦らずに今はひたすら学べ。二年もすると、はじめて自分の限界が分かる。悩むのはそれからでいい」

「佐野さんでも悩みましたか？」

「当たり前だ。俺《おれ》には機械が作れぬ。理屈も分からぬ。俺にできるのは言葉だけだ。それで俺は舎密の口入れ屋になることに決めた。今後のおまえの頑張りに水を差す気はないが、今のお家《いえ》に必要なのは学者を育てることではない。五年、いや三年で大砲や船を拵《こしら》えられる人間こそを求めている、自分がそれになれぬのなら、日本全国を歩いてでも、そういう人材を集めるしかない。この世で一番無駄な人間は自分の限界を知らぬ男さ」

「佐野さんにそれを言われたら、私など……」

「おまえはまだ限界まで学んでいない。二年は努力してみろ。余計な話だったな」

栄寿は微笑《ほほえ》んで、

「先生のところには今何人が居る？」

本題に入った。

「およそ三十人です」

「田中さんは今も通われているのか？」

「田中さん……近江《おうみ》翁ですか」

「そうだ、機巧堂《からくりどう》の田中儀《ぎ》右衛《え》門《もん》どのだ」

「では……佐野さんが佐賀に連れ帰りたいと申されますのは、あの近江翁で！」

童仙は目を円くして栄寿を見詰めた。

「それは不可能でありましょう」

童仙は、やがて首を横に振った。

「からくり儀右衛門では、いかになんでも」

「それだから玄朴先生にお頼みしたのさ。儀右衛門どのは広瀬先生のお身内。玄朴先生の口利きで広瀬先生さえ動いてくれれば……あとはこちらの熱だ。お家にからくり儀右衛門を招くことができれば……佐賀は蒸気船さえ自力で造れるぞ。俺は命を賭《か》ける」

栄寿ははじめて心の裡《うち》を口にした。

口にした途端、栄寿の胸には激しい情熱が生まれた。それをやり遂げることこそが、この五年の留学の成果なのだとも思った。

「相手は天下のからくり儀右衛門にござります」

童仙は唸《うな》り声を上げて低い天井を仰いだ。

## 二

翌日の昼近く。

栄寿は遅めの朝食をとった後に宿を出て、四条烏丸《からすま》通りを目指しゆっくりと歩いた。およそ四年ぶりに歩く京の町並みである。だがその町並みに変化はほとんど見られない。たとえ変わったとしても栄寿は昨夜のうちに京の地図を頭に叩《たた》き込んでいる。まるでこの土地に生まれ育ったかのように栄寿は人混みを避けては狭い路地を抜けた。やがて栄寿の足は三条釜座通りに達した。この辺りに童仙の下宿している町家がある。広瀬元恭の開いている時習堂はここから目と鼻の先だ。簡単に捜し当てて童仙の名を告げると、待ち兼ねていた様子で童仙は狭い階段を下りてきた。

「済まぬ。久し振りに朝寝をした」

約束の時刻からはだいぶ遅れている。

「構いませんよ。どうせ機巧堂の店を見物に行くだけのことです」

童仙は名の通りの童顔に笑いを浮かべた。

「儀右衛門どのは店におるかな」

「先ほど塾に顔を出してきましたが、今日はお見えになっておられませんでした。おそらく仕事場に籠《こも》っていらっしゃるのでは」

「広瀬先生にお頼みしてから儀右衛門どのに会ったものか、それとも先に俺の考えを聞いて貰《もら》う方がいいのか、まだ決まらぬ」

「私はまだ近江翁とろくな挨拶《あいさつ》も交わしてはおりませぬが……頑固そうなお人のように」

「非常の人であるからな」

「なるほど、非常の人ですか」

「いずれ一筋縄ではいかぬさ。だが、頑固者ほど、お家には適《かの》うておる。金などで簡単に節を曲げるような人物なら後々が心配と言うものだ」

二人で肩を並べて歩きはじめた。

「なにか特別な策でもお持ちですか？」

童仙は不安気に栄寿に質した。

「まこと近江翁をお家に招くことが可能なれば喜ばしい限りです。けれど、どう考えてもむずかしい。近江翁が遠く離れた陸奥《むつ》の生まれであるというならまだしも、あのお人は久《く》留米《るめ》のご出身。佐賀とはあまりにも近い。これが伝われば久留米とて黙ってはおりますまい。いかに藩士にあらずとは申せ、となりの佐賀に力を貸すのをむざむざ見逃すとは」

「…………」

「その上、金に困っておるお方でもありません。機巧堂は大繁盛にございます。四十人の職人を働かせてもまだ注文を捌《さば》ききれぬとか。三両を超す大型の無《む》尽灯《じんとう》が料理屋などに翼が生えたごとく売れているという噂です。大坂より京都に店を移して日も浅いというのに」

三両は今の金にして四十万近い。それだけ高価な灯火器が注文に応じられぬほど売れるというのだから、いかに儀右衛門が成功していたか想像がつくはずだ。機巧堂の月の商いはおそらく五、六百両には達していただろう。その半分以上が経費に取られるとしても儀右衛門の取り分は月に二百両は堅い。とてつもない金だ。当時では高給取りの部類に入れられていた大工の月収が、およそ一両二分の時代の二百両である。もちろん、それほどの金を佐賀藩が支払えるわけがない。童仙はそれを考えると、やはり不可能としか思えなかった。学問の道を選んでいる者にはこの世に金と引き替えにできないものがあるのも承知だが、儀右衛門は現に店を経営している人間なのだ。そういう甘さは期待できない。

そもそも、おなじ広瀬元恭の塾に学ぶ者の中には、儀右衛門を名誉を金で手にした男とあからさまに誹謗《ひぼう》する者まで居た。儀右衛門が御所より授けられた近江大掾《おうみだいじょう》という称号に関してのことである。これはもともと御所の天文博士に与えられる正式な官位だったらしいが、幕末の頃になると完全に形骸化《けいがいか》してしまい、今で言うなら宮内庁御用達と同等の名誉の意味合いでしかなくなっていた。とは言え、年に二度御所への参内が許され、内裏《だいり》にて雑煮を賜り、名字帯刀も認められるのであるから、なまなかな称号ではない。これを儀右衛門が金で買ったという噂《うわさ》が広まっていた。

天文暦学を修得するという名目で儀右衛門はまず御所の天文方を務めている土御門《つちみかど》家に入門を願い出た。土御門家は平安の御世より天文方を命じられている由緒ある家柄には違いないのだが、その教えは洋学の盛んなこの時代にあって相も変わらず陰陽五行説を軸とする占星術に等しいもので、少なくとも儀右衛門の役に立つ学問とは言えなかった。なのに儀右衛門は授業料と言って土御門家に五十両の金を奉納し、せっせと通いはじめた。その翌年に御所より近江大掾の称号が儀右衛門に下されたのだ。その背後に土御門家の強い推薦があったことは疑いがない。

儀右衛門はその日より田中近江大掾源久重と名乗り、店の看板にも堂々とそれを墨書した。確かに時習堂に学ぶ真面目な学問の徒から見れば、いかに才能に恵まれていたとしても、いかがわしい人物と映ったのは無理もない。しかし、儀右衛門は師の広瀬元恭の妻イネの身内でもあり、また年齢もすでに五十を過ぎていた。心に不満を抱く者も、まさかそれを口に出せなかったはずである。

〈あの近江翁なら些少《さしょう》の報酬では……〉

首を縦に振るはずがないと童仙は思った。親しく口を利いたこともない自分が迂闊《うかつ》に決めつけるわけにはいかないが、金も名誉もすでに手中にし、しかも典型的な商人である。自分が儀右衛門の立場にあっても、栄寿の誘いにやすやすと心を動かすとは……。

「儀右衛門どのが店に出て客に品物を売っておるわけではない。佐賀に招いたとて店が潰《つぶ》れはせぬだろう。当たる前からあれこれと悩んでも仕方のないことだ。第一、久留米が意地を張ろうにも、久留米では儀右衛門どのの使い道がなかろう。あのお方の才を使いこなせるのは今の世で我が佐賀しかない」

栄寿は童仙の不安を遠ざけるように言った。

「金はあってもただのからくり師で生を終えるか、それともこの国を救う要《かなめ》となるか……決めるのは儀右衛門どのの方だ」

# 三

話を進める前に、この辺りでからくり儀右衛門こと田中儀右衛門について少し詳しく説明を加えておく。

儀右衛門は寛政十一年（一七九九）七月、久留米の城下でべっこう細工店を営む田中弥《や》右衛門《えもん》の長男として生まれた。弥右衛門の得意とした製品は精緻《せいち》な意匠を施した櫛《くし》やかんざしで、町家よりは武家たちが顧客だったと言う。その後継者たるべく、儀右衛門は幼い頃よりみっちりと金銀細工の指導を受けた。

だが細工の腕もさることながら、儀右衛門の才はむしろ工夫に発揮された。儀右衛門本人が書き残した年譜によると、わずか九歳の時に鍵《かぎ》仕掛けの硯函《すずりばこ》を自ら考案したとある。鍵と言っても普通の物ではなく、硯函の上蓋《うわぶた》に通された紐《ひも》を利用するもので、見た目には鍵の存在などだれにも見破られなかった。解いた紐をピンと張ったり、左右に力を込めることで内側の楔《くさび》が外れる機構になっていた。寺子屋の仲間たちがあまりにもしばしば儀右衛門の硯函へ虫を入れたりして悪戯《いたずら》を繰り返すのに業《ごう》を煮やしたのが発明の動機らしい。それが切っ掛けとなってか、儀右衛門は以来いくつかの箱を工夫した。現物は残されていないが、箱根細工に似たものだろう。また十三の歳には隠し戸のついた小箪笥《こだんす》を拵《こしら》えて世間を驚かせている。この頃から儀右衛門の才は近隣に鳴り響いた。が、結局それらも子供の遊びの域を出るものではなかった。物珍しがられていた程度に過ぎない。

儀右衛門の工夫が本当に注目を浴びたのは十五の時だった。おなじ町内に住んでいた久留米絣《がすり》の考案者井上伝《でん》よりの依頼を受けて、儀右衛門は辛苦の末に絵絣を織り上げる織機を完成させたのである。井上伝の考案した織機をもとにしているので、厳密に言うなら儀右衛門の発明とは呼べないが、儀右衛門の存在なくして後の久留米絣の発展は有り得ない。それをたった十五の歳で手掛けたのだ。尋常の才能ではない。

織機に比較すれば他愛もない印象をうけるのだが、翌年に儀右衛門は竹の輪水上げからくりを考案し成功させている。なんの変哲もない竹筒のてっぺんから細い水が噴水となって延々とその動作が繰り返されるもので、これには空気圧が巧みに利用されていた。この辺りから儀右衛門は科学に関心を持ちはじめた。できれば長崎にでも行き、真剣に科学を学びたいと願っていたに違いないのだが、儀右衛門十九の歳に父親の弥右衛門が歿《ぼっ》した。享年五十六。儀右衛門は母親の懇願に負け、やむなく発明の道から一歩退き、親の跡を継いでべっこう細工の仕事に専念した。

だが、店を継いで二、三年もすると、またぞろ発明工夫への思いが募った。

儀右衛門の店から歩いてわずかのところに五穀神社という大きな社《やしろ》があって、毎年の秋の大祭にはからくり興行の小屋が掛かり大勢の観客の喝采《かっさい》を呼ぶ。この興行は儀右衛門の子供の時分から恒例のように続けられているもので、儀右衛門もこれを切っ掛けとしてからくりに興味を抱きはじめたのである。その興行に対抗して久留米の町からもからくりを出品していたのだが、近頃ではとても勝負にならないと町の皆が歯嚙《はが》みしていた。母との約束で二度とからくりには手を出さないと誓った儀右衛門だったが、二年も悔しい思いを重ねると、どうにも我慢ができなくなった。熱い町の期待も背にして儀右衛門は母を口説いた。仕事に差し障りがないのであれば、と言う母の許しを得て儀右衛門は大祭に向けてのからくり製作に取り掛かった。

努力の甲斐《かい》あって出品は十数種にも及んだ。すべてが新工夫というわけにもいかず、半数以上はからくりを図解した『機巧図彙《からくりずい》』に頼っての製作である。が、目玉の「雲切り人形」は驚天動地の仕掛けで観客を啞然《あぜん》とさせた。現物が残されていないので資料に頼る他ないのだが、絵を見ると雲の上に天女が乗って空を舞っている。水からくりと脇《わき》に説明があるから水圧を用いての仕掛けに違いない。雲は鍋《なべ》に沸かした湯の湯気を細い管に通して舞台の裏より噴き出させたらしい。蒸気の力にも注目していたようなので、あるいはそれと同時に天女の衣服も揺らしたのか……いずれにしろ、この成功で儀右衛門の名は久留米中に知れわたった。二十一歳の秋である。からくり儀右衛門と呼ばれはじめたのもこの頃からだ。余勢を駆って翌年には風砲（現在の空気銃）の製作に着手し、完成させた。もっとも、これは儀右衛門の発明ではなく西洋の空気銃の模倣である。おそらく儀右衛門の店に出入りする長崎商人辺りから西洋渡りの現物を見せられたか、入手したものを参考にしての製作だろうが、儀右衛門自筆の年譜に明らかに発明と記されているのを思うと、なにか特別な工夫が施されていた可能性も有り得る。日本で風砲の製作を手掛けたのは儀右衛門が最初というわけではなく、それより六年も前に滋賀の国友藤兵衛《くにともとうべえ》という鉄砲鍛冶《かじ》が成功しているのだが、どうやら儀右衛門はそれを知らなかったようだ。いくら便利な銃でも火薬を用いる鉄砲に比較して破壊力に乏しく、それで普及しなかった。だから儀右衛門にも情報が伝わらなかったと思われる。それとも、その点に改良を加えての発明なのか……儀右衛門は完成させた風砲を久留米藩主有馬頼徳《ありまよりのり》公に献上した。お誉めの言葉こそ賜ったものの、風砲はそれ以上の利益を儀右衛門にもたらさなかった。

木製のからくり人形などとは異なって鉄砲製作には莫大《ばくだい》な費用がかかる。ただのからくり自慢だけで儀右衛門が風砲を試作するわけはない。心の底では投資に見合う注文を期待していたはずだ。儀右衛門の伝記などでは風砲の威力を過大評価して、あまりの破壊力に久留米藩が幕府に反逆の意思ありと誤解されても困ると不安を抱き、注文を見合わせたと説くものもあるが、だとしたら必ずどこかの藩が実用に漕《こ》ぎつけたであろう。原理の面白さはともかく、風砲が遊びの域を出なかった銃であったのは疑いがない。風砲の失敗により儀右衛門は借金と自信の喪失の両方に襲われた。地道なべっこう細工の店の収入では借金に追いつかなかったのか、二十六の歳に店の経営を弟の弥市に任せ、妻をも残して一か八《ばち》かのからくり興行の旅に出た。以来三十六歳のときにふたたび久留米に戻るまでの十年間、伝記的にはほとんど空白である。自筆年譜の二十八歳のところには、母親の死亡が書き込まれているが、これとて故郷に戻った形跡は見られない。母親妙《たえ》の享年五十四。けれど十年の間に儀右衛門が拵《こしら》えたからくり人形の数々は日本の見世物史の中に燦然《さんぜん》として光彩を放っている。

# 四

これらの人形は儀右衛門が大成した後も興行師の手に渡り、中には明治の後半まで日本各地を転々として人の目を楽しませ続けたものもある。ここにその人形のいくつかと、実見談を纏《まと》めたものを、浅野陽吉氏の著《あら》わした『田中近江』より引用紹介する。

――田中近江のカラクリは、師も無く、助手も無く、全く彼れ独特の考案である。巧に偶人を活動せしめるなど、其《そ》の妙技は当時真に天下一品、断じて他の追随を許さず、天下第一人者であつたに相違ない。彼れのカラクリは頗《すこぶ》る多種多様、興行に実用した近江手記のカラクリ図案により、其の主なる装置を挙くれば、

八つ橋独楽《こま》の遊び（参州八つ橋の景よろしくあつて、橋上に沢山の独楽が戯れ遊ぶ仕掛）。牡丹《ぼたん》に蝶《ちよう》の戯れ。猩々《しようじよう》の曲飲み（猩々が大盃《おおさかずき》を弄《ろう》し瓶から酒を酌み戯れつつ飲む装置）。蜘蛛《くも》の巣からみ（蜘蛛が物を一擒一縦する妙技）。両頭八足の亀の歩行。弓射り童子。比翼鳥《ひよくのとり》の餌食《えさは》み。親鳥雛鳥《ひなどり》の時うたひ（発声装置）。茶酌《ちやくみ》娘。麒麟《きりん》頭や手足の動き。天女の舞。吹矢人形（人形が数本の矢を順次に筒中から吹き出し、一々的を倒す装置）。太鼓舟入（舟の上に二個の唐子人形太鼓を挟み叩《たた》きつつ箱から出て来り、又箱に入れて止む装置）。浦島人形。ブンブク茶釜《ちやがま》。行き戻り蟹《かに》。自然琴（口上人が扇を箱の上にあてれ

ば自然に琴を奏する音楽装置)。弘法大師秘密の筆(偶人が筆を揮《ふる》へば、相当の距離ある襖《ふすま》に筆に応じて文字現はるる巧妙な装置)。

此等は水力、重力、弾力、てこ、蒸気力等を利用応用し、随分複雑な装置を以《もつ》て一々其の芸題相応の微妙な所作や奏楽等の芸能を演するカラクリ活動である。いづれも精妙を極めた仕掛けであつた。其の中、代表的装置と見るべき二三を挙くれば、

茶酌人形　実見者、與子田治子刀自《とじ》談

私が十三歳の時(安政六年)清正公大祭の時父に連れられて熊本本妙寺境内で田中儀右衛門(近江)さんのカラクリ興行を見たことがあります。大人気で楽屋裏の仕掛けも見せて貰《もら》ひました。今記憶にのこつてゐるのは左のやうです。

仕掛けは八つ橋の上で、独楽が沢山回転して居るものや、煙管《きせる》の火皿から湯気(煙に見せて)が盛んに立ち昇る其の上に、湯気に支へられた大きな独楽が回はつてゐるもの等珍しいものばかりでしたが、就中《なかんずく》、一番人気を呼んだのは、茶酌人形でした。人形は身長二尺余の娘姿で、手に茶盆を捧《ささ》けて出て来る。盆の上には二三の茶碗《ちゃわん》がある。見物人が茶碗を取り茶を飲み又これを置けば、人形しづしづともとへ返るので、見物人皆驚き大変な人気でした。

楽屋裏の仕掛けは、蒸気カラクリ、ゼンマイ装置、水カラクリ等で、蒸気カラクリは丁《ちょう》度《ど》風呂桶《おけ》の様なものから鉄の管が出て、蒸気を送るやうにしてあつた。此の風呂釜を大の男が一生懸命、団扇《うちわ》で煽《あお》いでゐた。ゼンマイの方は十文字に組んだ木を二人の男が汗を流

しつつ回はして居ました。

弓射り人形　実見者、永尾万吉氏談

明治五年頃、自分は田中近江の住宅で、武者人形の弓射りを見たことがある。高さ二寸程の台の上に、丈け一尺余の見事な甲冑《かつちゆう》人形あり、人形は身の丈けに相応した矢七本を負ひ、左手に弓を持ち、右手は腰にそへ姿勢よろしく、そして一間余を隔て金的を懸けあり、人形はやをら左手の弓を前に立て右手を挙けて第一の矢を抜き取り、弓につがえ金的を射る。矢は的中し、鏘然《そうぜん》として鳴る。かく次き次きに七本を射尽して、元の姿勢に返る。七本の矢は背筋から肩へ並んで居るから、右手からの距離は一々相違せるに、不思議な仕掛けであつた――

まことに驚嘆すべきからくりの数々である。にも拘《かか》わらず、儀右衛門の興行は結果的には失敗だったらしい。特に江戸の両国で五十日の興行を打った時には、その大半を雨にたたられて莫大な借金を背負ったと言われる。ちなみに実見談の一に安政六年の興行とあるが、これは儀右衛門が直接関わっていたものではない。安政六年となれば儀右衛門が六十一歳の時で、彼はからくり興行などに頼らずとも裕福な環境にあった。そもそも三十六歳でふたたび久留米に戻って以来、彼は滅多に興行を打たなくなった。興行に失敗して肝腎の人形を売り払ったせいではないかと想像される。儀右衛門の人形たちは親の手を離れて一人歩きをしていたのである。

## 五

二十六歳より十年に及ぶ博打《ばくち》にも似た興行生活に見切りをつけて故郷に戻った儀右衛門は、弟にべっこう細工の店を正式に継がせると妻と養女を引き連れ、折り返すように大坂に足を向けた。流浪の旅にも等しい興行の毎日では家族にも迷惑をかけるが、今度は地道な仕事をするつもりだった。からくり技術を生かしての時計修理である。それにはなんとしても商業の盛んな大都市でなければ成り立たない。率のいい仕事とは言え、久留米では月に一台の修理の依頼がせいぜいであろう。その読みは見事に的中した。一台を修理すると儀右衛門の腕の良さは直《す》ぐに大坂中に広まり、わずか半年も経たぬうちに生活は安定した。暮らしが楽になると余裕もできる。儀右衛門は遊びや楽しみとは無縁の、商売に繋《つな》がる発明や工夫に力を注ぎはじめた。そうして生まれた製品が儀右衛門の名を高からしめた懐中燭台《しょくだい》である。折り畳めば掌《てのひら》に収まるほどの薄い板となり、伸ばせば普通の燭台と変わらぬ高さとなるこの製品は旅などの携帯にも便利なばかりか、軽くてまさに現在の懐中電灯の役目まで果たした。

久留米の神童と称された儀右衛門も、齢《よわい》三十六にしてようやく自分の才を富に結び付けることができた。懐中燭台は売れに売れ、たった数年で儀右衛門自身にも信じられぬような利益が転がり込んだ。以降、儀右衛門の店は時計修理と灯火器が商いの中心となる。このままでも不足はなかった。だが、天保八年（一八三七）、儀右衛門三十八歳の歳に大坂に大事件が勃発《ぼっぱつ》した。世に言う大塩平八郎の乱。この乱によって儀右衛門の店は焼失、家財のすべてが灰となった。後援者の好意により儀右衛門一家は伏見に移住したが、どうせゼロからのスタートなれば、と儀右衛門はこの機会に時計製作を決意した。修理はできても天文暦学の知識に乏しい儀右衛門にはどんなに頑張ろうと製作まではむずかしかった。京都に暦学の勉強に通う傍ら、もちろん当座の商売のことも忘れてはいない。

やがて閃《ひらめ》いたのが無尽灯だった。アイデアは極めて単純なもので、蠟燭《ろうそく》の蠟の代わりに芯《しん》を大量の油で包めたら面倒な油の注ぎ足しから解放されるのではないか、というものだった。太い筒の中に油を詰め、真ん中に芯を通せば簡単にできると最初は考えていたのだが、今の石油などとは違って当時灯火用に使用していた菜種油は粘りが強く、芯への浸透も悪ければ、油が少なくなると芯を伝って上に届かない。あれこれと悩み、儀右衛門は昔自分がからくりの仕掛けに利用した空気圧が解決策になると思いついた。筒の中の空気の圧力を高めてやれば、それに押されて油は外に出ようとする。その油を細い管に導き、管の中に芯を通して置けば、芯は常に油に浸されているという理屈である。油の注ぎ足しが要らず、いつでも一定の光度を保つ無尽灯は儀右衛門の生涯で最大のヒット商品となった。基本ができあがると儀右衛門は明りの四方にレンズを取り付けて照度を増したものや、小型で持ち運びに便利なもの、さらには二十畳もの広間にも一つでこと足りる超大型の無尽灯を製作し、華々しい宣伝作戦とともにその知名度を世間に拡大していったのである。

結局、からくりが儀右衛門の苦境を救った。

やがて伏見から日本一の工芸の都京都の目抜き通りである四条烏丸《からすま》に進出を果したとき、店の名を「機巧堂」と躊躇《ちゅうちょ》なく決めたのも、からくりこそが自分の本分であると心底信じていたからに他ならない。それから何年かして儀右衛門が近江大掾《おうみだいじょう》の官位を授けられた際に、金で買った官位だと口さがない連中から言われたこともあったが、儀右衛門は動じなかった。自分の満足というより、ひょっとすると儀右衛門は常に見世物としか扱われることのなかったからくりのために官位を貰《もら》ってやろうと考えたのかも知れない。

人は彼を親しみを込めてからくり儀右衛門と呼び、あるいは非常の人と賞賛した。

だが、その賞賛は儀右衛門がはじめてではない。かつて江戸に在《あ》って天才の名を欲しいままにした平賀源内に続くものである。世人はまさしく平賀源内と並ぶ者として羨望《せんぼう》を抱きつつ儀右衛門を眺めていた。

常の人には非ず。

## 六

栄寿と童仙の二人はやがて四条烏丸の賑《にぎ》わいに達した。賑わいと言っても商業の町大坂や江戸のそれとは違って、あくまでものんびりとした人混みである。砂塵《さじん》を蹴《け》散《ち》らす荷車の数も遥《はる》かに少ない。行き交う娘たちからは甘酸っぱい汗と化粧の匂《にお》いが漂う。栄寿は長い旅の汗の染み込んだ自分の襟を気にしながら、娘たちの匂いも吸った。さすがに王都だ。風にも雅《みや》びが感じられる。

「都の女には慣れたか」

佐賀訛《なまり》を隠すように栄寿は小声で訊《たず》ねた。

「世話になっておりますす家に十五の娘が」

頰《ほお》を薄く染めて童仙が応じた。

「遊びにはでかけたか？」

「まだ都にきて四十日にもなりません」

「それと遊びは別物だろう」

栄寿は微笑《ほほえ》んで、

「その娘、美しそうだな」

童仙の目を意地悪く覗《のぞ》いた。

「佐野さんこそお寂しくはありませんか。国許《くにもと》を出てかれこれ五年は経たれるはずです。いかに藩命とは申せ、佐賀には奥様も……」

「俺は女はやめた」

「やめた……とは？」

「女を思う己の心が醜い、と悟ってな。学を成すには時間が人の二倍あっても足りぬ。それを己が一番分かっていながら、女を思うと新しき蘭語《らんご》一つ覚えられぬ。それならいっそ遊びに行けばよいのに、それもできぬ。そういう日がだいぶ続いた。面倒になって、この世に女などおらぬ、と己に言い聞かせた。獄に繫《つな》がれたことを思えば、まだ好きな食い物を選べるだけましだ。女と遊ぶのはいつでもできる。だが、今はその時ではない」

「女を思う己の心が醜い……ですか」

「俺のことさ。人にまで押し付ける気はない。俺も都に上がった当座はよく遊んだよ。広瀬先生の講義がまるで理解できぬ日などは特にな。女で不安を遠ざける他になかった。塾を二十日も休んだこともある。馴染《なじ》みの女を連れ出しては都見物だ」

「佐野さんでもそういうことが……」

「買い被《かぶ》るな。俺は小物だ。そいつは俺がよく知っている。小物がお家にご奉公するには己を無にする他にない。己の楽しみまで貫きながら果たせる器量じゃないと悟ったまでさ」

「佐野さんが小物なら、私はどうなります」

「悟っていない分だけ、まだ夢はある」

栄寿の言葉に童仙は大声で笑うと、

「では、お家に大物はおりますでしょうか」

半分真面目《まじめ》な顔で質《ただ》した。

「まずは直正公《なおまさ》。あとは……」

栄寿はしばし思い浮かべて、

「おらぬな」

自嘲《じちょう》めいた笑いをした。

「近頃、お家では七賢人がだいぶ噂《うわさ》に上がっています……それと枝吉《えだよし》さんも」

「いずれ劣らぬ才とは思うが、世の中で第一とまではいかぬだろうさ」

栄寿は頷《うなず》きながらも首を横に振った。

七賢人とは直正公の命を受けて、鉄製の大砲を鋳造する目的で日本にはじめての反射炉を拵《こしら》えた者たちである。昨年の夏から着工し、冬には一応の完成を見たのだが、まだ鉄砲の成功には至らず鉄の溶解の試験段階に止《とど》まっているとの情報を栄寿は得ていた。

中心となって働いているのは、栄寿と同様に藩命で江戸の伊東玄朴の下で蘭学を習得した杉谷雍介《すぎたにようすけ》。彼が洋書を参考にして反射炉の基本的な設計に当たった。その補助として任命されたのが漢洋両学に精通した田中虎六郎。図面のチェックや細かな計算は、当時、佐賀随一の算術家と称された馬場栄作が引き受け、肝腎《かんじん》の大砲設計については、わざわざ韮《にら》山《やま》まで足を運び、天下一の砲術家と評判の高かった江川太郎左衛門《えがわたろうざえもん》に教えを乞《こ》うた本島藤《もとじまとう》大夫《だゆう》。その鋳造責任者には、これまで藩の青銅砲鋳造に永く関わって来た谷口弥右衛門。鉄の溶解、及び鍛練については刀鍛冶《かたなかじ》の橋本新左衛門。会計と工事の統括は田代《かた》孫三郎。いずれも佐賀藩の誇る頭脳であった。世間は彼らを火術方の七賢人と誉めそやした。

と同時に奇人の集まりという言われ方もした。彼らはその日の仕事が終わるとしばしばだれかの家に顔を揃《そろ》えて酒を酌《く》み交わしていたが、その会に同席した吉村重四郎という下級武士の体験した面白い挿話が残されている。

吉村は無役の貧しい環境にあったが、たまたま火術方の統括を務める田代と繋《つな》がりがあって、反射炉建設の中盤からその仕事と関わることになった。念願の役に就いた吉村は張り切って出仕した。早速顔合わせを兼ねた飲み会に招かれ、喜び勇んで同席した。会が進むにつれて座は無礼講となった。その時、田中虎六郎が懐からガラスの小瓶を取り出し、目の前の茶碗の酒を捨てると、代わりに小瓶の液体を注いだ。そうして、だれか一分銀を所持している者はないかと席を見渡した。だれもが薄笑いを浮かべ、生憎《あいにく》と持ち合わせがないと首を横に振る。必死に皆と溶け込もうとしていた吉村は、ここぞとばかりに名乗りをあげた。一分は現在の四万円前後に該当する金額である。だが赤貧の暮らしをしているとは言え、吉村は武士の嗜《たしな》みとして襟元に一分銀を縫い込んでいた。田中は吉村の差し出した一分銀を無造作に受け取ると、その茶碗にぽいと沈めた。そのまま脇《わき》に放置して、ふたたび談笑をはじめる。なんのことかと首を捻《ひね》りつつも吉村は話に加わっていた。すると四半刻もしてから田中は茶碗の中を覗いた。ほう、溶けておる、と顔を綻《ほころ》ばせて田中は茶碗を皆の前に置いた。うん、見事だな、と皆は口々に頷きながら笑った。それで飲み会は解散となった。吉村は啞然《あぜん》として田中を見送った。吉村は一人居残って茶碗を検分した。一分銀を入れた茶碗は黒褐色の水で満たされている。田中の注いだ液体は銀を溶かす硝酸であった。一分もあれば家族が十日も暮らせる金だ。それを見る見る溶かされて吉村は愕《が》然《ぜん》となったが、返せと言える情況ではなかった。

とんでもない仕事に就いたものだと吉村は今更ながら七人の奇人ぶりに溜《た》め息を吐《つ》いた、と言う。

# 七

それはともかく、いまだ試験段階とは言え、日本に先例のない最新技術の反射炉を、大雑把な洋書の図面と解説のみを手掛かりに建設したのである。薩摩《さつま》の島津斉彬《なりあきら》が建設に着手した年よりも二年早く、初期の反射炉としては、現在最も有名な伊豆《いず》韮山《にらやま》のものに比較しても三年先行している。この事実だけを見ても、佐賀藩がいかに時代をリードしていたかよく分かる。それを形にした七人はまさに賢人の評価に値した。

一方、童仙の口にした枝吉とは、佐賀の藩校弘道館《こうどうかん》にて教鞭《きょうべん》をとっている枝吉神陽《しんよう》（経種《つねたね》）。やはり弘道館の教授だった父親、枝吉南濠《なんごう》と二代にわたっての勤皇思想の持ち主で、嘉永四年（一八五一）現在、二十九歳。佐賀藩きっての天才と評されていた。ちなみに、幕末の尊王攘夷《じょうい》思想を先導した萩の吉田松陰はこの年二十二。栄寿がこの都にいる頃、松陰は東北諸国の遊学を試みていた。まだ名も知られぬ存在であった。

「ですが、佐賀では枝吉さんの下に若い者どもが寄り集まり、なかなかの人気です。なんと言っても昌平黌《しょうへいこう》で舎長まで任せられたお人。まさに佐賀一の大物と皆が……」

童仙は栄寿の言葉に反発した。昌平黌は幕府が江戸に設立した学問所で、諸藩の秀才がひしめくところだ。そこで頭角を現わし、首席の座を占めたのだから小物のわけがない。

「杢之助《もくのすけ》はいかにも大物だ。しかし今のお家ではその才がかえって徒《あだ》となる」

栄寿は枝吉神陽の不敵な面構えを頭に描いて苦笑した。杢之助とは神陽の幼名で、共に弘道館で机を並べた仲だった。

「杢之助の心も分からぬではないがね。昌平黌で『日本一君論』を声高に唱えるなど、俺には青いとしか思えぬな。武士にとって君は天皇お一人で、藩主と武士の間はただの主従でしかないと説くのは立派だが、将軍お膝元《ひざもと》の江戸でそれを口にするなど……あれで我が藩公もだいぶご苦労なされたと耳にした。普通なればそれで遠ざけられるところを、藩公は、その心意気もまた良しとおおせられて弘道館での教育を杢之助に任せられた。俺なら藩公のお心に報いる。なのに杢之助は相変わらず若い者ども相手に主義を押し付けておる。今はまだよいが、いずれ杢之助は主義と藩の道との間に挟まれて無駄な汗を掻《か》くぞ」

「蘭学を学べと藩公が勧められたのを、枝吉さんは言下に断わられたそうです。西洋に学ばずとも、神国日本にはまだまだ学ぶ道があると。その気概も若い者どもの気持を動かしたらしく、昨年の暮れには義祭《ぎさい》同盟なる結社の旗揚げもしました。皆、血気盛んな者たちで」

「杢之助の弟はどうしている？」

「龍種《たつたね》もむろん同盟に加わっております」

枝吉龍種、後の外務卿副島種臣《そえじまたねおみ》である。楠木正成《くすのきまさしげ》を理想に掲げ、枝吉神陽を首魁《しゆかい》とする義祭同盟にはこの他にまだ十代から二十代前半の大隈重信、江藤新平、大木《おおき》喬任《たかとう》らも名を連ねていた。

「おまえはどうなんだ？」

栄寿の問いに童仙は少し躊躇《ちゅうちょ》して、

「藩命で蘭学を学びながらでは……」

ぽつりと呟《つぶや》いた。

「攘夷と蘭学の習得は並び立たぬ……か」

「敵を知らずして攘夷もならぬという藩公のお言葉に異を唱えるつもりはありませんが」

「が……なんだ?」

栄寿はにやにやして訊ねた。

「塩梅《あんばい》がむずかしゅうございます」

「その答えは後二年も過ぎてから言おう。今のおまえでは俺の返事も役には立たぬ。もっとも二年後の日本のことなど想像もつかぬが」

栄寿は笑顔のまま足を進めた。

からくり儀右衛門の経営する機巧堂はつい目と鼻の先にあった。

## 八

「あの人混みはなんだ?」

機巧堂と思《おぼ》しき店先に十四、五人の男女が群れているのを認めて栄寿は訝《いぶか》った。

「さあ……ただの客とも見えませんね」

二人はつい急ぎ足となった。

「なるほど、万年自鳴鐘《まんねんじめいしょう》の見物か」

人混みの背後から店の飾り棚を覗いた童仙は、いかにもという顔で頷いた。

「万年自鳴鐘？」

栄寿も背伸びして眺めた。広い棚には六面の香炉に似た大型機械が飾られてある。その隣には大袈裟《おおげさ》な解説板が添えられていた。

「ご存知ではありませんでしたか」

童仙は不思議そうに見詰める栄寿に言った。

「近江《おうみ》翁がこの春に完成させたばかりの万年時計です。正面に精密な西洋時計が嵌《は》め込まれ、その隣には和時計、そして次には二十四節季を示す暦、また隣には七曜盤、続いて十《じっ》干十二支《かんじゅうにし》を誤ることなく表示する盤面、最後の六面には一カ月の日付を教える暦が仕組まれているんです。その上、時計の上部には太陽と月の運行を示すからくりまで……真実かどうかは知りませんが、翁の説明によれば一度ネジを巻くと、なんと二百日以上もすべての時計が止《や》むことなく動き続けるとか。それもたった一つのネジです。盤面の裏に機械が隠されてあって、同時に全体を動かす」

「それで万年時計か……」

栄寿は唸《うな》った。

「都中の評判ですよ。翁は完成と同時に引札を刷ってバラ撒《ま》きましたからね。噂では時計好きの松江の松平公が所望したそうですが、二千両でも翁は首を縦にしなかったそうです」

「二千両で断わった！」

栄寿は目を剝《む》いた。

「噂ですよ。ですがいかにもその価値はある。これほどの時計は西洋にもないでしょう。翁はおよそ二年をこの時計に費やしたと……」

「信じられぬな」

栄寿は人を掻《か》き分けて前に進んだ。

万年自鳴鐘は確かに動いていた。

上部の円盤には日本の地図が描かれていて、その真上に小さな金色の球が浮いている。日本と太陽の位置関係を示すものだ。栄寿は小さな地図の中の京都に自分が立っているのを想像し、金色の球の位置を見定めてから天を仰いだ。まさに機械が示す方向と高さに太陽は輝いていた。球は円盤の縁から突き出た細い金の棒に取り付けられている。季節や時刻によってこの金の棒が伸びたり傾いたりする仕掛けである。

「途方もない頭だが……売りもできぬなら」

無駄な機械だ、と言いかけて栄寿は口を噤《つぐ》んだ。店の奥に儀右衛門らしい姿を認めたからだった。まだこちらにはなんの策もない。栄寿は視線を外して人混みに顔を隠した。だが儀右衛門らしい男は明るい店先に目を細めながら真っ直ぐ歩いて来た。

「これは、童仙どのではござらぬか」

まさしく儀右衛門だった。小柄だが目には鋭い力がある。長い顎髭《あごひげ》も栄寿には見覚えがあった。声をかけられて童仙はぺこりと頭を下げた。儀右衛門は鷹揚《おうよう》に笑顔を返すと、はじめて隣の栄寿を眺めた。

お、と声にならない驚きを示す。やがてそれは懐かしさに変わった。

「お久しぶりにございます」

諦《あきら》めて栄寿は儀右衛門の前に進んだ。

「いや……なんと申し上げてよろしいやら。いつ京に戻られました？」

儀右衛門は店内に二人を導いた。

「昨日到着したばかりです。着いた早々に宿の者から儀右衛門どのの万年自鳴鐘の評判を聞かされまして、一刻も早く見たくなりました。それで同郷の童仙と連れ立って……」

「それは光栄にございますな。ではまだ時習堂の方にも顔を見せずに？」

「広瀬先生にはこの夕刻にも」

「いろいろと耳にしておりますぞ」

儀右衛門は温かな笑顔で栄寿の手を握った。店の者たちも頭を下げる。店内には機巧堂を代表する無尽灯をはじめ、精緻《せいち》な意匠を施した和時計や、空気圧で自動的に噴水を行なう盃洗《はいせん》機械、また亀の形をした盃《さかずき》運びなどがところ狭しと並べられていた。特に亀の盃運びは人気の高い商品である。茶運び人形と同様の仕掛けで、甲羅の上にある台に盃を載せると、亀がゆっくりと歩いて客の前まで運ぶという趣向のものだ。儀右衛門にとっては他愛ない玩具《おもちゃ》に過ぎないが、都では無尽灯に負けず劣らず評判となっていたのである。

「奥で茶など差し上げましょう」

「噂《うわさ》に違《たが》わぬ繁盛でございますな」

儀右衛門に案内されながら栄寿は言った。

「私の道楽が過ぎて、売れても大した儲《もう》けにはなりませぬ。大半は工夫に費やしまして」

仕事場を通過して儀右衛門は笑った。

童仙は物珍し気に職人たちの仕事ぶりを眺めた。歯車を刻んでいる男やレンズに用いる水晶を磨いている汗だくの若者もいる。

# 九

「お懐かしゅうござった」

部屋に入ると儀右衛門は栄寿にあらためて挨拶《あいさつ》を述べた。年齢は親子ほども離れているのに儀右衛門の言葉は丁寧だった。それにはもちろん藩医に対する身分の差もあるのだが、儀右衛門から見ると栄寿は広瀬元恭の経営する時習堂の先輩にも当たる。だが、栄寿にしてみれば儀右衛門は大恩ある広瀬元恭の妻イネの身内だ。栄寿は恐縮して両手を揃《そろ》えた。

「江戸の伊東玄朴先生からお便りをいただくまでは広瀬先生もだいぶ栄寿どののことを気に懸けておいでのようじゃったが……今では栄寿どのをご信頼しておるらしい。詳しいことはなにも聞かされておらぬが、それで私も一安心しておりました。まさか栄寿どのが伊東先生の塾を破門されるなど有り得ぬ。よほどの事情があるものと薄々は……」

「ご心配かたじけなく存じます」

「それで、帰藩のご途中ですかな」

「新たな藩命を頂戴《ちょうだい》いたしました。いたってのんびりとした旅ですが」

「それは羨《うらや》ましい。ますます安堵《あんど》しました」

儀右衛門は大きく首を振って、

「さだめし広瀬先生も喜ばれるでしょう」

二人に冷たい茶と菓子を勧めた。

栄寿は茶を啜《すす》りながら儀右衛門を見詰めた。どう切り出していいのか分からない。また出直すことも考えられたが、せっかくの機会でもあった。伊東塾追放の件については詳しい事情を知らずとも、こちらを信頼してくれているのは確かである。これなら広瀬元恭の口添えがなくても話だけはできそうだ。

「どうかなされましたかな？」

儀右衛門は栄寿の様子に怪訝《けげん》な顔をした。

「まことに失礼でござるが」

栄寿は心を決めた。

「田中どのは万年自鳴鐘についてご自身どう思われまするか？」

「どう、と申されると？」

「まったく見事な工夫にござる。佐野栄寿、ほとほと感服つかまつりました。あれほどの機械を拵《こしら》えるなど、世界広しといえども田中どのの他におりますまい。値が万両と申されても決して高くはござらぬ。紛れもなく日本の誇りと後々まで賞賛される仕事」

頷《うなず》きながらも儀右衛門は無言でいた。

「ですが……」

栄寿は真っ直ぐ顔を上げて、

「今の日本には無用の道具かと」

「………」

「勿体《もったい》のうて栄寿、泣きたくなり申した」

「無用の道具と仰せられるか」

笑顔であったが儀右衛門の顔色は白かった。

「無用も無用。大無用にありましょう」

栄寿はわざと乱暴な言葉を吐いた。

「どれほど精巧な機械であっても、時計などたかが一人の持ち物。干支《えと》や日付はただの暦でも充分に用を足せます。言わば無用の付け足しに等しく、その上、ご自慢のネジにしても二百日は巻きが不要と申されるが、あれだけ高価な時計を購《あがな》える人物なれば、毎日ネジを巻く使用人にも事欠きませぬ。太陽や月の運行については、天を仰げば一目瞭然《いちもくりょうぜん》。これが無用の道具でなくて、なんでありましょう。口はばったいことを申せば、たかだか大名道具にしか過ぎませぬ。あの時計などあってもなくても日本になんの変わりもござらぬ」

　儀右衛門の表情が強張《こわば》った。

「五歳の童でも今日が何日であるか知っておりますぞ。わざわざ時計を見る必要は……」

「それが……からくりと言うものでな」

　儀右衛門は拳《こぶし》を握りながら応じた。

「無尽灯は大工夫にござる。ですが万年自鳴鐘は田中どの一代の無用物。たとえ値が百両に下がったとて無用は無用」

「買いたいと申すお方がたくさんおられる」

「たわけ者はいつの時代にもおりますもので」

「無礼な！　皆様、歴《れっき》としたお大名方である」

「万年自鳴鐘は機械ですから無用と謗《そし》られても構いませぬ。が、今のままでは田中どのまでも無用の人に成り兼ねませぬ。私はそれを心配いたしておるのでござる」

　栄寿は凜《りん》と言い放った。

「田中どのはこの日本の宝にござる。それをご自身がご自覚なさって下され。無駄に時間を費やし、たかだか一人を相手に万年自鳴鐘など拵えて喜んでおられては国の損失と言うもの。人には人の役目がござりましょう。私に田中どのの才が半分でもあれば、別の道を選んでおります。この気持がお分かり願えぬか。ご貴殿にはしなければならぬ仕事が山積みされておりますぞ。いたずらに玩具を拵えている時ではありませぬ。田中どのは、あたら才を浪費しております。それを思うて栄寿は泣きたくなり申した。からくり儀右衛門とは、その程度の詰まらぬお人でありましたか」

はらはらと栄寿は涙を零《こぼ》した。

儀右衛門はぎょっと童仙と目を合わせた。

「田中どのは今どこの国に生きておられる。広瀬先生より蘭学《らんがく》を学ばれているお人だ。この国がこれからどうなるか分からぬ田中どのでもありますまい。攘夷《じょうい》などと世間は喧《やかま》しく騒いでおりまするが、今の日本にその力がなきことは先刻ご承知でありましょう。もし無謀にことを急げば日本は諸外国の属国となるのも必定。その認識を持たぬとあれば私はなにも申し上げませぬ。幾らでも万年自鳴鐘をお作りなされ。が、お持ちであれば簡単には許しませぬ。才あるお人が逃げるは、なによりの罪悪と心得申す。すべては国があってこその我ら。国を失いてなにが時計にござる」

話しているうちに栄寿は興奮してきた。儀右衛門を佐賀に誘うための演技のつもりだったが、涙は後から後から湧《わ》いて止まらなかった。童仙の唖然《あぜん》とした顔も忘れて泣いた。

「乱暴な理屈にござりまするな」

閉口した口調で儀右衛門は笑った。

「理屈ではござらぬ。人の道理でござる。田中どのはこの都を夷狄《いてき》に明け渡しても構わぬと申されまするか？　夷狄なれば万年自鳴鐘を高く買ってくれるとでもお考えか？」

「落ち着きなされ。私はなにも申して……」

「田中どのは日本に二人とおらぬからくり師ですぞ。この時代に生まれ合わせたのは決して偶然にはござらぬ。国のため天が下された才にあり申す。それがなぜお分かりにならぬ」

「私になにをしろと申されるのか？」

儀右衛門は溜《た》め息と同時に質《ただ》した。

「蒸気船を拵えて下され」

「なんと！」

儀右衛門は絶句した。

「外国に負けぬ鉄の大砲も」

栄寿は膝《ひざ》を乗り出して叫んだ。

十

儀右衛門は腕ぐみしながら、驚愕《きょうがく》の顔を隠さず真正面の栄寿と向き合っていた。

〈おかしくなったのでは？〉

儀右衛門は栄寿の涙を苦々しく眺めた。

〈江戸の伊東玄朴先生の門を追放された理由も、あるいは……〉

この唐突な気持の昂《たか》ぶりにあるやも知れぬと儀右衛門は眉《まゆ》をしかめた。栄寿の蘭学に対しての熱心さは儀右衛門とて承知だ。もともと凡庸な男ではない。佐賀藩の命を受けて京都や江戸に留学しているほどの才能である。だが栄寿は武士ではない。あくまでも藩医の身分で学問を修めている男だ。それが、まるで学者にあるまじき激しさで迫る。

「外国に負けぬ鉄の大砲を作れと仰せじゃが」

儀右衛門は半ば呆《あき》れた口調で、

「滅多なことを軽々しく申されるでない」

家人を気にするように小声で言った。

「お上《かみ》のご許可なしに拵えれば、私ばかりか使用人に至るまで獄門磔《ごくもんはりつけ》にござりまするぞ」

「…………」

「いかにも栄寿どのの申されるように万年自鳴鐘は一代の無用物かも知れぬが……と申して鉄の大砲などとは……途方もなきこと。日本を思う栄寿どののお気持には感服つかまつった。だが、どだい無理な注文と言うもの。この儀右衛門はただのからくり師にござる」

「儀右衛門どのにも無理な仕事と?」

栄寿は涙の顔を前に突き出した。

「たとえお許しが出たとて、見た通り市井《しせい》のからくり師ごときの手に負える仕事ではありますまい。それに、関心もござらぬ」

「とは?」

「からくりは人を楽しませ、かつ無用の労力を省くものと心得おります。大砲は人を殺《あや》めるもの。それ以外に何一つ用途はござらぬ」

「相手が夷狄でもでござるか？　彼らは自らの利益にのみ、この日本を蹂躙《じゅうりん》せんと」

「いくらでも人はおりましょう。佐賀にはそれこそ杉谷雍介さまがおられる。杉谷さまは伊東玄朴先生とともにヒュ－ゲニンの大砲鋳造法を翻訳なされたお方。今の日本であれほどの適任者はおりますまい。あの方のご指導があれば必ずいつかは……」

「そのいつかが分からぬのでお家が苦労しております。いかにも杉谷どのは天才の才、しかし口惜《くや》しきは学者にて紙の上での理屈。それを形となすには別の手が要《い》り申す」

「ならばお諦《あきら》めになられて外国より鉄の大砲を買い求めてはいかがかな？」

儀右衛門は冷たく言い放った。

「私なぞに頼らずとも、金があれば解決する問題にござりましょう。栄寿どののご心配通り、日本が滅びるとあらば、私なぞ口説くよりもお殿様を口説かれよ。ひいては佐賀のお殿様よりお上に。百門も買い付けて長崎や品川に備えれば済むことにござろうが。失礼ながら、無駄な努力と存ずる」

「幕府には夷狄の力が分かっておりませぬ。届かぬ弾でも充分に威嚇になると真顔で申されるお方が大半にござる。我が殿が進言なされたとて、とても取り上げては下さりませぬ。また、よしんばそれが聞き届けられたとしても、夷狄がやすやすとおなじ威力の大砲を売渡しはしますまい。彼らの蒸気船に二四ポンド砲が搭載されてあれば、我らには一二ポンド砲を、三六ポンド砲であるなら二四ポンドのものをと、必ず差をつけましょう。それが当たり前。泥棒に追い銭となり申す」

「なぜに鉄の大砲が拵えられぬのか？」

儀右衛門は試すように栄寿に質した。

「鉄の大砲と珍しそうに口にされるが、我が国でも関ヶ原の戦さの折りに、すでに鉄の大砲が作られておる。今より二百五十年も昔の話じゃ。大昔に作れたものを今の世に作れぬはずはありますまい。ましてや蘭書にはちゃんと仕組みも説明されてある。私などのしゃしゃり出る幕はござりませせぬぞ」

## 十一

儀右衛門の言葉は事実だった。鉄の大砲鋳造については戦国時代に一応の完成を見ていたのである。しかも当時の諸外国に比較しても決して劣らぬ性能であった。それが、二百五十年の間に停滞した。すべては徳川幕府による政権の長期安泰のせいである。

大規模な戦さがほとんど行なわれなくなると、必然的に武器も無用のものとなる。刀は武士の魂として存続しえたが、大砲は意味をもたぬばかりか、所有していると幕府よりあらぬ疑いを持たれる要因ともなった。幕府もその鋳造には厳しい監視態勢を取り、長崎警護の任に当たっている肥前佐賀藩と肥後熊本藩にのみ大砲を貸し与えた。徳川の治世およそ三百年。幕末期を除くと、島原の乱と大塩平八郎の乱に用いられたという記録が残されているのみで、他に大砲が使われた事実はない。信じられない話だが、長崎警護を任されていた佐賀藩の台場の大砲でさえ、百五十年間はおなじものが備えられていた。錆《さ》びて使用に耐えられなくなったので、ようやく寛政年間になって新しい大砲と交換されたが、もっと驚くべきことは、前のものより明らかに性能が落ちている点にある。以前には備えられていた二十二門の中に鉄製の大砲が八門もあったのに、交換に貸与された大砲はすべて青銅製のものとなり、数も十四門に減らされているのである。これは鉄の鋳砲技術が二百年近くの間に失われてしまったことと、大砲がただの飾りでしかなくなっていたことの二つを意味している。国の平和が技術の停滞に結びついたのだ。平和な間はそれで問題がない。しかしその二百年で諸外国との技術の差は歴然となった。

日本が相変わらず火縄式の青銅砲であるとき、ヨーロッパでは火打ち式から雷管式へと変化し、材質もすべて鉄となり、砲身も最初から筒の形に鋳造する方法は古いものとされ、棒状の鉄の中心に錐《きり》で砲腔《ほうこう》をあけるというやり方が主流となった。これによって砲身の強度が増し、大量の火薬を用いても破裂する心配が少なくなった。最初から筒の形にすると砲身に気泡が生じやすく、どうしても破裂の危険がともなう。五発も連続で撃とうものなら、鉄製でもたいていは使用不能となった。

日本の青銅砲がいかに形骸《けいがい》化したものであったかはこの説明で理解できるだろう。着弾距離は半分もなく、連続使用に耐えられず、しかも弾丸自体の破壊力もない。これでは戦さになりようはずもなかった。

# 十二

「仕組みは承知ですが……」

栄寿は詰まりながら続けた。

「丈夫な鉄が精錬できませぬ。かつての技術でよければ明日にでも鉄の大砲は作れます。だが、それにしてもせいぜい六ポンドとか八ポンドの砲で……とても太刀打ちは」

「そのための反射炉でござりましょう」

儀右衛門は意地悪く笑った。

「ご苦労は耳にしておりまするがな」

「いまだ完成にはほど遠く……儀右衛門どのには正直に申し上げるが、これまでに五、六度実験を試み、ことごとく失敗しております。量ばかりか、どうしても強度に難が。この四月と七月に鋳造した砲は試し撃ちで破裂を」

栄寿の言葉に同席していた童仙は目を円くした。それはお家の重大な秘密である。

儀右衛門もじっと栄寿を見詰めた。

「どうしてそこまでお打ち明けなさる?」

やがて儀右衛門は訊《たず》ねた。

「おなじ日本のお人であれば」

栄寿は儀右衛門の目を覗《のぞ》いて言った。

「佐賀の失敗は日本の失敗にござる」

「藩にとらわれぬと申されるのか」

「沈みかけた船に居て、藩だなんだと叫んでも仕方ありませぬ。それは港に着いてからの話にて。我が藩公も恐らくおなじお心かと」

「…………」

「紙の上の理屈ではどこも落ち度がござりませせぬ。ですが肝腎《かんじん》の鉄が作れぬ。鉄がなくては大砲もできぬ。なんとかお助け下されし」

栄寿は儀右衛門の前に平伏した。

「そこまでお打《た》ち明けとあらば……」

儀右衛門は溜め息を吐きながら、

「お手助けしたいのもやまやまにござるが、杉谷さまの手に余る仕事が私ごときにできるとは思えませぬ。買い被《かぶ》りじゃ。それにこの狭き工場では鉄の精錬などとても」

「なれば佐賀においで願いたい」

栄寿はすかさず口にした。

「佐賀に！」

「さよう佐賀に」

「佐賀は他所者《よそもの》を一歩たりとも入れぬ国と聞いておりますぞ」

儀右衛門は苦笑した。

「儀右衛門どのを我が藩でお雇い申す。さすれば今日より他所者にあらず」

「失礼だが、お気は確かか？」

儀右衛門はさすがに呆《あき》れて、

「私はとなりの久留米の生まれじゃ」

「仕事はいくらでもあり申す。思う存分に儀右衛門どのの腕を奮うて下され」

「お断わりいたす」

儀右衛門は即座に答えた。

「藩のご重役のご依頼ならまだしも、その場の思いつきに心を動かす私ではありませぬでな。本日のところはお帰りなされ」

「決して思いつきではござらぬ」

「お帰り下され。この儀右衛門とて久留米の人間にござる。となりの佐賀に仕事を求めたなどと人に陰口を言われたくはござらぬ」

儀右衛門は憮然《ぶぜん》とした顔で言った。

「第一、そなたになんの権限があって」

「腹を切る覚悟で藩を説得いたします」

栄寿は必死に掻《か》き口説いた。

「そのお覚悟こそ当方には迷惑と言うもの。こちらから頼んでおらぬものに軽々しく命など賭《か》けられるな」

儀右衛門は声を荒げた。

「では、どうあっても」

栄寿は顔を上げると、

「童仙、済まぬが介錯《かいしゃく》を頼みたい」

傍らの童仙に向かって言った。

「…………！」

儀右衛門と童仙はあんぐりと口を開けた。

「畳を汚しては申し訳ない。庭をお借りできますでしょうか」

「ここで……腹を召すと申されるか」

儀右衛門は鼻で笑った。

「見上げたものじゃ。遠慮はいらぬ。畳などそなたのお命に較べれば安いもの。女子供が怯《おび》えてもまた迷惑。ここで構いませぬぞ」

「さようか。ならばお言葉に甘えて」

平然と栄寿は小刀を腰から抜いた。

「佐野さん！　馬鹿な真似は」

童仙は青ざめた。

「いずれこの国も永くはない。早いか遅いかの違いではないか。それに俺は喋《しゃべ》り過ぎたらしい。やがて藩に迎えるお方と信じたればこそ大事を口にしたが……断わられたとなれば話は別だ。その責任は取らねばなるまい。反射炉については俺が酒の上で勝手に話したことだ。儀右衛門どのにはいっさい関わりがない。なにか面倒が起きたらおぬしから重役方にそう伝えてくれ。佐野栄寿はその失態を詫《わ》びて腹を切ったともな」

儀右衛門はそれを聞いて苦笑いした。

「それと……」

栄寿は笑いを無視して童仙に言った。

「おまえはこの足で広瀬元恭先生のところに行き、即刻時習堂を退塾しろ」

「なぜです？」

「人の役に立たぬ学問など無用だ。学問とは自分一人の暮らしのためにあるのではない。それがたった今俺には分かった。時習堂ではなんにもならぬ。あそこは自らを磨くことのみ教え、国の行く末など案じておらぬ」

「先生はそういうお方では」

童仙は首を振った。

「目の前の高弟がこのざまでは先生の教えも知れたものさ。売り物の時計作りにだけ学問を利用している。おまけに重役の依頼ならまだしも、とか、権限だとかを気にする。おまえもその程度の学者になるんなら、さっさと佐賀に戻って大砲の弾でも磨け」

栄寿は刀に懐紙を巻きつけた。

「佐野さん！」

童仙はおろおろした。

「なあに、お陰で無駄な苦労を重ねずに済むというものだ」

栄寿は瘦《や》せた腹を出して刀の先をそれに突き立てた。芝居のつもりだったが案に相違して儀右衛門は乗ってこない。それならそれで腹を切るまでだと栄寿は決めていた。儀右衛門を佐賀に連れて帰れぬのなら、これまでの思案のすべてが水泡に帰す。栄寿は大きく息を吐き出すと腕に力を込めた。

「お待ちなさい！」

その腕を儀右衛門が押し止《とど》めた。

「今一度お話を伺いましょう」

「…………」

「怖い目は止《よ》しなされ。この儀右衛門には通じぬ。芝居とは申せ、命まで張る栄寿どのにはこちらも報いてやらねばなりますまい」

「腹はいかにも思いつきですが、先程のお誘いは断じて思いつきではありませぬ。江戸を発《た》つ前より心に決めていたことにござれば」

栄寿は刀を握ったまま言った。

「ご重役とか権限とか申したは、この儀右衛門の過ちにござった。この通りじゃ」

儀右衛門は栄寿に頭を下げた。

# 十三

栄寿は反射炉について聞かされている限りのことを細かく儀右衛門に伝えた。むろん栄寿とて素人ではない。反射炉の構造や大砲の鋳造法に関しては蘭書を読んでいる。儀右衛門が時折挟む質問にも澱《よど》みなく応じた。興味がないと言った割合に儀右衛門は詳しかった。

「それなれば、やはり広瀬先生にお訊ねになるのが一番ではござらぬか？」

一通りの説明を聞き終わると儀右衛門は頷《うなず》きながら言った。

「私がお手伝いできそうなところは、むしろその後のことと……砲身に砲腔をあける錐鑑機は工夫なされておいでか？」

「建造中との報告は得ておりますが、着手して早一年になりまする。あれがなくては鉄の精錬に成功したとて旧来の方法でしか大砲は作れませぬ。人力で砲腔をあける案も試みておるようですが、それでは精度に不安が残ります」

砲腔が均一に削られないと危険である。

「外国では水車を動力に用いておる」

儀右衛門が教えた。

「無論お家でもその仕掛けを」

「なれば一年もかからぬはずじゃが」

「錐《きり》の先の刃の仕組みと、用水の量に頭を悩ませておるとか聞いております」

「なるほど。錐の先はともかく、鉄に穴をあけるほどの力を得るにはよほどの水車でなくては役に立ち申さぬ。水車を大きくすれば楽になるが、それがむずかしいのじゃな」

「築地の反射炉は平らな土地にござりまして」

「流れが緩いというわけか」

　栄寿は首を振った。

「二つ方法がござる。まずは用水路の幅に手を加え、広きところと狭きところを組み合わせればよい。さすれば平地でも水の勢いはたちまち変わり申す。じゃが、この程度はすでに試みられておられるだろう。残るは歯車に工夫を……蘭書の通りに歯車を嚙《か》み合わせたとて、望む力は得られぬ。水の力を逃さぬように大と小の歯車を上手《うま》く動かさば必ず」

「その工夫が難問にござりましょう」

「それくらいのことであればいくらでも」

　儀右衛門は請け合った。

「歯車ならば永い付き合いでしてな。杉谷さまとてすでに解決なされておいでかも知れぬが、簡単な図面でよろしければ十日の間に工夫してさしあげましょう」

　栄寿は狂喜した。

「まずはそれにてご勘弁下され。栄寿どののお誘いはまことにありがたいが、いかになんでもそれほどの大事に即答は無理と言うもの」

「お考え下さりまするか」

栄寿は粘った。

「蒸気船についてもお話しであったが？」

儀右衛門の目が光った。

「本気で取り組まれるおつもりか？」

「いかにも。帆に頼っては夷狄《いてき》の船を追い掛けるわけにも参らぬ。沖に逃げられれば、たとえこちらに鉄の大砲があってもおなじこと」

「大砲とは比較にならぬ費用がかかりますぞ。たかだか一藩で可能とは思えませぬが」

「造れるという見極めさえあれば金などなんとでも算段ができ申す」

「…………」

「いかがでござりますか？」

「大砲よりはいささか自信がありましてな」

儀右衛門は満面に笑みを浮かべた。

「お望みであれば一年のうちに雛形《ひながた》を拵えてお目にかけよう」

「まことにござるか！」

栄寿はさすがに絶句した。

「ただし、雛形ができたとて、本物の蒸気船を拵えるにはまだまだ別の難問が控えておりますぞ。釜《かま》ひとつにしても雛形の十倍は厚い鉄板を用いねばならぬ。私にやれるのは蒸気からくりだけであって、船の設計はとても無理じゃ。本気でやるとなったら多数の手助けが必要となりましょう」

「いくらでも佐賀にお連れ下され。この佐野栄寿、必ず藩を動かして見せます」

「まあ、そうお急ぎなされますな」

儀右衛門は微笑《ほほえ》んで、

「こういたしませぬか」

栄寿に考えを伝えた。

「たとえ雛形と申しても一年はかかる。栄寿どのにしても、できるかできぬか分からぬ段階で藩の説得はむずかしかろう。やがて重荷にならぬとも限らぬ。また、私にしたところで禄《ろく》をいただいての仕事は気詰まりにござる。それでは急がされるようで落ち着かぬ。これは私と栄寿どののとのお約束じゃ。きっと一年以内に蒸気船の雛形を拵え申す。その上でお考え下さればよい。こう申せばまた逃げのように思われましょうが、私にも頼ってくれる家族や弟子どもがござる。先行きの知れぬ仕事に、ましてや遠い佐賀まで気軽には行けませぬ。雛形をご検分の上、この儀右衛門にまこと蒸気船を造らせてくれると申されるのであれば、その時は喜んでお仕えいたしましょうぞ。大砲にはさほどの興味も動かぬが、蒸気船となれば残りの一生を賭《か》けても決して悔いはござらぬ。この心に偽りはない」

「一年後でござるか」

「雛形に関しては費用も要《い》りませぬ」

「それではあまりにも申し訳が……」

「蒸気船を拵えるなど、夢のまた夢と諦めておりました。白状いたさば、金はこちらから積んででもお頼みしたい仕事にござってな」

　儀右衛門は笑った。

「ありがたき幸せ」

　栄寿は両手を畳に揃《そろ》えて泣いた。

「お手をお上げなさりませ」

　儀右衛門は栄寿の肩を起こした。

「もう芝居はよろしかろう」

「お頼みついでに今一つお願いがござります」

「なにごとかな？」

「中村奇輔《なかむらきすけ》と石黒寛二《いしぐろかんじ》の両名を佐賀に連れ帰りとう存じます。なにとぞ広瀬先生に儀右衛門どのよりお口添えを」

「中村奇輔に石黒寛二の両名を」

　ともに広瀬元恭の時習堂に学ぶ者たちであった。中村奇輔は当代随一の化学技術者として、特に機械設計と火薬の調製については並ぶ者なしと賞賛されていた。一方、石黒寛二は蘭語の読解力にかけて時習堂きっての才能を示し、師の広瀬元恭と遜色《そんしょく》がないとの評判さえ取っていた。

「お招きが決して思いつきでなかったことが分かり申した。なるほど、あの両名をな」

儀右衛門は大きく頷いた。

「あの者たちならばきっとお役に立ちますぞ」

歳こそ若いが儀右衛門も彼らには一目置いていた。ことに中村奇輔の図面を引く確かさには驚愕《きょうがく》すら覚えていた。寸法も形も大雑把な蘭書の図解を基にして彼は実用に足る図面をいくつも作成した。化学や物理の基礎ができていなければとうてい不可能なことだ。たった一つの歯車の大きさが狂うだけで動かない機械が無数にある。そのむずかしさは儀右衛門だからこそ分かった。

「中村奇輔は身一つゆえ説得も面倒にはござらぬが、石黒寛二は医者を目指しておるはず。直《す》ぐには承知しますまい」

「一年後とは申せ、儀右衛門どのも佐賀に参られると知れば必ず心を動かしましょう。たとえ広瀬先生のお許しがなくとも、今の儀右衛門どののお言葉を伝えて構わぬとあれば私一人で説得してみせまする」

「また涙をもってでござるか」

儀右衛門は声にして笑った。

「その涙を見ては鬼とて心が動く」

側《そば》で童仙も笑った。

「鬼こそ私の求めておるものだ」

ケロリとした顔で栄寿は言った。

「今は日本中の鬼が欲しい。本気で佐賀を鬼の棲家《すみか》にしとうござる」

栄寿の目は厳しく燃えていた。

## 十四

栄寿と童仙の二人が田中儀右衛門の経営する機巧堂を訪れて十日後の宵。二人はまた連れ立って四条河原の小料理屋の二階に姿を現わした。鴨川《かもがわ》に面した障子は開け放たれていて、涼しい風が部屋に入り込んで来る。河原から鴨川の浅い水面《みなも》に伸びて設けられた無数の屋台にもすでにあかあかと灯《ひ》が点《とも》されていた。涼み客たちの賑《にぎ》やかな笑い声が栄寿と童仙の耳に響いた。とりどりの三味線の音色が川面に反射して、つい浮き浮きとなる。栄寿は席にも着かず、しばらく真下の喧騒《けんそう》を眺めた。川の上に舞台を拵《こしら》えて宴席を設けるなど、さすがに風流の都である。

「近江翁のお姿はまだ見えぬようですね」

屋台を見渡して童仙は言った。

「あの屋台がそれだろう」

栄寿は右下に見える屋台を顎《あご》で示した。約束があると見えて五つの席が用意されている。

「上手《うま》く運びましょうか？」

童仙は軽い不安を見せて口にした。

「すべては儀右衛門どのに任せる他に……今夜が駄目なら別の手を考える。まあ、夕涼みに来たと思ってのんびり飲《や》るさ」

「今夜をあれほど心待ちになされていたのに」

童仙は苦笑して窓から離れた。

「この賑やかさでは俺《おれ》の出番もあるまい」

「出番と申されますと？」

「こう人混みがあっては説得もむずかしい」

言われて童仙は失笑を洩《も》らした。佐野栄寿の得意とする涙が用いられないという意味であろう。仕切りもない屋台の上で、無縁の町衆たちに取り囲まれながら涙を流すわけにはいかない。ましてや切腹の真似でもしようものなら大騒ぎとなる。

「広瀬先生の顔を見られるだけで満足だ。あまり期待をせぬ方がいいかも知れぬ」

栄寿はむしろさばさばとした顔をして廊下に出ると大きな声で冷や酒を頼んだ。

「ところで……」

席に腰を落ち着けると栄寿は質《ただ》した。

「時習堂に彦根藩の者はおらぬか？」

「彦根……いいえ」

首を横に振りながら童仙は理由を訊《たず》ねた。

「昨年の末に新藩主となって彦根三十五万石を受け継いだ井伊《いい》掃部頭《かもんのかみ》どのは相当な器量と噂《うわさ》されておる。先々月、江戸より彦根に藩主となって初の入部《にゅうぶ》を果たされたそうだ。俺も今度の東海道の道筋で何度となく誉め言葉を耳にしたよ。先の藩主は凡庸以下との巷《ちまた》での評判であったが、今度は違う。家を継ぐに当たって掃部頭どのは先代の遺産十五万両をそっくり藩士や領民に施したと言う。しかも尊王の志し篤《あつ》く、京都守護を念じておられると聞いた。彦根藩は目下のところ相州《そうしゆう》浦賀の警備を幕府より命じられておるが、これで日本も安泰だという声も多い」

「井伊掃部頭さまですか」

「三十七歳だ。我が藩主閑叟公より一歳若い。今年薩摩《さつま》の新藩主となられ、早速に反射炉の建設に着手なされた島津斉彬《なりあきら》公は、確か四十二歳。もし井伊掃部頭どのが噂通りのお方であれば、十年後の日本はこのお三方が中心となって動かしているであろう」

「三藩が手を携えて進むべきだと？」

「斉彬公と閑叟公はお従兄弟《いとこ》にあらせられる。いずれはおなじ道を歩まれるはず。一方、彦根藩は相州警備、我が佐賀は長崎警備。その意味では繫《つな》がりがないわけでもない。今の日本の軍備が夷狄《いてき》に通用せぬことは彦根とて承知だろう。双方の間に立つ我が藩が取り持てば三藩の同盟も決して不可能とは思えぬ」

「なるほど」

「蒸気船を拵えるとなれば、確かに儀右衛門どのの申されたように佐賀一藩ではむずかしいかもしれぬ。今はまだ時期ではないが、必ずどこかの藩と手を組まねばならぬ日が来る」

「…………」

「ましてや彦根藩は溜間詰《たまりのまづめ》の家格。同盟が成就した暁には、井伊掃部頭どののお働きいかんによっては日本全体さえ動かせる」

童仙は大きく頷《うなず》いた。

溜間詰とは幕府政治の後見役とでも言える重責である。だが老中のように任命されるものではなく、その顔ぶれは定められていた。常溜《じょうだまり》と呼ばれ、歴代溜間詰を申し付けられているのが三家。彦根と会津と高松の三藩がそれである。加えて、なにかとある際に溜間詰を命じられるのが四家である。姫路、松山、忍《おし》、桑名の諸藩だが、俗に飛溜《とびだまり》と称され、家格は常溜に較べて少し低い。その他に老中職を務め上げた大名が名誉の意味合いで溜間詰を一代限りとして許される場合があった。だが、原則的に溜間詰は常溜の三家が基本である。三家は在府の時は毎月十日と二十四日に登城し、将軍に謁見し、老中と政務について討議し、また将軍に意見を奏上することも認められていた。江戸城中においての席次は老中よりも上席とされ、朝廷への使者もたいてい溜間詰の大名が任ぜられた。

その常溜の筆頭に彦根藩主井伊掃部頭直弼《なおすけ》はあった。

## 十五

「時代が変わりますね」

童仙の胸は騒いだ。

「本当に傑物ならば、な」

「尊王のお気持が強いとあれば、きっと我が藩公のお心も通じるでしょう」

「二条卿《きょう》の館に出入りして国学を講じている長野主馬《ながのしゅめ》という人物がおる。どうやら井伊掃部頭どのは、その人物から尊王を学んだものらしい。これも噂に過ぎぬが、彦根の新藩主は長野主馬を藩校の教師に迎えるつもりだとか。それが事実ならばますます頼もしい」

「二条さまに出入りする学者ですか！」

「国に戻って杢之助《もくのすけ》（神陽）にでも問い合わせれば長野主馬なる人物の器量も見当がつくと思うが……俺が調べたところでは杢之助ほど激しく尊王を訴えてはおらぬようだ。その意味では理想と現実とをきちんと見極めている人物と言えようがな」

「お会いになられてはいかがです」

「それは藩命で固く禁じられておる」

佐賀藩籍を持つ者が他藩の人間、特に攘夷《じょうい》思想の人間と接触するのは許されないことであった。藩主鍋島閑叟は軍備という裏付けのない攘夷思想を、むしろ最も憎むべきものとして排斥していた。

「当分は見守る他にあるまい。今後の彦根藩がどう動くか……楽しみとしよう」

「そのお役目、私に務まりませぬでしょうか」

童仙は真顔で口にした。

「佐野さんはこのまま帰られてしまう。もし必要とあれば私を佐野さんの手足に」

「おまえも学問を捨てて口入れ屋になると言うのか？　よせよせ」

「まだ時習堂に学んで日も浅い身にございますが、己の非才は己が一番承知にござる。たとえ五年を費やしたとて学問でお家のお役に立てる力が身に付くとは思えませぬ。それなればいっそのこと佐野さんのお手伝いを。ここ何日か考えた上でのことです。決してこの場の思い付きではありません」

「学問よりも気楽に見えるか？」

意地悪く栄寿は笑って、

「焦る気持も分からぬではないが、京に上がってひと月やそこらで音を上げるような者では口入れ屋も務まるまい。二年は時習堂で辛抱してみろ。それを終えてからでも間に合う。お家も愚かではないぞ。おまえを京に学ばせるには、それ相応に見込んでのことだ」

「時が……待ってくれるでしょうか？」

童仙は泣きそうな顔で言った。

「今にも夷狄が長崎に現われそうな……それを思うと学問がいかにももどかしくなります」

「時のことは……知らぬ」

栄寿は毅然《きぜん》として応じた。

「だが、学ばぬ者が千人打ち揃《そろ》って右往左往したとてなんの救いにもならぬさ。時が、たとえ五十年の余裕を与えてくれようと日本が滅びることには変わりがない。仮に三日しかそれを信ずる者が増えれば増えるほど日本の運はひらけるのだ。口入れ屋は日本に俺一人でたくさんだ」

「…………」

「まず学べ。無用と思えることでも、とにかく頭に詰めろ。確かに無駄になる場合もあろうが、おまえの学問が日本を救うことも有り得るのだぞ。そのためには停滞するな。佐賀に戻って人に教えようとはせず、いつまでも学び続けろ。お家の若い連中を率いる教師はこの俺がどこからか見つける。今のお家にはこの京都にとどまって学び続ける人間こそが大事なのだ」

「佐野さんは、ずるい」

童仙はそれでも訴えた。

「だれが見ても佐野さんと私とでは才能が違います。学問を続ける価値のあるお方は佐野さんじゃありませんか。なのに佐野さんは学問を諦《あきら》めて、私にそれを押しつける」

「俺は三十になった」

栄寿は微笑を見せて童仙と向き合った。

「蘭学を学んだのは二十五歳だ。おまえはそれよりもずっと若い。今はもちろん俺の方が知識も上だろうが、おまえが三十の時には俺よりも遥《はる》かに学問を頭に詰め込んでいるに違いない。無論おまえの勉強次第でな」

「…………」

「二十五になるまでは俺に追いつくような勉強をしろ。そうすれば二十六で俺を追い越す。追い越した時に俺の今の絶望が分かるよ。平和な時代であるなら学問を学ぶのに歳は無関係だが、俺にとっては蘭学を学ぶのが遅すぎた。のんびりと基礎を学んでいる余裕は俺に残されていない。だが、おまえにはできる。今の俺の歳になる頃には、俺の十倍もの知識がおまえの頭を満たしているだろう。俺がおまえならそうしてみせる。そいつがはっきりと分かっているから勧めているのだ」

「追い越せるでしょうか」

「目的を持っていればな」

栄寿は断言した。

「広瀬先生は十五の歳から蘭学を学んでいる。歳は俺よりもたった一つ上でしかないのに、俺と先生の開きは天と地ほどある。悔しいがこの差だけはどうしても縮められん。差が縮まらぬのは先生も停滞せず絶えず学び続けているからだ。もし俺も十五の歳から学んでいれば……と何度か思ったことがあった。俺も早く先生とおなじところに到達したい。しかし俺が今の先生とおなじになるには、あと十年はかかる。四十になってしまうのだ。蘭語については五年でなんとか先生の影を摑《つか》むまでになったが……舎密《せいみ》に関してはまるで及ばぬ。その辺りから俺には俺の役割を知った。けれど、おまえは若い。努力によっては三十で今の先生に追いつき、四十ではその時の先生すら追い越せるかも知れん。若い人間にはだれにもその可能性がある。目的を持てば、だ」

「私のような者にも可能性が……」

栄寿の言葉に童仙は胸をときめかせた。

「資質を見定めるのに二年は必要だ。なりふり構わずやってみて、それで性に合わぬとなったら話は別だ。この時代にあって無駄なことに時間を費やす余裕はない。俺を頼ってくればよかろう。その時は引き受ける」

「佐賀が誇りに思えてきました」

童仙はようやく笑顔に戻して、

「必死で取り組んでみようと思います」

拳《こぶし》をきつく握りしめた。

「儀右衛門どのの声のようだな」

開け放した障子の外から何人かの笑いが耳に届いた。栄寿は腰を浮かして眺めた。

「間違いない。広瀬先生もご一緒だ」

学者には珍しく固太りの背中が懐かしい。栄寿は身を隠すようにして見守った。

## 十六

「ささ……こちらの方に」

儀右衛門は広瀬元恭と妻のイネとを上席に案内しながら背後に見える小料理屋の窓をそ

れとなく捜した。栄寿らしき人影が直《す》ぐに認められた。栄寿の方でも気付いたようで軽く頭を下げた。この屋台での話が上手《うま》く運べば、儀右衛門は席をあらためて栄寿と広瀬元恭たちとを引き合わせる約束にしていた。

「このたびは我《わ》が儘《まま》なお頼みを快くお引き受け下さりましてまことにありがとう存じます」

早速用意された酒を元恭の杯に注ぎながら儀右衛門は礼を述べた。

「なんの……私が写したわけではありません。勉強のつもりもあって弟子にやらせたもの。それで私どもが馳走《ちそう》に与《あず》かるのは申し訳ない」

元恭の方がむしろ恐縮して頭を下げた。

ふっくらとした頰《ほお》に深い笑窪《えくぼ》ができる。

五十を過ぎた儀右衛門にとって三十そこその相手は子供にも等しい年齢だが、学識に加えての豊かな体つきのせいか元恭は人を圧する大人《たいじん》の風格を持っていた。それも傲慢《ごうまん》な威圧ではない。半刻も相対していると自然に襟を正してしまう大きさなのだ。

「暇があれば塾に出向いて読ませていただくのですが、……このところ家業が忙しく。お陰でゆっくりと目を通すことができまする」

「にしても『水蒸船説略』をお手元に置かれておきたいとは……さすがに」

元恭は儀右衛門の熱心さに感服した。

幕府天文方に所属する蘭学者箕作阮甫《みつくりげんぽ》が蘭書を訳して纏《まと》めた『水蒸船説略』とは、日本で最初の蒸気機関の解説書である。その完成は嘉永二年（一八四九）、わずか二年前のことだった。江戸の坪井信道の経営する蘭学塾日習堂《につしゆうどう》にて箕作阮甫と同門だった元恭は即座に連絡を取り、その写本を手に入れていたのである。だが、理論と言うよりも現実的な書物でありすぎた。頭の中でなんとか理屈を理解しようとしてもなかなか把握ができない。元恭にすれば興味を持ちながらも手をこまねいていた本の一つであった。それを儀右衛門が写本したいと申し入れてきたのだ。技術書に少しでも写し間違いがあっては役に立たなくなる。そこで元恭は写しを弟子に命じ、隅々に目を通した後に手渡すことにした。その写本が完成したのが前日で、今夜はその礼の招待だった。

「私などに簡単な理解が及ぶとは思えませぬが……前々より手にかけてみたいと願っておりましてな。図説が多いので助かります」

「手にかけるとは……蒸気機関を？」

「さよう。と申しても雛形《ひながた》でござるが」

「それは素晴らしい。たとえ雛形であろうと原理はおなじ。完成いたせばどれほど役に立つか計り知れませぬ。我々のためにも是非ともおやり下され。できることならなんでもお手助けいたしましょう」

言いながら元恭は、なるほどと頷《うなず》いた。

「それがあっての今夜のお誘いでしたか」

元恭は下座に肩を並べている中村奇輔と石黒寛二に目を動かした。儀右衛門からの案内では妻イネの他にできればこの両名を同道してくれとのことであった。二人は時習堂の高弟だ。誘われて不思議はなかったが、写本を拵えた門人や、もっと儀右衛門と親しい弟子が他にも何人か居る。なにか理由があるのだろうと考えていた元恭は微笑を浮かべた。

「いかにもこの両名ならばうってつけの才にございます。あの表側しか見えぬ図説とて、中村の手にかかればきちんとした図面に仕上がりましょう。また、理屈の分からぬところは石黒に問い合わせればよろしい。今では私よりも蘭語を解しおります。箕作どのの翻訳にもいくつか難解な箇所がある。石黒なれば蘭書に当たり、分かりやすくご説明もできるかと。両名とも蒸気機関とあらば喜んで」

　元恭が言うと二人は笑顔で頷いた。

「いや、これは久方ぶりに旨《うま》い酒となりそうです。儀右衛門どのが蒸気機関とは……」

「二、三年はかかりますぞ」

　一年で作り上げてみせるつもりの儀右衛門だったが、わざと大袈裟《おおげさ》に伝えた。

「当然でありましょう」

　元恭は何度も首を振って、

「すべての機械を新しく拵えねばなりますまい。気圧に耐える強さも工夫せねばならぬ。なにからなにまではじめてのこと。だからこそ意味があります。目的は蒸気機関でも、その途中で無数の試みができる。我らにはそれがなによりの報酬です。百の書物に目を通すより、たった一つの雛形がどれほど大きなことを我々に伝えてくれるか……風説では薩摩《さつま》藩がやはりあの書物を手掛かりに蒸気機関の製造に取り組むつもりであるとか。耳にいたして羨《うらや》ましきことと思っておりました」

「島津さまもですか」

「お家を継がれて直ぐに反射炉の建設を命じられたことはお聞き及びでございましょう。いずれ本物の蒸気船を拵えるご所存かと」

「そういう時代になったのですな」

儀右衛門は唇を嚙《か》みしめた。

「今はひたすら勉学に励んでおりますが、やがて必ずこの両名にも働きのできる時代がやって来るはずと心得おります」

元恭は奇輔と寛二を見詰めた。

## 十七

「佐賀藩の反射炉についてなにかお聞きになられておりまするか？」

儀右衛門は思い切って口にしてみた。

「苦労しておるようです」

元恭はしばし口ごもった後に言った。

「佐賀に関わりを持たれている江戸の伊東玄朴どのより教えられたことなので、決して他言は無用に願いたいが……反射炉はできてもなかなか良い鉄が作れぬとか。玄朴どのは書面で、良き知恵はないかと問い合わせて来ました。佐賀で反射炉の建設に携わられた杉谷雍介どのは、言わば第一人者。あの方にできぬものを、私などの浅知恵ではとても無理だと返書をしたためましたが……」

「……が？」

　儀右衛門は見抜いて重ねた。

「実物をこの目で見ておらぬので明言はできぬのですが……蘭書の説明通りに建設したものであるなら構造に問題はござりませぬ。反射炉は西洋にあってはごく当たり前のもの。煉瓦《れんが》さえ堅牢《けんろう》に作れば大して厄介なものではござらぬ。実際に幾度かの試験に耐えたと申されるのですから問題は構造にあらず」

　元恭は杯を呑《の》み干して続けた。

「恐らくは材料に用いる砂鉄銑に原因があろうかと存ずる」

　元恭の言葉に奇輔や寛二も同意した。

「西洋では原材料として高炉にて鉄鉱石を溶解した銑鉄を用いております。だが日本にはまだ高炉もなく、たたらで砂鉄を溶解しておるのみ。砂鉄銑では十分な還元も行なわれず、含有しておる不純物も多い。それを用いてはよほどの熱と練りが必要となり申す。佐賀藩がどういう砂鉄銑を材料にしておるかは存じませぬが、もともと反射炉は鉄鉱石の銑鉄用に作られておるもの。鉄であるなら砂鉄でも良いというわけではありませぬ」

　教えられて儀右衛門は唸《うな》った。

「無駄にご苦労を重ねられるよりは、長崎辺りを通じて良質の銑鉄を入手される算段をいたす方が早道と思われます。と申して私がそれを口にするのも余計なこと。その程度は当の杉谷どのとてご承知にござろう。それが成らぬからのご努力かも知れませぬので」

「良質の銑鉄さえ手に入れば佐賀は鉄の大砲を自在に製造できましょうか？」

「理屈では可能でしょうな。この場に大量の鉄があれば、中村や石黒にも決してむずかしくはありますまい。正確な図面を引く人間が居て、正確な技術さえあるなら」

「おぬしたちにはその志しがあるか？」

儀右衛門は中村と石黒に向き合った。

「志し……とは？」

年嵩《としかさ》の石黒が怪訝《けげん》な顔をした。と言ってもまだ三十三。儀右衛門に較べれば遥かに若い。

「二人の腕を見込んでおる藩がある」

「つまり……大砲を作れと？」

「大砲などは子供の技だ。もちろん当初はそれに関わることもあろうが……そのお家では本物の蒸気船を造りたいと申されておる」

二人は驚愕《きょうがく》の顔を見合わせた。

「薩摩とは違うのですね」

元恭が目を輝かせた。

「ここでその名を明かすわけにはいきませぬ。ですが、私の作り話ではござらん」

三人にはそれが佐賀藩と即座に分かったようだった。元恭は大きな溜《た》め息を吐いた。

「蒸気船は私の夢にござる。できるものなら我が手で拵えてみたい。ですが蒸気船は途方もなき夢。私一人の手で成就はなりませぬ。そう思って誘いを退けたところ、そのお家では直ぐに石黒、中村両名の名を挙げて来ました。広瀬先生も先ほど口になされたように、この両名はまさに適任でござる。逆に申さば、そのお家がいかに真面目に蒸気船の製造に取り組もうとしておるかの証《あか》しでもありましょう。それで私も雛形を拵える約束をいたした。もし両名に志しがあると言うのであれば、ともに働いてはもらえぬか。返事は急がぬ。大事のことだ。何日でも考えてくれ」

儀右衛門は両手を揃《そろ》えた。

「何日か間を置いても無駄にござりまする」

元恭が儀右衛門を遮った。

儀右衛門は頭を上げて見詰めた。

「反対しようと言うのでは……」

元恭は苦笑して、

「学問の徒にとってこれほどの幸せはありますまい。たった今でも、あるいは百日ののちでも答えは同一でありますぞ。二人とも学問こそが唯一の志しにござる。たとえ私が押しとどめたところで儀右衛門どのに従いましょう。できるならば私とてともに参りたい」

ただの言葉でなく心底から口にした。

# 十八

仲居に先導されて狭い階段を上がって来る何人かの足音を耳にして、栄寿は襟を正した。広瀬元恭との話が上手《うま》く運べば、そのまま彼らを栄寿の待つ部屋に案内すると儀右衛門は約束したのである。話が良い方向に進んでいたらしいことは、この部屋から覗《のぞ》いていた下の屋台の様子で察せられた。

「間違いない。広瀬先生だ」

緊張の面持ちで自分を見詰めている童仙に栄寿は請け合った。こういう展開も予測して栄寿は二階の三部屋を借り切っていたのである。もし他の客であれば必ずその前に仲居か主人か相談に来るはずだ。何人かの足音ということは、儀右衛門たちとしか考えられなかった。

「まさかこんなに都合良く運ぶなど……」

童仙はそわそわした。屏風《びようぶ》の陰に姿を隠したいとでも思っているような素振りだ。

「落ち着け。われらが願ったのだぞ」

と制した栄寿も深い呼吸をした。果たして儀右衛門がどこまで伝えてくれたのか……。

「お連れさまが見えはりました」

仲居が廊下から声をかけた。

「儀右衛門どのですか？」

栄寿が言うと襖《ふすま》を開けて儀右衛門が顔を見せた。小さく頷く。栄寿は深く頭を下げた。

「ほう……これは奇遇」

儀右衛門の背後に立っていた元恭は栄寿と目が合うと屈託のない笑いを見せた。

「やはり京へお戻りであられたか」

元恭は挨拶《あいさつ》もそこそこに部屋に入ると栄寿の前にどっかりと胡座《あぐら》をかいた。

「なるほど、童仙もおなじお国であったな」

「申し訳ありません」

童仙は恐縮した顔で両手を揃えた。

「なんのことかね？」

「佐野さんよりしばらく伏せるようにと」

「だいぶになるのですか？」

元恭は童仙から栄寿に視線を動かしてニヤニヤした。そこに元恭の妻イネが遅れて現われた。イネは栄寿を認めて懐かしい目をした。

「酒と料理を人数分頼む。早くだぞ」

イネの視線を避けるように栄寿は廊下で待つ仲居に急《せ》き立てる口調で注文した。仲居の消えるのを見届けて、栄寿はあらためて元恭と向き合った。イネは口許《くちもと》に微笑を浮かべて栄寿を見守っている。

「ご安心召され。石黒寛二と中村奇輔の両名は喜んで佐賀に参ると約束してくれましたぞ。

これもひとえに広瀬先生のお口添えの賜物」

儀右衛門が一番にそれを告げた。

栄寿と童仙はほうっと安堵《あんど》の息を吐いた。

「儀右衛門どのよりお話を伺った。恐らく人選には栄寿どのの意向が加えられているはずと想像はしていたが……まさか本人が目と鼻のところに控えていようとは」

元恭の言葉に寛二と奇輔も頷いた。

# 十九

「それにしても水臭い。いつ戻られた」

「およそ半月になります」

栄寿は自分の杯に酒を満たして元恭に手渡した。元恭は学者には珍しく無類の酒好きだった。元恭は受け取ると一気に呑み干し、今度は栄寿に杯を預けて酒を注いだ。

「半月ですか……いよいよ水臭い」

「先生にご迷惑をおかけしてはと……」

「江戸の玄朴どのより書状を頂戴《ちょうだい》いたしした。おおよそのことも承知です。玄朴どのもあなたには感謝しておられた」

それとなく元恭は高野長英のことを匂《にお》わせた。栄寿は遮るようにまた元恭に杯を渡した。

童仙が慌ててそれに酒を注ぐ。

「あなたのお役に立てて私もありがたい」

「童仙、済まぬが酒だけを貰《もら》って来てくれ。これでは儀右衛門どのたちの間がもたぬ」

童仙が立ち上がると栄寿は元恭に目配せした。それで元恭も気づいたらしく口を噤《つぐ》んだ。元恭や伊東玄朴にとって高野長英はおなじ学問の徒としてばかりでなく身内同然の間柄だが、世間的に言えば脱獄囚である。結局は捕縛直前に自刃したと言っても、その逃亡の手助けを玄朴や栄寿が試みたと知れればただでは済まなくなる。たとえこの場は安全だとしても妄《みだ》りに口外すべき事柄ではなかった。

現に儀右衛門はなにかを感じ取ったようだった。元恭は軽く咳《せき》払いすると、

「いつまでこの京に？」

唐突に話を変えた。

「石黒と中村の両名をお借りできるとなれば明日にでも佐賀に向かえます。両名の手助けが得られるなら儀右衛門どのもいずれ佐賀に来て下さるとお約束して下されました。もはやこの京になに一つ用事はありませぬ」

「両名はいつ旅立たせればよろしいのか」

「できることなれば私と同行を」

「…………」

「正直に申し上げる。この件についてはまだお家のだれ一人として知らぬこと。手前一人の判断にござる。が、命に賭《か》けても藩公を説得いたす所存。それには共に同道して貰うの

が最善の策と……ご承知のごとく我がお家は外からの出入りを固く拒んでおります。私が先立ってお家の方々を説得する方法もないではないが、間が開き過ぎますと必ず異を唱える者が多くなりましょう。それに両名の気が変わらぬとも限りませぬ。ここは思い切って動いてしまうのが大事かと」

「お家のご下命ではないと？」

当の二人ばかりか元恭も不安な顔をした。

「佐賀まで行って許されぬとなれば？」

「許されるまで頑張ります」

平気な顔で栄寿は応じた。

「それでも許されぬ時は？」

「両名を薩摩に連れて行くと脅かしますか」

「薩摩に！」

「学者や技術者に藩籍はないと私は考えております。日本を救う才があるなら、私は両名を連れてどこにでも行きましょう。それが私の約束とご了解願いたい」

「あなたも藩を捨てると言われるのだな」

元恭はむしろ儀右衛門たちに伝えるように繰り返した。

「その場で腹を切っても構いませぬが、それでは逆に皆様方にご迷惑となる。佐賀が無理なら薩摩、薩摩が承知せねば彦根」

「彦根……井伊掃部頭さまか」

元恭は頷きながらも苦笑を浮かべて、

「あのお方はまだ分からぬ」

「巷《ちまた》の評判はなかなかのものと」

「井伊掃部頭さまのお考えは知らぬが……知恵袋と噂される長野主馬という御仁、切れ者過ぎて警戒されておる。口では尊王を唱えていても内心はどうか。いずれ右にも左にもなれる男と私は見ている」

「お会いになったことが？」

「丸太町の梁川星巌《やながわせいがん》どののお宅で二度ばかり。星巌どのはご信頼なされているようであったが……なにしろ星巌どのは無邪気に客を歓迎いたす悪い癖をお持ちでな。奥様ともどもに酒のやりとりができる相手となれば、たとえ盗人でも招き入れるだろうと皆が笑っておる。特に詩の才に長《た》けておればなおさらだ」

「………」

「尊王を気軽に口にできるのも、この京の都なればこそ。まさか江戸ではこうもいかぬ。それで江戸が住みにくくなったとおっしゃられながら、その反動からか星巌どののお気持はますます激しくなられたようだ。慕って集まる客たちを前に相手構わず幕政の愚かさを説かれる。梅田雲浜《うめだうんぴん》どのを筆頭に池内大学《いけうちだいがく》、頼三樹三郎《らいみきさぶろう》といった面々が顔を揃えると、さながら鍛冶屋《かじや》のように騒がしくなる。あれでは徳川さまとて穏やかではあるまい」

「それで近づいて来たお人かも知れぬと?」

栄寿は元恭の言葉の裏を見抜いた。

「彦根は常溜《じょうだまりの》間詰《まづめ》のお家。言わば徳川さまのお身内も同然。時代がどう動こうとも徳川さまあっての藩と心得ておりましょう。私は星巌どののようには期待しておらぬ。攘夷《じょうい》についてはともかく、尊王が根付いておるのは外様《とざま》と小藩だけです。京の都ではそれを口にするのが流行《はや》っておるのに過ぎませぬぞ」

栄寿は軽々と彦根の名を挙げた自分を恥じた。巷の噂を耳にして期待しただけに過ぎなかった。蘭学については貪欲《どんよく》でも、思想には疎い。軍備の裏付けのない攘夷思想など意味がないと藩主鍋島閑叟から言い聞かされているせいで、佐賀の人間はたいていが無意識に思想を遠ざける傾向にあった。

「お待たせいたしました」

大ぶりの銚子《ちょうし》を五本ほど盆に載せて童仙が戻った。奇輔がそれを受け取った。

「面倒な話はこれきりだ。今夜は二人のかどでを祝って大いに飲むこととしよう」

元恭は二人の弟子に杯を配った。

「では、お許し願えるのですね」

栄寿の顔が輝いた。

「佐賀と薩摩で無理なら、日本にこの二人の働き場所はありますまい。たとえ求められたとしても他の小藩で細々とした仕事をさせるくらいなら私のところで学問を続けさせる方がましと言うもの。お預け申す。その代わり無駄な仕事はさせて下さるな」

「誓って」

「蒸気船のためにお貸し申すのだ。決して佐賀一藩のためだけでもありませんぞ」

元恭は念を押すと儀右衛門を振り向いて、

「私はよい弟子を持ちましたよ。佐野栄寿、石黒寛二、中村奇輔……そして田中儀右衛門どの。あなたたちが日本を変える。舎密《せいみ》は思想に較べて形に表わすことができる。蒸気船を造る力が日本にあると諸外国が知れば自ずと対応も異なって来るはずです」

熱のこもった口調で言った。

二十

「長野主馬に会わずばなるまいな」

宿への帰り道、栄寿は童仙に口にした。

「三藩同盟ですね」

元恭の話を聞いていなかった童仙は単純に頷いた。

「どうやら甘い考えのようだった。広瀬先生は彦根を信用しておらぬ」

「なぜです？」

「たとえ井伊掃部頭どのが天子さまへの赤き心をお持ちであられても、徳川三百年にも及ぶ常溜間詰の格式がそれを上から抑えつけよう、と。いかにもその懸念はもっともだ」

「…………」

「断じそしなかったが、先生は長野主馬なる人物も怪しんでおるらしい。近頃では頻々と梁川星巌どののまわりに出没いたしおるそうな。ただの杞憂《きゆう》であればよいが……あるいは粛正の下準備かも知れぬ」

「梁川星巌……」

童仙は頼りない目で首を振った。

「知らないか？」

「もちろん名前程度は……詩の名人とか」

「美濃の出身だが、まんざら佐賀と無縁でもないぞ。今の藩校で朱子学を講じておられる古賀穀堂《こがこくどう》先生のお父君、精里《せいり》先生のことは無論存じておろう？」

「ええ。幕府の昌平黌《しょうへいこう》で儒学を教授なされていたお方でしょう。我が佐賀の誇りです」

「星巌どのはその精里先生の門下だ」

星巌は美濃の豪農の長子であったが、幼い頃より学問を志し、親に願って江戸に出ると真っすぐ古賀精里の門に加わった。英才の誉れ高く、やがて精里の口利きで昌平黌への入学を希望したが、農士であるという身分差別のためにそれが果たせなかった。それで学者としての正統な道を阻まれた彼は精里の門を離れ、詩作に才を発揮するようになった。酒と旅をこよなく愛し、諸国の文人と交わり、四十を過ぎた辺りには日本に隠れもなき詩人として名を馳《は》せるまでになっていた。

天保五年（一八三四）、四十五歳で江戸に戻った星巌は神田お玉ヶ池のほとりに「玉池吟社」と名付けた詩の塾を開いた。名声を慕ってさまざまな人間が出入りしはじめた。松代《まつしろ》の佐久間象山《さくましょうざん》に至ってはわざわざとなりの家に移り住んだほどだった。戻って数年過ぎた辺りから、星巌は過激な尊王攘夷思想を主張するようになる。その原因の一つには盟友大塩平八郎の乱の失敗が絡んでいる。つまり星巌にとっての尊王攘夷は、自らが阻まれた身分制度と大衆の抑圧によって喚起された幕政批判から生まれたものであった。当然のごとく彼の身辺には幕府の目が光るようになった。厳しい監視の目を嫌ってか、やがて星巌は江戸を捨て、京都に居を移した。

「佐久間象山さまがそれほどまでに……」

思想にはさほどの関心を持たない童仙だったが、佐久間象山の名を聞いて大きく頷いた。おなじ蘭学の先達として象山の名は広く日本に鳴り響いている。

「梅田雲浜、池内大学、それに頼三樹三郎。いずれもこの京では名高き尊王思想の持ち主だ。それが梁川星巌どのの下に一つに纏《まと》まった。膝元《ひざもと》を離れた京のことゆえ幕府も今は見逃しておるようだが……決して忘れているわけではなかろう。目立たぬやり方で監視していることも充分に考えられる」

「それほどのお方なら当然でしょうね」

「そこで彦根藩だ」

「…………」

「長野主馬なれば穏健派とは申せ尊王攘夷を説いて公卿《くぎよう》家にも出入りの許されている人物。後で広瀬先生から耳にしたが、江戸の玉池吟社には彦根藩の人間もだいぶ足を運んでいたらしい。言うなれば彦根と繋《つな》がりがあって尊王攘夷を説く長野主馬は監視役にうってつけの男ではないか。現に梁川星巌どのはいたく信用なされておるそうだ」

「疑念をお伝えになったのでしょうか?」

「広瀬先生はそういう人物ではない」

栄寿は首を横に振った。

「確証もなしに軽々と口にはせぬさ」

「それで佐野さんが?」

「このまま放っておいて、もし長野主馬が幕府の手先となれば、やがてその累は先生にも及ぶ。思想とは無縁だと先生が主張なされても幕府は認めまい。そうなる前に見極めねばば」

「ですが……むずかしいのでは?」

童仙は危ぶんだ。佐賀の人間が尊王の志士に接近することは固く禁じられている。

「お家には内密でやる。どうせ石黒と中村の両名の旅立ちにはまだ間がある。策を練る時間はたっぷりあるさ。それに万が一広瀬先生が罪に問われるようなことにでもなれば一大事だ。先生には今後も佐賀のために働いて貰《もら》わねばならぬ。長野主馬の人物を見極めることはいろいろな意味でお家に関わって来る。場合によっては彦根との同盟も……」

「佐野さんもご苦労が多い」

「そうかね」

「佐賀を一人で背負っていらっしゃいます。これならお国で大砲を拵《こしら》えている方が遥《はる》かに楽に思えます」

「性分としか言い様がないな。それに俺は広瀬先生が好きなのだ。むざむざと火事に飛び込ませるようなことはさせたくない」

## 二十一

「妙なことをお聞きして構いませんか」

童仙は立ち止まって言った。

「いや。やはり止《よ》しましょう」

「なんだ。言いたいことはちゃんと言え」

「広瀬先生の奥様についてです」

「…………」

「気のせいか佐野さんを見る目が格別親しいもののように私には思われました」

「昔馴染《なじ》みなのだ」

「では儀右衛門どののお宅で？」

広瀬元恭の妻イネがからくり儀右衛門の妹であるのは弟子のだれもが知っている。

「イネどのは儀右衛門どのと血の繋《つな》がりはない。妹分として縁組をした後に広瀬先生に嫁がせたものだ」

「そうでしたか」

「ただし、これはここだけの秘密だぞ。事情を知っている者は滅多におらぬ」

「それにも佐野さんが関わりを？」

「特にない。ただ、イネどのと仲の良かった娘と俺が深い仲になっていてな。昔はおなじ席で呑《の》んだものさ。それでつい顔に出る」

童仙は直《す》ぐに察した。この時代にあって男相手に酒を呑むとなれば素人ではない。

「それは広瀬先生もご承知ですか？」

「当たり前だ。でなければこうして付き合ってはいられまい。実を言うとその店に先生を誘ったのは俺さ。どれほど頑張っても蘭語が身につかぬ。塾に行くのも厭《いや》になってただただ遊び惚《ほう》けていた。それを広瀬先生が心配してくれて宿を訪ねて来た。無理に馴染みの店に誘い込んだら、その席で……」

「先生と奥様が？」

「誤解はするなよ。俺の女はその店の抱えだったが、イネどのは店の娘だ。たまたま二人が気が合っていたので俺がときどき部屋に呼んで落とし咄《ばなし》みたいなことを聞かせていただけのことでな。本来は酒席に出る人ではない」

童仙は安心した顔になった。

「広瀬先生は酒は好きでも、見た通りのぼくねんじんだ。そこがまた遊び人ばかりを見慣れているイネどのには珍しく感じられたんだろう。イネどのの方から惚《ほ》れたのさ。そうしたら広瀬先生もまんざらでもない様子だった。と言ってこれから売り出そうという蘭学医が、いかに好き合った仲とは申しても、そういう店の娘を娶《めと》るわけにもゆくまい。事情を打ち明けられた儀右衛門どのが快く引き受けてイネどのを妹分として縁組したのだ。儀右衛門どのは内裏《だいり》にも出入りが許されているほどのお方。形だけとは言っても、その人の妹分であるならどこからも文句は出ない。お陰で広瀬先生は好きなイネどのと一緒になることができたというわけだな」

「じゃあ佐野さんが縁結びの神ですね」

「俺の方はその時の女と縁が切れた」

栄寿はそう言って笑った。

話は脇道《わきみち》にそれるようだが、あらゆる資料がイネを田中儀右衛門の実の妹として信じて疑っていない。これは広瀬元恭側の資料にそうはっきりと明記されているからなのだが、実際にイネの年齢を当たってみると、それでは有り得ないことが分かる。イネは安政六年（一八五九）にコレラに罹《かか》って三十八歳で亡くなった。墓銘にもそう刻まれているからこれは確実だ。そうなると生まれたのは文政五年（一八二二）。広瀬元恭よりも一歳年下だ。二人が一緒になったのは儀右衛門が広瀬元恭の門に入ってからと考えられるので、だいたい嘉永二年（一八四九）前後。元恭が二十八、イネ二十七。田中儀右衛門の伝記を見ると、元恭の学識と人柄に惚れ込んだ儀右衛門が、なんとか末の妹を嫁に貰ってくれと掛け合ったことになっているのだが、常識的に見てこの時代に二十七歳の娘を自信たっぷりに推薦できるものだろうか。十五、六で結婚するのが当たり前で、二十七となれば大年増《おおどしま》の部類に入る。いかに儀右衛門とてそんな失礼な真似をするはずがない。その他に決定的なのはイネの生まれ年の文政五年。この時に儀右衛門の父親はすでに亡くなって七年が過ぎていた。その後に母親が再婚して生んだという可能性もあるけれど、文政五年に儀右衛門の母親は五十歳に達している。現在でも五十歳で子供を生むのは珍しい。と言うより皆無に近いだろう。これらから考慮してもイネが儀右衛門の実の妹でなかったのは明白だ。考えられるのはただ一つ、イネが妹分として儀右衛門と縁組を結び、しかるのちに元恭に嫁いだということだ。その上に二十七歳だったイネの年齢を重ね合わせると、儀右衛門の意思と言うよりは元恭側からの願いではないかとの推測が成り立つ。儀右衛門と血の繋がりのない、しかも二十七歳の女性を押し付けられる義理はいっさい元恭になかったし、またメリットも少ないはずである。

「お家は思想を学ぶなと言うが……」

ふたたび暗い道を歩きはじめた栄寿は溜《た》め息とともに言った。

「今後はそうもゆかぬかも知れぬな。それなりに時代を見極めているつもりであったが、佐賀を除いた諸藩は思想で動いておる。どう転ぶかは思想抜きで判断ができぬぞ。軍備があっても思想によっては動かぬ藩もある。反対に思想一つで命を捨てる藩もあるいは……

彦根について俺が確信を持てぬのはそのせいだ。佐賀は今、確実に日本の先頭を走っておるだろう。しかし、思想がない。五年後に気づいて見渡せば、佐賀が孤立の道を歩んでいることも考えられる」

栄寿ははじめて不安に襲われた。

# 対峙

## 一

寝苦しさに栄寿《えいじゅ》は目覚めた。びっしりと汗が噴き出ている。半身を起こすと、顎《あご》から汗が滴り落ちた。襟をはだけて栄寿は胸許《むなもと》を掌《て》で拭《ぬぐ》った。ぬるぬるしている。暑さのせいと言うよりも、冷や汗だった。

夜着を脱いで、それを手拭い代わりに体をゴシゴシと拭《ふ》く。汗は後から後から噴き出て来た。心臓の高鳴りもなかなか治まらない。

〈虎六さんか……〉

栄寿は苦笑した。

自分が十四、五の子供に戻って、藩校の弘道館《こうどうかん》で試験を受けていた夢を見たのだ。得意としていた論語の解釈のはずなのに、どういうわけか問いの意味が分からない。仲間たちはすらすらと答案を書いている。特に栄寿と常に学力を競っていた玄一などは、とっくに書き終えた風で監督官の虎六に提出して自分の目の前に胡座《あぐら》をかいていた。円《まる》い顔を突き出して白紙の答案を笑っている。虎六は側《そば》にやって来ると侮蔑《ぶべつ》のまなざしで別の問題を差し出した。蘭語《らんご》だった。得体の知れない図が真ん中にある。どうやらこの場でそれを作れということらしい。玄一は問題を取り上げると、蘭語にいちいち意味を記して栄寿に渡した。ますます混沌《こんとん》とした。窓の外には江戸に暮らしているはずの義父母がいた。心配そうに様子を眺めている。この試験に失敗すると父は死罪となるのだ。わなわなと震えた。だが、問題は霞《かす》んで見えなくなった。父が悲しそうな目で見詰めた。虎六が嘲笑《わら》った。館中に才をひけらかしていたおまえの高慢な鼻もこれで折れただろう。玄一こそがお家にとっての人材だ、と。なにくそ、と思ったが、虎六の言葉に仲間が皆振り向いて笑った。

その笑いが目覚めた後もしばらく耳から離れなかった。

〈妙な夢を見たものだ〉

自分は完全に十四、五の子供の心に戻っていた。と言って栄寿には試験に失敗した覚えもなければ、弘道館で蘭語を教えるわけもない。なのに妙に生々しい夢だった。

〈虎六さんはそういう目で俺《おれ》を……〉

夢の中の言葉なのに、栄寿は辛《つら》くなった。

田中虎六は栄寿が弘道館の内生（館内の寄宿舎に暮らす生徒）として学んでいた時の寮頭である。普通は十六歳以上でなければ許可されなかった内生に、栄寿は学業の優秀さを認められ十四の歳で許された。だが、年上の者たちをたちまちに追い越し、館中の一、二を争うほどの栄寿の頭脳に対して妬《ねた》みや中傷が常に襲っていた。寮頭であると同時に教官も務めていた田中虎六は、その時代の栄寿にとって信頼に足るべき兄であり、また庇護者《ひごしゃ》でもあった。栄寿のこれまでの生涯で、最もよく自分を理解してくれた人間とも言える。

その虎六から言われた忠告を栄寿は今でもしっかりと胸に刻んでいた。

〈才は離れやすし〉

これは共に学んでいた張玄一との比較を交えながら虎六が口にしたことだ。

「二人は館中の誇るべき秀才であるが、玄一は気の男だ。気は塞《ふさ》がりやすい。君は才の人である。才は離れやすし」

と虎六は諭した。

若かった栄寿にはその意味が今一つ理解できなかった。いや、自分には当て嵌《は》まらない言葉であると、気にしないでいた。けれど長じて藩命で蘭語を学ぶようになって、それを痛感した。幼い頃から親しんでいた論語や孟子《もうし》と違って蘭語は基礎がない。読み解くための道具である言葉をまず覚えないことには、どんな学問も進まない。単語を記憶するには才能よりも努力である。分かっていても、それがもどかしい年齢になっていた。才だけでは通じない世界に足を踏み入れたのだ。絶望して塾にも行かず、ぶらぶら遊び惚《ほう》けている時に虎六の忠告を思い出した。努力と才が一緒になってこそ人はなにかを成す。一つではなんの用にもならない。

それから栄寿はひたすら単語を覚えた。

そして……塞がりが来た。

正確に言うと塞がりよりも空しさだった。

蘭書を数多く読むたびに、自分の知らない世界があることを知らされた。どこまで読んでもきりがない。これが医学や舎密《せいみ》の一つの分野だけにしか興味が持てなければ別であったろう。ここに至って今度は栄寿の才が邪魔をしはじめた。なにからなにまで極めようとして、ついに諦《あきら》めた。時間が許されない事情もあった。本の入手がむずかしい情況も。だが、一番の理由は、それぞれの分野について十年も二十年も先んじて学んでいる人間がいるという現実だった。詩や思想ならば才が優先する。しかし、舎密に於《お》いては知識と経験がものを言う。それらが対等になって、はじめて才の差が生じる。これでは駄目だ、と栄寿は悟った。結局はすべてが半端《はんぱ》になる。

虎六の言葉のように、自分から才が離れたのではなく、才の役立たない世界だ、と栄寿は言い聞かせたが……あるいは才があれば、それを乗り切る方法が見出《みいだ》せたかも知れない。自分の才は自分が一番分からないのだ。

〈舎密の口入れ屋などと自惚《うぬぼ》れていたが……〉

それこそ才が失われた証拠かも知れぬ。

冷や汗がまた噴き出た。

〈虎六さんはそれを教えに現われたのか〉

口ではお家の厳命も無視して長野主馬《ながのしゅめ》に接近すると大見栄を切ったが、その方法も思いつかぬまま、すでに五日が過ぎていた。

寝つかれぬ夜が続いていたのである。

〈虎六さんよ……ここは才の見せどころだな〉

栄寿は下帯一つのまま胡座をかいて頭を巡らせた。

二

栄寿に呼び出しを受けて宿を訪ねて来た於条童仙《おじようどうせん》は円い目をますます円くした。

「無茶ですよ。頭を剃《そ》るなど……」

「なにを企てておられます？」

「藩籍を隠すにはこれしか方法がなかろう。他藩の者に接近するなという藩命を破った俺だけの罪でことが済むなら面倒はない。喜んで責めを受けよう。だが、もし俺の心配通りに長野主馬が尊王を隠れ蓑《みの》にして梁川星巌《やながわせいがん》どのたちの動向を探っている人間ならば、迂闊《うかつ》な行動は禁物だ。佐賀も関わり合っていると思われれば俺の責任だけでは済まぬ。ここはなんとしても佐賀の人間と感づかれぬようにせねばな」

「二十日の後には参勤交代の途路で国許《くにもと》から殿がこの京に立ち寄られます。そのついでに栄寿どのは儀右衛門《ぎえもん》どのや石黒さまたちのことを殿にご推挙いたすおつもりであったはず。なのに頭を丸めては……」

「それも止めた」

「まったく……」

童仙は呆《あき》れ果てた。

「長旅でお疲れの公に、新たな難題を持ち掛けるわけにはいかぬ。それに、この京の中ではどこで話が洩《も》れぬとも限らぬ。やはり俺がともどもに連れ帰るのが一番だ。京で色よいご返事をもらえればともかく、万が一逡巡《しゅんじゅん》なされるようであれば、俺とて自信を持って彼らを佐賀に連れて行けなくなるではないか。また、京の中での話なら藩にしても断わりやすかろう。ここはいきなり国許まで同道し、簡単には戻されぬようにしておいてご重役方と談判に持ち込むのが得策だ」

「ふうむ」

童仙は、やがて頷《うなず》きながら、

「それで、上手《うま》く接近する手段が？」

「とりあえず、頭を丸めることだけさ。あれこれと手立てを練ってみたが、どうにも手詰まりでな。髪がなくなれば少しは風通しもよくなるであろう」

栄寿もニヤニヤと応じた。

長野主馬が京に暮らしているなら、さり気なく接近する方法がないでもない。だが、主馬は彦根の片田舎に塾を開いている男だった。そこを訪ねるのは、いくらなんでも無謀と思えた。偽名を用いて佐賀の人間が彦根に潜入したと知れれば大事となる。

と言って、京で機会を捕らえるのも厄介である。広瀬元恭《ひろせげんきょう》から聞き出したところによると主馬はだいたい二カ月に一度程度の割合で京に上がって来るとの話だが、長く滞在することは滅多にない。出入りしている二条家に顔を出すと、その夜辺りに梁川星巌の家を訪れ、翌日には彦根に戻るのが通常らしかった。

何気なく出会うつもりなら、広瀬元恭に梁川星巌を紹介してもらい、その家で主馬を待ち構えるのが確実である。しかし、それではこちらの名を隠すこともむずかしく、まさかの時には紹介者の元恭にも迷惑をかける。

残るは、偶然を装う他にない。

けれど、たった二、三日の上京の中でその偶然を装うには、相当な荒療治が要る。ただ知り合った程度では本心を見せるわけもない。

二条家から主馬が辞去するのを見張り、自分の乗ったかごをぶつけることまで栄寿は考えた。そのどさくさに紛れて、主馬のかごに罠《わな》を仕掛ける。京で著名な尊王思想家の名を連ねた名簿でもよかろう。それを自分の手掛かりとともに、さも落とし物のようにしてかごへ放り投げる。兼ね合いを間違えれば、その場で戻されてしまうが、派手に衝突したならさほどの苦労でもない。こちらは急ぐふりをしながら、偽りの名と住居を告げて立ち去る。後で落とし物に気づいた主馬は、その名簿の意味を探らんとして、教えられた住居を訪ねる。主馬がどちらの側の人間であろうと、それは必ずそうするはずだ。その住居が偽と分かれば疑念が生まれる。もし主馬が梁川星巌と志しを等しくする者であれば、星巌に相談もするであろう。反対なら、残された手掛かりを元に栄寿を捜そうとする。

問題はそこからだった。

栄寿は最初その手掛かりを儀右衛門の拵《こしら》えた懐中日時計にしようと考えた。裏蓋《うらぶた》に華麗な意匠を施した特徴的なもので、この京でもあまり出回っていない品物だ。機巧堂《からくりどう》の製作した時計と分かれば主馬はきっと儀右衛門の店に問い合わせて来る。もし、その時点で主馬が星巌たちには内密でことを運んでいた場合は、儀右衛門は栄寿についてなにも知らないとどこまでも突っ撥《ぱ》ねる。その逆の時は栄寿の居場所を伝え、対面の段取りをつける。栄寿もまた密《ひそ》かに尊王の志しを持つ人間で、あの名簿にはまったく他意がないことを主馬に信じてもらわなければならない。

これならいける、と思った。

が、主馬はその裏を掻くほどの器量かも知れない。名簿を入手したことを逆手に取って星巌の信用を強めるために利用しないとも限らなかった。となると、儀右衛門が主馬より疑いの目で見られる結果にもなりかねない。

やはり、人を巻き込むのは不安だ。

悩むよりも、まず頭を剃ろうと栄寿は決心した。京には坊主がうようよいる。隠れ蓑《みの》にするには最も安全な方法と言えた。

「気にするな。早くやってくれ」

躊躇《ためら》っている童仙を栄寿は急《せ》かせた。

「なにも今度がはじめてではない。俺の家は医者だぞ。家業を継いだ辺りは丸めていた。まげになどなんの未練もない」

「策もなしに坊主になるなど……」

童仙は溜《た》め息を吐いた。

「広瀬先生の話では、そろそろ主馬が上京する頃だ。頭に新しい傷が残っていては疑われる。坊主頭に馴《な》れておかなければならん」

「なにもそこまでして主馬の正体を突き止めなくとも……」

「決めたのだ」

栄寿は元結いを親指で引き千切った。

三

八日後の夕方。

栄寿は半刻も前から丸太町の狭い路地に身を潜めていた。見守っている梁川星巌の居宅には、先ほどから何人かの客が訪れている。今夜は長野主馬が行くはずだと栄寿は童仙を通じて情報を得ていた。主馬の泊まる宿もすでに調べてある。だが肝腎《かんじん》の顔を知らない。それで栄寿は確かめにやって来たのだ。

〈あの男か?〉

燃えるような夕焼けを背にして腰に大小を落とした長身の男が角から現われた。

〈間違いなさそうだ〉

洒落者《しゃれもの》であるのも聞いている。

肩まで届く総髪。やけに袖《そで》の長い黒い薄縮緬《ちりめん》の羽織。袴《はかま》は絹。まるで公家《くげ》のご落胤《らくいん》という風情だ。彦根では「長袖《ちょうしゅう》」という渾名《あだな》もあると耳にしている。遠目にも関わらず栄寿は少し寒気を感じた。色気のようなものを覚えたからだ。「長袖」とは単に着衣の好みからつけられた渾名ではないのかも知れない。だが……女のように優しい目ではなかった。

主馬と思われる男は、真っ直ぐ星巌の家の門を潜った。

〈三十七と聞いたが……〉

栄寿は主馬の若さに呆《あき》れた。どう見ても三十の自分と同等としか思えない。

〈稚児《ちご》あがりか？〉

腰の運びについても見事であった。刀を差し馴《な》れている証拠だ。栄寿のような付け焼き刃ではない。

〈どうやら慎重にやらずばなるまい〉

栄寿の目に微《かす》かな不安が生じた。

四

翌早朝。

旅支度を整えた栄寿は主馬の宿泊している河原町の宿の前にかごを停《と》めていた。覗《のぞ》き窓から宿の出入りが楽に監視できる。

いくらも待たないうちに主馬が現われた。

案の定、主馬も旅支度だった。

かごを捜す様子はない。

主馬が遠ざかると栄寿もかごから降りた。かごではあるまいと信じていたが、まさかの場合を考慮に入れて用意したかごだった。

主馬はどんどん先を歩いている。紛れもなくその足は三条大橋に向いていた。彦根への帰り道である。

〈今夜の泊まりは草津辺りか〉

京から彦根に行くには東山道を辿《たど》る。琵琶湖《びわこ》を周回する形で歩き、大津、草津、守山、武佐、恵智川、高宮、鳥居本が彦根までの宿場だ。距離にしておよそ六十数キロ。大人の足でゆっくりと歩いても、せいぜい二日半。急げば一泊でも可能である。二泊の場合は草津、高宮泊まりが普通で、急ぎ旅なら中継地点は守山。京に上がって来た旅人なら大津泊まりもあるが、下る途中で大津に宿を取るのは女や子供連れしかない。

〈機会を狙《ねら》うのは今夜一杯だ〉

いずれにしろ翌日はもう彦根領に足を踏み入れてしまう。

大津は昼前に通過した。

旅馴れた足と見えて主馬は思いのほか速い。昼食も取らずそのまま草津を目指す。

〈この様子では守山まで足を延ばす気か〉

こう急がれては接触もむずかしい。栄寿は焦った。なるべく顔を見られぬように間を開けて歩くのは思った以上に疲れる。

なだらかな山を越え、やがて草津を遥《はる》かに見下ろす高台に至ると、主馬はようやく茶店に足を停めた。さすがに栄寿も安堵《あんど》した。

頃合を見計らって茶店に近づく。

栄寿は主馬のとなりに腰を下ろした。

仄《ほの》かな鬢《びん》つけ油の匂《にお》いがした。

男物ではないようだった。

主馬の総髪から香りが漂って来る。

〈呆れた伊達《だて》者だな〉

脚半とて巻いていなかった。裾《すそ》を軽く帯に挟んでいるだけだ。荷物がなければ旅人とはとうてい思えない。

主馬は栄寿を一瞥《いちべつ》すると立ち上がった。

裏手の厠《かわや》にゆっくりと姿を消した。

栄寿の胸が激しく騒いだ。

千載一遇の機会だった。

栄寿のとなりには、まだ主馬の手をつけていない渋茶があった。栄寿は素早く腰の印籠《いんろう》を手にした。中には童仙に頼んで入手した火薬が詰められている。茶店には何人かの客もあったが、栄寿に注意している者はいない。

栄寿は少量の火薬を茶碗《ちゃわん》に注ぎ入れた。

もちろん味は変わる。

だがもともと田舎の渋茶だ。なにかを混入された味だとは思わないだろう。まずいと感ずれば飲まないだけである。火薬の粉さえも、茶の粉としか見えない。

〈なんとか飲んでくれ〉

戻った主馬を横目で盗み見、栄寿は祈った。

主馬はぬるくなった茶碗を手にした。

栄寿の膝《ひざ》が小さく震えた。

主馬は一気に飲み干した。

後味が悪かったのか、眉《まゆ》をしかめた。

だが、それも一瞬だった。

勘定を済ませて主馬は立ち去った。

〈どこまで保《も》つものかな〉

安堵の息を吐きながら栄寿は見送った。

火薬は少量で死ぬこともないが立派な毒物だ。服用すると平均して一時間以内に激しい発汗を伴う嘔吐《おうと》と心不全に見舞われる。だが食中毒のように症状は長く続かない。

栄寿の狙《ねら》いにぴったりのものだった。

栄寿はのんびりと茶を啜《すす》り、主馬の後を追い掛けた。草津までの道は一本道である。

四半刻もしないうちに栄寿は主馬の後ろ姿を捕らえた。やはり足取りが重い。そろそろ効き目が表われて来たに違いない。

主馬はよろよろと左手の藪《やぶ》に入った。

切なそうな嘔吐の声が栄寿にも聞こえた。

「いかがなされました」

栄寿は近寄ると藪の中の主馬に訊《たず》ねた。

「いや……別条はない」

主馬は屈《かが》みながら首を横に振った。

また嘔吐が主馬を襲った。背中が上下に波打っている。他の旅人も立ち止まった。

「お顔の色も真っ青にございますぞ」

主馬は元来、色白の男である。それが微《かす》かな血の気も失せて蠟色《ろういろ》になっていた。

「食中《しょくあた》りかも知れませんな。お薬はお持ちか」

栄寿は藪に足を踏み入れた。主馬はすでに警戒心すら失っている。

「腹痛の方はいかがです？」

主馬は首を振って否定した。

「なれば食中りとも思えぬ。頭痛はいかがか」

それも主馬は、ないと応《こた》えた。

「では大したことはござらぬ。心の臓が少し騒いでおりましょう。体に気が回っておらぬせいで、胃の働きが弱まっただけのこと。先ほど茶店でご一緒いたしましたが、お急ぎの旅にこそ休憩が大事にござる」

「ご貴殿は？」

「名乗るほどの者ではありませぬが、大坂で医術を学びおります。こたびは江戸への途中で。幸い多少の薬も持ち合わせております。遠慮なされずにこれを服用なされ」

栄寿は竹筒の水と薬とを差し出した。

これだけ吐いたからには、間もなく治まる。

「かたじけない」

主馬は礼を言って薬を服《の》んだ。

「屈む姿勢が楽ですぞ」

栄寿はそう言うと側《そば》に腰を下ろした。

「ご貴殿のお陰で助かり申した」

やがて主馬は大きく息を吸った。

「歩けますか？」

「嘘《うそ》のように治まりました」

「それはなにより。当方にも甲斐《かい》があります」

「どのような礼をいたせば？」

「いやいや、旅は道連れにございましょう。旅先での病ほど辛《つら》いものはござらぬ。お元気になればそれが一番。医者の務めにござる」

栄寿は立ち上がると背を向けた。

「お待ち下され。それでは長野主馬の面目が立たぬ。ぜひとも今宵は草津辺りで一献《いっこん》」

「草津にお泊まりですか？」

「ご貴殿は？」

「私ものんびり湯につかろうかと」

「では決まりだ。それでよろしかろう」

「当たり前のことに、かえって恐縮《も》です」

頭を下げながら栄寿は笑みを洩らした。

対峙《たいじ》と言うにはあまりにも和やかなものと傍目《はため》には見えていただろう。

# 五

草津への道を途中から左に折れて栄寿と主馬は琵琶湖の湖畔にと足を向けた。草津に泊まると決めれば、まだ陽は高い。どうせなら矢橋《やばせ》の入り江を見物しながら宿に入ろうと主馬が誘ったのである。栄寿にもむろん異存はなかった。蘭学修行のため何年も京都に過ごした栄寿であったが、琵琶湖のほとりに立ったことは一度もなかった。せいぜい江戸との往来に石山や瀬田よりその雄大な湖面を眺めただけに過ぎない。常になにかに追われている心持ちの栄寿にとって景色は無縁のものであった。だが、いかに栄寿とて矢橋が琵琶湖を取り巻く近江八景の一つであることは知っていた。

低い丘を越え、湖が一望できる坂を下りはじめると栄寿は役目も忘れてその光景に見入った。陽を浴びて銀色に輝く琵琶湖の彼方《かなた》にどっしりとした頂きを構えているのは比叡山《ひえいざん》であろう。都側から眺める山容とはだいぶ異なって、間に湖を挟んだ比叡山はまさに霊山の趣を見せていた。

矢橋の入り江に舳先《へさき》を向けて、漁を終えたらしいいくつかの舟が帆を一杯に膨らませながら戻って来る。湖面に道筋でもあるかのように舟は列をなしていた。入り江にはすでに帆を下ろした舟も見られた。

「名高き矢橋の帰帆《きはん》でございますな」

栄寿は巡り合わせを喜んだ。

帆を並べて矢橋の入り江に戻る風情が特に詩趣あるものとして八景に採《と》られているのだ。

「佐原どのは……」

主馬が坂に足を止めながら言った。佐原とは栄寿が咄嗟《とっさ》に口にした偽名だ。佐野の佐に野原から連想した原を加えている。

「近江八景の由来についてはご存知か？」

「清の瀟湘《しんしょうしょう》八景に因《ちな》んだという程度しか」

「なるほど。それでもさすがにご知識をお持ちじゃ。地元の者ですらなかなか知らぬ」

「いえ。耳学問にござって……瀟湘八景がどのようなものかまでは」

「瀟湘の夜雨《やう》、平沙の落雁《らくがん》、山市の晴嵐《せいらん》、江天の暮雪《ぼせつ》、洞庭の秋月《しゅうげつ》、煙寺の晩鐘《ばんしょう》、漁村の夕照《せきしょう》、遠浦の帰帆《きはん》」

主馬はすらすらと並べて、

「清の洞庭湖に注ぐ二つの大河、瀟と湘の周辺の八景に模して、室町の御世に太政大臣であった近衛政家《このえまさいえ》が近江を訪れた際に選んだものと伝えられておる。唐崎《からさき》の夜雨、堅田の落雁、粟津《あわづ》の晴嵐、比良の暮雪、石山の秋月、三井の晩鐘、瀬田の夕照、矢橋の帰帆……中には数に合わせて選びし景色もあろうが四百年も過ぎるとそれなりに重みも感じられる」

「失礼ですが、長野どのはなにを？」

「彦根の片田舎にて小さな塾を……本居宣長《もとおりのりなが》を慕い、国学を教授しており申す」

「どうりで……ただのお方ではあるまいと思いおりました。これは良きお方と道連れに」

栄寿は笑顔を見せて言った。

「これもなにかのご縁。急がぬ旅であれば我が住まいに足を休ませていかれぬか？」

主馬が思いついて誘った。

「ありがたきお誘いにございますが、江戸での約束が……彦根に立ち寄れば東山道。やはり草津から東海道を参ります」

草津はその二つの街道の分岐点だった。山や海から種々《くさぐさ》の物が集まる津というのが草津の地名の起こりとなった。草津と聞けば直ぐに温泉を思い浮かべるが、それは群馬の草津であって近江の草津とは別である。だが、賑《にぎ》わいは近江の草津も変わらない。分岐点であるだけに人の交通が多く、大きな宿屋がいくつも軒を連ねている。

「では帰りにぜひとも彦根を訪ねられよ。その頃には田舎を引き払って彦根の城下に居を構えておることと思うが……長野主馬と訊《たず》ねればたいがいは知れよう」

　主馬は得意そうに口にした。

「ご城下でも塾を？」

「こたび新たに彦根のご領主となられた井伊《いい》掃部頭《かもんのかみ》さまのお名前は存じておろう？」

「大層なご評判でございます。ご先代さまのご意思とかで十五万両を藩民に施しなされたと。羨《うらや》ましき限りです」

「その井伊掃部頭さまは私の塾生なのだ」

「まことにございますか！」

　栄寿は大袈裟《おおげさ》に目を剝《む》いた。

「彦根で訊ねればだれもが知っておる。つい先月は殿にご同行いたして藩内を巡見したばかりじゃ。片田舎に私が居ては相談もままならぬと仰せで、城下へ移れとのお言葉でな」

「それは……いや、おみそれいたしました。まさかそういうお方がお一人で旅をなさっているとは……ご無礼の段、お許し下さりませ」

「供連れは窮屈でいかぬ。旅は一人でこそ学びともなる。こうしてご貴殿のような方と巡り合えるというものではないか」

　鷹揚《おうよう》に笑って主馬は歩きはじめた。

# 六

長野主馬義言《よしとき》、後に改めて主膳《しゆぜん》。

この男の前半生はまったくの闇《やみ》に閉ざされている。明らかにされているのは天保十年(一八三九)、主馬が二十五歳の時からだ。伊勢の国河俣郷《かわまたごう》宮前の豪農であった滝野知雄《ともかつ》の屋敷を主馬は紹介状もなしに訪れたのである。理由は知雄の所蔵している本居宣長の全著作の借覧だった。当時の書籍は今の我々が想像する以上に貴重なものであった。いかに裕福だったとは言え、見ず知らずの、しかも素性を明らかにしない若者に簡単に借覧を許すはずはない。だが知雄は喜んで貸し与えた。軽く面接をしただけで知雄は主馬の才能を見抜いたのだ。主馬はそれから足掛け三年をこの郷で過ごし、独学で宣長を学んだ。

知雄には多紀《たき》という妹があった。多紀は一度嫁いだものの夫に先立たれて、また実家に戻っていた。その多紀と主馬は深い仲となった。主馬二十七、多紀三十二。主馬は色白の美顔であった。年上の多紀の方から誘ったのかも知れない。あるいは世間に知られた豪農である滝野家の財を狙《ねら》って主馬が接近したとも考えられる。二人は知雄に結婚の許可を求めた。最初は猛反対していた知雄も、主馬の真摯《しんし》な研究態度を思い、やがて認めた。後に主馬が彦根藩に召し抱えが決まった時、滝野知雄の弟と記していることからも、養子縁組に近かったと想像される。

多紀と一緒になり知雄という後ろ楯《だて》を得た主馬は、翼を得た馬のように外に飛び出た。

天保十二年（一八四一）の三月より尾張、三河、美濃の各地を国学を講じながら経巡り、その冬には彦根へと足を踏み入れた。旅を続けるつもりであった主馬は、この彦根が気に入り、翌年の春に定住を決意した。塾を開いたのは彦根の城下からだいぶ離れた志賀谷《しがや》である。ここは彦根にありながら紀州藩の飛び地という奇妙な場所である。代官を任せられている阿原忠之進が知雄とは旧知の間柄で、その繫《つな》がりから主馬が開塾の便宜を図ってもらえたのだろう。高尚館と名付けた塾を開くと阿原忠之進親子を筆頭に彦根の豪商中沢善輔までも主馬に入門し、その名はたちまち藩内に伝わった。

特に歌の名手として名が広まった。ここに紹介するのはだいぶ後年になってからの歌であるが、主馬は句の上に「かきつばた」の五文字を嵌《は》め入れた業平《なりひら》の歌、

から衣　着つつなれにし　つましあれば
　はるばる来ぬる　たびをしぞ思ふ

に挑戦して、しかも句の頭だけではなく末尾にまで「かきつばた」を嵌め込み、業平の歌に返歌するという離れ業をやってのけた。

かくてわか　来つればながき　つき日たつ
　果てしられぬは　たびのをちかた

また、旅の途中で友人へ歌を贈り、その歌中に望みを託すという才も見せている。

　　かぎりあらず　しげれなでしこ　花に見し
　　　もとつ色はなほ　千代も忘れじ

頭の文字だけを繋げれば「かしはもち」そして句の末尾を繋げて読めば「すこしほし」。すなわち、柏餅少し欲し、となる。言葉遊びの域に過ぎないが、やはり相当な素養がなければ不可能なことである。

　この才を耳にして井伊直弼《なおすけ》が憧《あこが》れた。直弼は藩主直亮《なおあき》の末弟（しかも十四男）に当たり、当時は家督を継ぐ望みもなく、僅《わず》かのあてがい禄《ろく》でただひたすら作歌に慰めを得ていた。直弼は己れの境遇を冷静に見詰め、皮肉も込めて居宅を「埋木舎《うもれぎのや》」と名付けていた。と書けば軟弱と誤解されそうだが、半面、直弼は居合抜きにも長じ、自ら一派を興したほどの腕前でもあった。加えて山鹿流の兵学を修め、茶道についても一派を立て、まさしく文武両道を極めた人間であったのである。

　直弼は主馬に興味を抱いて埋木舎に招いた。だが運悪く使いを出したその日に主馬は伊勢に旅立ちしていた。歴史の偶然の一つである。対面がかなえられなかった直弼はますます主馬を渇望した。直弼は伊勢の主馬に書状を送り、その時の悔しさを吐露すると同時に、主馬の著わした『かつみぶり』を貰《もら》ったことへの礼を述べている。『かつみぶり』とは言葉の活用のポイントを簡潔に説き明かしたもので、両面一枚刷の小著に過ぎない。

歴史の偶然と書いたが、本当に偶然であったのだろうか。

直弼の書状には主馬から手紙があったとひと言もない。とすれば直弼は『かつみぶり』をどのようにして入手したのか？　手紙も添えずに主馬が伊勢からこれを送りつけたとは思えない。と言って留守を預かる門弟が師匠の主馬に相談もせず直弼の使いの者に『かつみぶり』を渡すはずはない。考えられるのは、主馬の指示で使いの者に渡したということだけだ。となると、もっと妙なことになる。いかに部屋住みの身と言っても直弼は藩主の弟である。その使いの来訪を事前に知りながら旅に出るなどということが有り得るだろうか。どうも私には作為的なものが感じられて仕方がない。自分に恋する相手を焦《じ》らすように、主馬もまた直弼を焦らしたのではないか。平明な著作でなく、初心者には容易に理解できない要点だけを記した著書を贈ったことも、なにやら怪しい。主馬は意図的に対面を引き延ばし、自分の存在を強く印象づけるのに成功したとしか思えない。もともと奇策を用いる男である。紹介状もなしにいきなり知雄の屋敷を訪ねたことや、彦根にあって紀州藩の飛び地に塾を構えたり、豪商を門弟に迎えるなどもその類《たぐ》いだ。人目につく方法を主馬は良く知っていた。豪商の門弟とて、あるいは主馬が義兄のつてを頼って名を借りただけの繋がりかも知れない。

# 七

いずれにしろ直弼は主馬に傾倒した。

願いがかなって主馬が埋木舎を訪ねて来たのは天保十三年（一八四二）の冬だった。この時の訪問も相当に手が込んでいる。主馬は必ず夜になって姿を現わし、夜明けまで談議をすると慌てて宿に戻り、また夜にやってくる。それを三日繰り返した。直弼は部屋住みなので昼の公務はない。それなら日中でもよさそうなものだ。訪問が外部に洩《も》れて憚《はばか》る事情は二人になかった。これは他のだれにも邪魔されないようにとの主馬の作戦でしかない。

歌を学ぼうとしていた直弼は、この対面で『古事記』などの古学を学ぶ大切さを知った。歌の神髄は大和男子の心を磨くことにある。国の成り立ちを知らずして心が形成されぬという論理である。今で言うなら歴史観の確立であり、アイデンティティの問題だ。主馬は儒教を捨て、神道こそが大事であると説いた。

直弼は感動した。

この対面を終えて直ぐに直弼は主馬に書面をしたためた。主馬の作歌や言葉の知識を誉め称《たた》えた後に続けて、

——おのれも年比《としごろ》、此道の師とたのむべき人もなく、いたづらにおのがじし哥はよめど、ただおぼつかなき事のみ多かるに、身がさひわひにも有るかな（中略）ふかき夜に対面したればこそ、敷島の道をもふみひらかん事を得たり、今よりは義言うしは吾が師なり。

おのれは義言うしがをしへ子なり――

と締め括《くく》った。

長年、頼るべき歌の師を持たず、自己流で歌を作って来たが、なかなか進まなかったところに貴方《あなた》が現われた。深夜に対面して深いところまで話をうかがい、ようやく歌の道にも希望が見えて来た。今より義言氏は私の師である。私は貴方の教え子である、と直弼ははっきり明記している。

それからの主馬は直弼の信頼を得て、彦根藩中に名を重くしてゆくのだが、先にも述べたように、主馬の出自はまったく謎《なぞ》のままだった。公家《くげ》に出入りできたところから公家の落胤《らくいん》だとか、興奮すると熊本訛《なまり》が時々飛び出したことから、生まれは熊本で、紀州藩の家老の家に養子に入ったとか、阿蘇《あそ》の大宮司阿蘇家の一門だとか、実に様々な臆説《おくせつ》が当時から囁《ささや》かれていた。確かに伊勢の豪農の娘と一緒になった程度で、朝廷に顔が利いたり、紀州藩の重臣と付き合い、あるいは阿蘇の神官と親しく手紙のやりとりができるとは思えない。この憶測はむろん当の主馬にも聞こえていたであろう。それでも主馬は自らそれに答えることはなかった。あくまでも滝野知雄の弟とのみ主張し、二十五歳までどこでなにをしていたか、いっさい口にしなかった。妻の多紀が亡くなって墓を建立した時にも、主馬は墓面に初代長野主膳義言妻と刻ませた。初代とは先祖に連ならないという意味にしか取れない。すべては自分からはじまるという自負も込められていよう。

金もふんだんに持っていた。

いつも絹の袴《はかま》を穿《は》き、門弟の少ない割りには生活に不自由がなかった。藩を継いだばかりの直弼に百両の金子《きんす》を用立てたことさえあったと聞く。

紀州藩の歌学者であった加納諸平《もろひら》を、その方《ほう》、と呼び捨てにしていたことから、主馬は家老の養子などではなく、紀州藩主の隠し子であったと信じている者も多い。としたなら後になって直弼が将軍継嗣問題で、一橋慶喜《よしのぶ》に異を唱え紀州の慶福《よしとみ》公（家茂《いえもち》）を支持したこともある程度納得ができる。事実ならば主馬と家茂とは血で結ばれているのだ。それを裏付けるように主馬は隠居していた紀州の十代目藩主治宝《はるとみ》の八十歳の誕生祝いに招かれている。嘉永三年（一八五〇）六月、この物語で言うなら栄寿が主馬と出会う一年前のことである。主馬はこの時三十六歳。治宝の隠し子と想定しても決して不自然な年齢差ではない。主馬が家督を継げぬ身であれば、境遇は直弼と一緒だ。直弼が主馬を対等に扱った理由の一つをそこに求めることもできよう。いかになんでも主馬は直弼にだけは出自を明らかにしていたはずである。身分制度の厳しいこの世界にあって、素性の知れない他国者を召し抱えれば、藩中に不満が生じる。それでも主馬が素性を告白せずに済んだのは、やはり直弼の認可があったからだとしか思えない。紀州藩の家老の養子であるとか、公家の血筋は立派な履歴とも言えよう。命を賭《か》けてまで隠すことではない。もっと重大な秘密が主馬には隠されていたはずなのだ。

彦根藩の者たちは主馬を怪物とも妖怪《ようかい》とも呼んで恐れ、敬遠していた。

# 八

〈ただのはったりではないな〉

琵琶湖を見物して草津の宿に入る頃には栄寿も主馬の凄《すご》さを見抜いていた。派手な恰好《かっこう》以上に口も自信たっぷりだが、法螺《ほら》とは思えぬ話がいくつも出て来た。その上、驚嘆すべき博識だ。道々に小さな祠《ほこら》を見つけるたび、主馬はいちいち立ち寄って拝む。そして神の名と血統を栄寿に教えた。古学を教授しているからには当たり前のことかも知れないが、栄寿は溜《た》め息を吐くばかりだった。

「乳母餅《もち》でも買って参ろう」

宿場口に到着すると主馬は大きな店を構えている茶屋にすたすたと入った。旅人やかご人足がたむろしている。四間間口の広い店だ。

「佐原どのは甘いものが苦手と聞いたが、ここの餅は格別じゃぞ。私は酒を嗜《たしな》まぬのでこういうものに目がない」

主馬は餅を十ほど包ませた。

「信長公の御世、この一帯に六角左京太夫《ろっかくさきょうだゆう》という領主がおっての、信長公によって滅ぼされた。その子孫はなんとか命を繋《つな》いで寛永の頃まで郡代官として草津に住まいしておったのじゃが、その子孫も故あって殺された。残されたのは幼児一人。養っていた乳母が逼迫《ひっぱく》して餅を拵《こしら》え、旅人に売ったのがはじまりとされておる。それで乳母餅。その餅を売った金で幼児が成人して立派になったかどうかは知らぬ。餅屋の主人になったのであろうな」

　主馬は笑って餅を一つ頬《ほお》ばると、

「宿は私の懇意にしておるところがある。そこで構わぬであろうの」

　栄寿に質《ただ》した。

　頷《うなず》くと主馬は宿場口から近い宿に案内した。言葉通りに馴染《なじ》みらしく主馬が顔を見せると奥から主人が出て来て丁寧な挨拶《あいさつ》をした。

「佐原栄仙どのじゃ。途中で嘔吐《おうと》を催したところを助けてもらった。今宵は礼をいたさねばならぬ。特に吟味してくれ。酒もだいぶお好きらしい。女の方はいかがかな？」

「滅相もございませぬ」

　栄寿は即座に断わった。

「むしろ長野さまのお話が楽しみでござる」

　そう言うと主馬は満足そうに首を振った。

　二人は部屋で浴衣《ゆかた》に着替えると揃《そろ》って風呂《ふろ》にでかけた。矢橋で時間を取られたので、他の部屋ではもう夕食がはじめられている。

　そのせいで風呂に客はいなかった。

　なかなか広い浴槽である。温泉や湯屋とまではいかないが四、五人がゆったりと体を沈められる大きさだ。釜《かま》風呂や据え風呂がほとんどの時代にあって珍しい。

「この風呂が好きでな」

痩《や》せた体を湯に浸すと主馬はのんびりと手足を伸ばした。そのとなりに栄寿は並んだ。対照的に栄寿は筋肉質の体をしている。

「旅をしておる体じゃ」

主馬は少し怪訝《けげん》そうに栄寿を見やった。

「生まれは長崎にござる」

「さようか。どうりで訛《なまり》が懐かしい」

「長野さまもあちらで?」

「肥後（熊本）には多少の縁がある」

それ以上は言わない。

「お訊ねしてよろしゅうございますか」

思い切って栄寿は言った。

「世間では尊王攘夷《じょうい》だと騒いでおりまするが、今の日本はそれほど危ういのでしょうか」

「蘭学を学ぶご貴殿の方が承知であろう」

主馬は苦笑いした。

「それが……私の学びおるのは医術のみにて、政治となれば右も左も分からぬ始末で。ただ……異国の書物を読んでいる限りでは、さほど危険な者たちとも思えませせぬがな」

「物事の根本についての考えが異なれば、それはあらゆるものに繋がる。舎密《せいみ》や知識を授かるだけならば別に問題もない。しかし、彼らは必ず日本に入り込んでこよう。その時がむずかしい。神道を根本とする我が国と異国の宗教とではとうてい共存ができまい。世間は暮らしぶりで異国と我が国とを較べておるようだが、最後には宗教の違いが表面に現われる。人は神の前で同一であると異国の者は説く。となれば我が国の天子さまはどうなると思う？　神の御世から日本は天子さまによって守られて来たのじゃぞ。我らが天子さまとおなじであるはずはなかろう。この国は天子さまのものじゃ。幕府とてその意味では支配者ではない。天子さまよりお預かりしているだけに過ぎぬ。それを忘れれば国が滅びような。無能な者ばかりが幕府を牛耳っておる」

主馬は鼻で嘲笑《わら》った。

「では長野さまは尊王攘夷を？」

「そう単純にもいかぬ」

主馬は薄笑いのまま栄寿を見詰めた。

## 九

「いかにも幕府の弱体は明瞭《めいりょう》であるが……」

長野主馬はほてった体を冷ますように湯船の縁に腰掛けて佐野栄寿を見下ろした。

「と申して、なり代わる者がおらぬではないか。いかに天子さまが攘夷を求められたところで、それに呼応する諸藩がいまだに蒸気船一つ持たぬ有り様では、そもそも戦さにもなるまい。それは蘭学を学ぶご貴殿とて重々ご承知のはず。弱体なれど幕府にはまだまだ果たすべき役目があろう」

「戦さは……時の運とも」

「それは昔のことじゃ」

主馬は栄寿を笑った。

「一、二隻の船を追いやることはできるかも知れぬが……戦さがそれで終わるわけではない。外国船は次々に現われる。国力の違いは明白にござるぞ。下手に蜂の巣をつつけば、結局はこちらが怪我《けが》をする」

栄寿も頷いた。それは藩主鍋島閑叟《なべしまかんそう》の考えとほとんど同一のものだった。

「ですが」

栄寿はわざと質問した。

「見守っておれば逃れられるというものでありますまい。外国がなにを考えているか。こちらが放っている間に仕掛けてこぬとも」

「さきほどは危険な者ではないと申したぞ」

「たとえばの話にござります」

「今なら無論勝ち目はないが……外国《むこう》とて、それぞれに利害がある。すべてが一時に襲ってくることはあるまい。我々にとって外国はどこもおなじだが、エゲレスやフランスとでは違う。彼らもまた敵同士なのだ。一方が暴走すれば、もう一方は牽制《けんせい》にまわる。それがあるからこうして平穏な日々が保たれておる」

「いつまでもそれが続きましょうか」

「だからこそ政治が肝要となる」

主馬はふたたび湯に体を浸した。

「この時期に国が二つに割れれば、戦うまでもなく日本は滅びるであろう。と言って、尊王攘夷が実行できるほどの国力でもない。おなじ負けるにしても、負け方が大切じゃ」

「…………」

「互いに戦火を交えた上での負けとなれば、もはや取り返しがならぬ。幕府どころか天子さまの身とてどうなるか……いや、日本という国の名さえ地上に残らぬかも知れぬ。武力で蹂躪《じゅうりん》されてしまった我らに言い分はない」

「で……ございましょうな」

栄寿は目に滴り落ちる汗を拭《ぬぐ》って頷いた。

「ここは、戦わずして負けるのが得策と私は考えておる」

「最初から外国の言いなりになると！」

栄寿は絶句した。

「喧嘩《けんか》は互いに厭《いや》なものだ。ましてや国と国との戦さとなれば多くの人が死ぬ。いかに物事の根本が異なる異国であろうと、それについては変わりがなかろう。船を送ってくるからには、それなりの覚悟もしておろうが、やはり戦さは回避できるに越したことはない。彼らの望みは通商であって我らの命ではない。それを幸いとして国を開けばよい。一時的に我が国も混乱に巻き込まれようが、国が滅びるまでの傷にはならぬ。その間に国力を蓄えて諸外国と同等の立場を目指す」

「それができればようござるが……」

栄寿は溜め息を吐きながら首を横に振った。

「蓄えるよりも掠《かす》め取られるだけと存ずる」

「それで政治が肝要と言うのだ。今の幕府ではとてものことにその才がない。水戸様のように、敵の力も知らずただ攘夷を叫んでいたり、徳川様の安泰のみを案じておる方々ばかりで、目先の心配だけをしておる。政治の基《もと》いは十年、いや二十年先を見ることだ。今日の負けは、すなわち二十年後の負けではない。国を守るには犠牲も覚悟せねばならぬ」

「いかにも」

それには栄寿も同意した。

「国の要《かなめ》は天子さまである」

主馬は湯船から上がって言った。

「天子さまをお守りするのは我らの務めじゃ。そのためには幕府も要らぬ。が……今のところ幕府以外に国を纏《まと》める力を持つものはない。才を持つ者がおらぬだけで、やりようによっては、まだまだ舵《かじ》を取れる大船に違いない。それをいかに操るかによって道も開ける。攘夷を叫ぶ志しを責めるつもりはないが、今はむしろ幕府の下に思想を一つに纏め、天子さまをお守りする手段を講じるのが大事ぞ」

「攘夷は不可能であると？」

栄寿は主馬の背中に声をかけた。

「佐賀の鍋島様は――」

振り向いて言われて栄寿はギョッとした。

「藩内に反射炉などを築かれて来たるべき戦さに備えておられるようだが……とても間に合いはすまい。しかし、今の日本に十の佐賀藩があれば私もむざむざ負けの策は採らぬ」

「…………」

「まだ入っておられるか」

体を拭《ふ》きながら主馬は訊《き》いた。

栄寿は軽く頷いて肩まで湯に漬かった。

主馬は湯殿から姿を消した。

〈負けの策か……〉

主馬は本気でそれがやれると思っているようだった。つまりは井伊掃部頭もその腹であると見て間違いないのではないか？

〈とてつもない男が居るものよな〉

確かに今の状態で攘夷がおぼつかないものであるのは栄寿も承知している。幕府の政策が攘夷に纏まったところでさえむずかしい。ならば反対に攘夷思想を封じ込め、あっさりと国を外国に開放した上で国力の増加を図る。主馬はそう主張しているのだ。理屈としては分かるが……。

〈それで国の面目が立つと言うのか？〉

もともとの武士でない栄寿にもわだかまりがある。国を捨てるのは、藩を捨てることである。藩を捨てるのは、自分を捨てることだ。自分を捨てて、天子さまを守れるだろうか？

主馬はそれが可能だと信じている。

〈あれでは梁川星巌どのが信用するのも当たり前というものだな〉

考えようによっては、長野主馬ほど尊王の志しに篤《あつ》い人間は居ないのだ。彼は自らの尊王思想の成就のためには、平気で仲間を殺せる人間なのだ、と栄寿は思った。それほどに自信を持っている。

〈彦根に長野主馬あり〉

恐れと畏敬《いけい》の念を持って栄寿は肝に銘じた。

見た目の優しさとは正反対な強靭《きょうじん》さを兼ね備えた男であった。

十

京に戻って連絡を取ると、待ち兼ねていたように於条童仙が宿を訪ねて来た。

狭い階段を駆け上がった童仙は足を鎮めた。栄寿の部屋の襖《ふすま》が開いている。中は薄暗い。夕刻というのに明りを点《とも》していないのだ。

「よう」

襖《ふすま》の陰から顔を覗かせた童仙に栄寿は寝転んだまま誘った。

「お休み中かと」

「いや。ちょいと考えごとをしていた。つくづく眺めると天井板もなかなか面白い」

「明りを点して構いませぬか」

童仙の言葉に栄寿は頷《うなず》きながら起きた。

「いかがでした？」

童仙は火を点して栄寿と向き合った。

「頭を丸めただけの答えはでたさ」

栄寿は傍らのとっくりを摑《つか》むと茶碗に注いで童仙に勧めた。だいぶ呑《の》んでいたらしい。

「なにがありましたので？」

「なにも」

栄寿は笑って茶碗酒《ちゃわんざけ》をあおった。

「これから儀右衛門どのの家に行く。来たばかりで済まぬが、中村奇輔《なかむらきすけ》と石黒寛二《いしぐろかんじ》の両名を捜して儀右衛門どのの家に同道してくれ」

「今直《す》ぐにですか？」

「明日、明後日には佐賀に出立したい」

「…………」

「俺が考えている以上に時代は速く歩いているのかも知れぬ。佐賀がこの国の将来を左右するはずだ。一刻の猶予もならぬ」

分かりました、と童仙は腰を浮かせた。

「それと」

栄寿は童仙の顔を見詰めた。

「あるいは働いて貰《もら》わねばならぬ」

「私にできることなら」

「学べと言ったが……俺にも自信が持てなくなった」

「なにに対してです？」

「この国がいつまで保《も》つか……さ。結果がどうあれ、俺は前に進むしかない。しかし、時代が慌ただしく動きはじめれば、藩とておぬしら若い者をのんびりと学ばせてはくれまい」

「望むところです」

「だろうな」

栄寿は苦笑して、

「それならばいっそのこと手助けをして貰う方がよいかと悩んでおった」

「なにをせよと？」

「藩のお抱え医と言っても、おぬしはまだ家督を継いでおらぬ」

「はい」

「となれば藩籍とも無縁だ。たとえ広瀬先生の塾を飛び出て行方をくらませたとしても、藩の問題とは離れる。脱藩の罪を問われることもあるまい。違うか？」

「それは……その通りです」

不安そうに童仙は頷いた。

「思想にかぶれたのではなく、学問が厭《いや》になって塾を飛び出た。そう説明すればだれにも迷惑が及ばぬ。おぬしだけの不始末だ」

「母親は嘆き悲しむでしょうが」

「そちらは俺が引き受ける。もし、おぬしがやってくれると言うならばな」

「長野主馬ですね？」

童仙は真剣な顔で質《ただ》した。

「名を変え、藩も捨てて長野主馬の塾に入門して貰いたい」

想像していたと見えて童仙は動じなかった。

「彦根城下で見張るのは無理であろう。やはり入門するのが一番だ」

「それほど危険な人物でしたか」

童仙は深い溜め息とともに言った。その顔からは血の気が失せていた。当然である。脱藩の罪はともかく、佐賀藩は尊王攘夷思想に触れることを固く禁じているのだ。どんなに栄寿が藩の上役たちに説明しようと、その行為が認められるはずはない。となると、あくまでも藩には内密の仕事となる。下手をすれば一生佐賀に戻れなくなる可能性もあった。

「やはり、無理な相談だったな」

童仙の表情を見てとって栄寿は撤回した。

「俺でも引き受けぬ。忘れてくれ」

「ずるいですよ」

童仙はどっかりと胡座《あぐら》をかいた。

「私に一生の後悔をさせるつもりですか」

「…………」

「怖いんじゃない。命を捨てるに値する仕事かどうか自分が知りたいんです」

「俺も知らんよ」

栄寿は苦笑いして、

「自分の役割を知るのは、恐らく、死ぬ時だろう。それまではだれにも分からぬ」

栄寿の言葉に童仙はしばらく無言でいた。

「私は――」

やがて童仙は口を開いた。

「恥ずかしながら国学とは無縁の身です。歌を詠む才能もない。そんな私を長野主馬が門人として迎えてくれるでしょうか？」

「では！」

「死ぬ時まで役割が分からないと佐野さんは言うが、私には分かる。いや、ようやく分かりかけてきました。どうやら佐野さんに従うのが私の役割らしいと」

「バカなことは考えるな」

栄寿は即座に否定した。

「私にはものを見通す目がない。せいぜい見えるのは身の回りだけです。お家の将来も見えねば、国の先行きにも見当がつかない」

「俺とてそうだ」

栄寿は遮った。

「だからこうして悩んでおる」

「私には……悩むことさえできません」

「…………」

「ただ、不安なだけです。いつまで学問を続けていればいいのか？　いつ時代が変わるのか？　いつ私は死ぬのか？」

童仙は必死で訴えた。

「見通す目がないからだと佐野さんを通じて気づきました。闇夜《やみよ》を歩いているから怖い。私ばかりではない。他の皆がそうなんだ。だからその場に立ち止まったきり動こうとしない。知らない道があるので不安なんです」

「…………」

「佐野さんが私の何歩先を歩いているのか、正直言って分かりません。ですが自分の目で歩いているのは確かだ。だったら、その目にすがって私も歩くしかない。そうすることによって不安から逃れられる」

「目が曇っていないという保証はないぞ」

「それでも私の選んだ道だ。私も歩きながら死にたい。それなら悔いも残らない」

童仙の覚悟は鮮やかだった。

「よし。分かった」

栄寿は大きく頷いて、

「手助けをして貰うか否かは佐賀に出立するまでに決めよう。ともに不幸な時代に生まれ合わせたと嘆くより、こういう時代ゆえにこそ男としての働き場所があると思わねばな」

自分の迷いも振り切るごとくに言った。

## 十一

儀右衛門と栄寿が待つ部屋に童仙に連れられて顔を見せた中村奇輔と石黒寛二は、挨拶《あいさつ》も忘れて栄寿の坊主頭を見詰めた。

「突然のお呼び出し……まさか佐賀行きが反古《ほご》になったのではありますまいな」

坊主頭から目を離さずに寛二が言った。

「反古どころか、明日、明後日には京を発《た》ちたいと申されておる」

儀右衛門は皆に席を勧めながら、

「おっつけ広瀬先生も参られる。お手前方の都合がつけば今宵は永の別れとなるでな」

「明日か明後日！」

いきなりの話に奇輔も目を剝《む》いた。

「ご藩主様が江戸へのご出仕の途中に京へ立ち寄られるのでは？」

そのついでに目通りを願うと聞いていたはずだった。寛二がそれを質した。

「それはまずい策と悟った」

平然と栄寿は応じた。

「この京では出入りが目立ち過ぎる。それに、旅のお疲れもあろう。お目通りが許されたとしても、わずかのことでは意を尽くせぬ。ご重役方を前にして一度首を横に振られれば取り返しがつかぬ」

「ちと解せませせぬな」

寛二は首を傾げて、

「栄寿どののご懸念はもっともにござるが、それではなぜに急いで佐賀に向かわねばなりませせぬので？　ご藩主様がお国許《くにもと》におらぬのでは我らのご推挙もなりますまい」

「まず長崎へと向かう」

栄寿は説明した。

「殿のお戻りは、およそ半年後だ。首尾よく願いが聞き届けられてお主らがお抱えと決まれば、今度は逆に佐賀を自由に出られなくなる。長崎と佐賀は近いと言っても、行き来はむずかしかろう。その前にお主たちに長崎をとっくりと見ておいて貰いたいのだ。あの町には蘭書もあれば、道具も揃《そろ》っておる。蒸気船を造ることを念頭に入れて町を歩いて欲しい。それには藩籍のない身の方が楽だ」

「なるほど、それなら得心いたしました」

「それに、面白き男が長崎に来る」

「面白き男とは？」

儀右衛門が口を挟んだ。

「ジョン万次郎と申す男で。土佐の漁師にござるが、十年前に漂流してアメリカに渡ったとか。それが今年の春に琉球《りゆうきゆう》へと戻り、今は薩摩《さつま》におるはず。いや、もしかするとすでに長崎に到着しておるかも知れませぬな。長崎奉行所が万次郎を取り調べる予定になっておると、藩の京屋敷に便りがありました」

「十年もアメリカに暮らして居た男ですか」

儀右衛門は唸《うな》った。信じられない顔だ。

「しかもアメリカで航海術を学び、何年か捕鯨船にも乗り込んだ男であるとか。蒸気船についての知識は相当なはずにござる。言わば我らにとってもっとも好都合な相手」

「でしょうな」

「ぜひともこの両名をその男に引き合わせたい。それが急ぎ旅の理由の一つでもあります。

長崎での取り調べが済めば、江戸に送られるか、あるいは国許の土佐に戻される。そうなってしまえば簡単に会うことができなくなる」

「参りましょう」

奇輔は勇んで声を上げた。

「私とて一人身。明日にでも」

寛二も膝《ひざ》を乗り出した。

「奇縁では片付けられませぬ」

儀右衛門は腕を組んで呟《つぶや》いた。

「栄寿どのが長崎警護を任せられている佐賀藩のお人なればこそ、その男にも会える。しかも蒸気船を造らんとして我らをお誘い下さった、まさにこの夏に、アメリカよりそういう男が戻って来るなど……」

「自分の足で帰ったわけではありませぬ。後ろにはアメリカが控えておりましょう。恐らく、その男の口を通じて、アメリカを売り込もうという腹にござりましょう。時代がすべてその方向に動いておるだけで、決して偶然ではありますまい」

「井伊掃部頭《かもんのかみ》様が彦根の新藩主になられたのもそうであろうか？」

長野主馬について聞かされていた儀右衛門は溜《た》め息を吐きながら、

「物事にはすべて陰と陽とがある。おなじ目的でありながら佐賀と彦根とは、まさに陰と陽と推察いたしました。互いに外国の力をどの藩よりも認識しておられる。なのに方針は正反対じゃ。どちらが正しく、どちらが誤っているかはだれにも分からぬ。恐らく、時代は常に二つの道を用意しておるものにございましょうな」

「私からも言うつもりだが、広瀬先生にはくれぐれも長野主馬に気をつけるようにお伝え下され。もともと長野主馬に疑いを持たれていた先生のこと、さして心配もあるまいが」

「いや。お聞きして幸いであった。尊王攘夷《じょうい》が偽りであれば先生も見抜くであろうが、本心となればむずかしい」

「童仙のこともお頼みできまするか？」

栄寿の言葉に儀右衛門は頷《うなず》いた。

「私のことと申しますと？」

「おぬしがくるまでにお頼みしていたのだ。塾を飛び出るとなれば、今の宿におるわけにもいくまい。幸い、儀右衛門どのが佐賀に参られるにはまだ間がある。策を打ち明けて、おぬしの後ろ楯《だて》になって貰《もら》うようお願いした」

「安心してお働き召され。私もすでに佐賀にお仕えするものと心を決めておる」

童仙は儀右衛門の前に両手を揃えた。

「だが、今直ぐではない」

栄寿は童仙に言った。

「いずれ様子を見極めて手紙を出す。それまでは学問に励め。国学にも少しは手を染めておく方がよかろう。彦根は動きはじめたばかりで、まだ力が足りぬ。どんなに長野主馬が危険な人物であろうと、藩に力がなければ恐れる存在でもない。おぬしの働きはそれからでも間に合うはずだ」

「私もこれで皆様のお仲間になれました」

晴れ晴れとした顔で童仙は笑った。

「こういう男です。佐賀には馬鹿が多い」

栄寿が言うと童仙は顔をくしゃくしゃにした。涙がぽろぽろと頰《ほお》を伝った。

「長野に直行なら船がよろしかろう」

わざと童仙を無視して儀右衛門は言った。

「その方が倍も早い」

「都合のよい船があればよいが」

「敦賀《つるが》まで行けば長崎行きの船はいくらでも見つかりましょう。銭五《ぜにご》の船をはじめとして商船が毎日のように行き来しておるはずです。紹介状があれば便乗させてくれる」

「ありがたい。それならこの両名を連れて他藩の領土内を通過せずに済む」

栄寿は坊主頭を嬉《うれ》しそうに撫《な》でた。

## 十二

栄寿が寛二と奇輔の両名を従えて京都を発《た》ったのは嘉永四年（一八五一）の初秋だった。長崎に向けての旅である。三人は西海道の陸路を選ばずに、日本海からの航路を用いるために、長崎の方向とは逆の大津を目指した。大津より琵琶湖を縦断する舟に乗り今津。今津からは西近江街道を辿《たど》って敦賀。敦賀は積載量千石を超す、いわゆる北前船《きたまえぶね》の寄港地として賑《にぎ》わっていた。特に今は函館《はこだて》や陸奥《みちのく》よりの荷を積んで船が戻って来る時期だった。その船の大半は松前で採れた棒鱈《ぼうだら》や昆布、出羽の紅花《べにばな》などを敦賀で下ろし、米や材木に積み替えて日本海に沿って南下すると博多を経由して大坂に向かう。積み荷によっては長崎に立ち寄る船もある。栄寿はそれに便乗させてもらう腹積もりだった。

だが、北前船は客船ではない。

乗せてもらうにはそれなりのつてが必要だった。栄寿はむろんそのつてを見つけていた。加賀で廻船業《かいせんぎょう》を営む銭屋五兵衛《ぜにやごへえ》。通称、銭五。百万石を誇る加賀藩の御用商人という立場も加わり、銭五の名は全国にあまねく知れわたっていた。全国に設けている支店の数三十四。持ち船は二百を超す。当時の日本にあって最も成功していた商人と言っても過言ではない。推定資産は現在の金に換算して八千億。まさに日本を動かしていた男の一人であろう。

敦賀の支店に顔を出し、田中儀右衛門の添え状を見せるだけで船に便乗できるはずだったが、支店の繁盛ぶりを目にして栄寿の心が動いた。どうせなら銭五本人の顔を眺めて見たいと思いついたのだ。銭五の支店は長崎にもある。その港の警護を任せられている佐賀藩の人間であれば、決して銭五とて無下《むげ》には扱わない。ましてや田中儀右衛門の添え状のある身なのだ。そう判断して希望を述べると三日後に丁重なる招待の返事が戻った。

三人は銭五の人間に案内されて敦賀港を後にし、船で金沢城下の入り口に当たる宮腰の港に入った。ここに銭五の本店がある。

穏やかな港には静けさがあった。

「銭五の本拠地にしては寂しゅうござる」

船縁《ふなべり》に身を乗り出していた寛二の呟《つぶや》きを耳にして案内役の男は苦笑した。

「この港は浅すぎてせいぜい千石船までしか入れませぬ。二千石を超す船は大坂や兵庫に預け置き、千五百石ほどのものは敦賀や伊達《だて》などに……むろんこの港が本拠ゆえにいずれの船も沖合には必ず参りますが、その際は小船にて港との往来を」

なるほど、と三人は頷《うなず》いた。

「入り江の先に無数の舟が見えるが」

栄寿は指差した。釣り舟ほどの大きさだが、皆、米俵のような荷を載せている。百は優に超える数だ。寛二と奇輔も視線を動かした。

「この夏から埋め立てをはじめております」

「埋め立て？」

「あの入り江の奥に河北潟《かほくがた》という浅い湖が広がっておりまして……二年ほど前よりご隠居さまとご三男の要蔵さまとで藩に埋め立てのお許しを願っておりましたが、ようやくご認可のお達しが届き……銭五の威信をかけて取り組んでおります」

「どれほどの広さなのだ？」

「河北潟でございますか？　二千三百町歩はございましょう」

案内役は得意そうに答えた。東西で四キロ、南北は十キロ以上もある大きな湖だ。いかに浅いと言っても途方もない事業である。二千三百町歩と聞いて三人は唖然《あぜん》とした。

「何年でやるつもりだ？」

「ご隠居さまは二十年と目論《もくろ》んでおいでで」

三人は顔を見合わせた。

「今は小魚しか採れぬ湖ですが、埋め立てて田にすれば五万石の米ができます」

「それを銭五だけでやるというのか？」

「はい。すべてはお国のために」

「でもあるまいが」

苦笑いをしながら栄寿はそれでも感服した。

「すると……あの舟の荷は石かい？」

奇輔が訊《たず》ねた。土では水に溶ける。石を俵に詰めて埋め立てる方法もある。

「石灰《いしばい》にございます」

「石灰……いかにも」

寛二が大きく首を振った。

「それで底の泥土を固めるつもりか。そうせぬといくら土盛りをしてもきりがない」

ごく素朴な方法だが、これは現在のコンクリートに近い。科学者らしく寛二は直《す》ぐに原理を察した。

「石灰など投じて魚は大丈夫なのか？」

栄寿は寛二に質《ただ》した。

「もちろん石灰を用いた周囲には影響が現われましょうが、それほどの大きさの湖であるなら大して障りにもなりますまい。それで死んだ魚を食ったとして害もございませぬ」

「さようでございますか」

案内役の男が顔を綻《ほころ》ばせた。

「今のお言葉を耳にいたしますれば、どれほどご隠居さまがお喜びなされますことか」

「後先も考えずに石灰を投じていると？」

栄寿は少し呆《あき》れて問い返した。

「いえ。無論それを承知の上ではじめたことにございますが、湖を埋め立てられては職を失うと漁師たちが騒いでおりますので、と申したところで、これはお上《かみ》のお許しなされた仕事。ただ訴えてもかなわぬと見て、連中は石灰が毒だと言いはじめておるのです」

「投ずれば白き泡が出る。漁師たちが不安を持つのも当たり前かも知れませんな」

寛二は何度も首を振って、

「しかし……いずれ害がないと分かる。そんなに心配する問題ではない」

「私も一安心いたしました。今のご主人様はそれを気にしてご隠居様と口論ばかりで」

案内役は少し声を潜めて言った。

「五兵衛どのはいくつになられる？」

栄寿は案内役を振り向いた。

「当年でちょうど八十になられます」

「そのお歳でこれほどの仕事を！」

しかも二十年にもわたる事業だ。

「すべてはご三男の要蔵様に。要蔵様は三十二の働き盛りにございますので」

「銭五の今のご当主はご長子か？」

「喜太郎さまとおっしゃいまして四十四歳になられます。ご気性は要蔵様の方がご隠居さまに似ておられますが、幼き頃に一度ご養子に行かれた方なので家業とは無縁に」

悔しそうに案内役が口にした。銭五は二つの勢力に分かれているのだ。これほどの大身代ともなればそれも無理はない。もしかすると佐賀藩よりも遥《はる》かに大きな組織なのである。

〈銭五をなんとか説得できぬものか……〉

栄寿はそれが目的でここに来ていた。

## 十三

「佐賀の佐野栄寿と申します」

美しい娘に手を引かれて姿を現わした銭屋五兵衛の前に栄寿は両手を揃《そろ》えた。

「どうぞ、お顔を」

促されて栄寿たちは五兵衛と対面した。顔の長さがまず目についた。痩《や》せてこそいるが背は高い。若い時分には相当な威圧感を与えたに違いない。声も老齢なのに壮年のような張りと艶《つや》があった。美しい娘は栄寿に一礼すると引き下がった。入れ代わる感じで六十ほどの小柄な男が入って来た。脇《わき》に大きな箱を抱えている。

「田中近江《おうみ》どののよりのご紹介じゃ。その上、舎密《せいみ》（化学）を学ぶお方たちとか。それで本日はこの者をお引き合わせいたしたいと存じましてな」

五兵衛が言うと小柄な男が頭を下げた。

「この者も長崎にて蘭学を学びました」

「大野村に住まいする弁吉《べんきち》と申します」

弁吉が名乗ると寛二と奇輔が頷《うなず》いた。

「お噂《うわさ》は近江翁よりいくたびも」

寛二の言葉に弁吉は頭を掻《か》いた。

「儀右衛門どのと並ぶ工夫の才をお持ちの方にございます。儀右衛門どのより伺った話では木で拵《こしら》えた鶴を空に飛ばせたとか」

奇輔が栄寿に教えた。

「なに、子供の玩具《おもちゃ》に過ぎませぬよ」

弁吉は苦笑して抱えていた箱を畳の上に置いた。正面には小さな穴が開いていた。寛二は目敏《めざと》く写真機と見抜いた。長崎から輸入されたものとは形が異なる。寛二が訊《たず》ねると、それは弁吉の手製の品だった。銀板写真を見せられたのが切っ掛けで機械を拵えたのだと言う。しかも天保のはじめ頃だったという言葉を信ずるならば、今より二十年も昔のことだ。栄寿は舌を巻いた。田中儀右衛門のように店を開かず、銭五の食客となっているので、この才能が世間に広まっていないのだ。

「鶴を飛ばしたと言われるが……その仕掛けはどんなものにござります？」

栄寿は弁吉に興味を持った。

「羽をこうはばたかせましてな」

五兵衛が腕をひらひらと動かした。

「それは目くらましじゃった」

弁吉が面白そうに続けた。

「実際は翼の動きと関係がない。鶴を空に浮かべたのは水素ガスというものの働きで」

栄寿は大きく首を振った。

「水素ガスがお分かりか」

逆に弁吉の方が驚いた顔で質した。

「外国には気球と申すものがあるとか。その腹に水素ガスを詰めると耳にしております。私も彼らと同様に京都の広瀬先生の下で舎密を少し齧《かじ》りました」

栄寿の返事に弁吉は微笑して、

「今宵は嬉《うれ》しい酒になりそうですな」

五兵衛を見詰めた。

「佐賀とはまんざら無縁でもありませぬぞ」

五兵衛も言った。

「儂《わし》はこの地で天文や算術を教えておった長谷川源右衛門というお方と親しく付き合いがござったが、長谷川どのは江戸にて古賀精里《こがせいり》さまの門に学んでおられた。古賀先生は確か佐賀のご出身であったはず」

「それは嬉しいご縁にござります」

栄寿は五兵衛に親しみを覚えた。

「長崎行きの船にござるが……」

五兵衛は自分から言い出した。

「いくらでもご便宜を図って差し上げたいが、運の悪いことに長崎への船は五日前に敦賀の港を出たばかりにござってな……まともに向かうつもりであれば、もう十日も待たねばなりませぬ。それでも構いませぬかな」

「まともに向かうつもりであれば……とは」

「ほかの店に頼んでもよし。あるいは多少の回り道でもよければ別の方法も」

五兵衛はじっと栄寿を見据えると、

「長崎なら大坂や兵庫から船があるはず。なにも遠回りして敦賀まで足を伸ばす必要はございますまい。なにか人には知られたくない事情があると睨《にら》みましたがの」

笑いを浮かべて口にした。

「ご迷惑とあれば京に引き返します」

「迷惑などとは」

五兵衛は高笑いした。

「まず、二、三日はこの隠居所にてゆるりとお休みになるがよろしい。お客人を泊める部屋に不自由はありませぬ。弁吉もそれを望んでおりましょう。都より舎密に詳しいお方たちが参られるなど願ってもないこと。長崎行きについてはまたのご相談といたそう」

疲れたらしく五兵衛は手を叩《たた》いた。となりの部屋にでも控えていたのか娘が顔を見せた。

「孫娘の千賀にござる。ご用があればこの孫になんなりと申し付けられませ」

五兵衛は千賀に抱えられるようにして立ち去った。栄寿たちは二人を見送った。

「ここは隠居所にござったか」

栄寿は弁吉と目が合って笑った。とてつもない広さなのである。入り口の側には巨大な土蔵が三つも並んでいた。部屋数とて二十近くはある。通されているこの十二畳の部屋の造作も見事だった。大きな床の間には狩野探幽《かのうたんゆう》の筆になる対幅が飾られている。

「店の方はこの五倍ほどの広さじゃろう」

打ち解けた顔で弁吉は説明した。

「気さくなお人にござりまするな」

栄寿は五兵衛に圧倒されていた。

「内密にお願いいたしたいが」

弁吉はその割りにあっさりと言った。

「銭五では蒸気船を造ろうとしておる」

言われて三人は唖然《あぜん》となった。

「いつまでも風頼みの船ではアテにならぬ。嵐《あらし》が来れば十日も半月も港で待たねばならぬ。乾物や紅花は別として、これではなま物は危なくて商売にできぬ。だいぶ前より五兵衛どのは蒸気船が造れぬものかと私に相談を持ち掛けて来ておる。じゃが、無理な頼みと言うもの。いかに金に糸目をつけぬと申しても、商人が蒸気船を持つなど許されるわけがなかろう。ましてやアメリカにさえも楽に行ける船と分かればどうなるものか……」

「アメリカ！」

「銭五が抜け荷をしておるらしいという噂は聞いたことがござろうな？」

栄寿は無言で弁吉と向き合った。

「噂はまことじゃよ」

弁吉はニヤッと笑って、

「銭五の船は北は松前を越えて樺太《からふと》、南はルソンの先まで出掛けておる」

「なぜにさような大事を我らに？」

「五兵衛どのはこの国のだれよりも外国との戦さに勝ち目がないのを知っておられる。確かに今の世の中では密貿易と謗《そし》られようが、それも幕府あってのこと。幕府が潰《つぶ》れてしまえば否応《いやおう》なしに外国との取り引きをせねばならぬ日が来よう。商人は先を見るもの。五兵衛どのはこの国の先を読まれたのじゃ。その日のために蒸気船が欲しいと申されてな」

「…………」

「広瀬元恭門下の石黒寛二と中村奇輔と申せば舎密については都に隠れなき腕と頭の持ち主。また佐賀にこたび建設された反射炉に関しても銭五は詳しきことを承知じゃ。長崎には銭五の出店もある。その気になればいつでも調べることができますぞ」

栄寿は唸《うな》った。

「佐賀では蒸気船を拵《こしら》えるおつもりと推察いたしましたがな。自惚《うぬぼ》れかも知れぬが今の世で蒸気船を造れるのは私と田中近江どのぐらいしかおりますまい。その田中近江どのの添え状を持参して佐賀の貴方《あなた》さまと石黒寛二、そして中村奇輔となれば……」

「おみそれいたしました」

栄寿は深い溜《た》め息とともに、

「まさしくその腹積もりではおりますが、いまだ腹積もりの域を出ておりませぬ。すべては私の考えにて……お家の説得はこれからにござる」

「では……決まった話でもないと」

「さよう。ご重役にもまだ」

「なのにこの二人を同道召されるのか」

弁吉は目を円くした。

「佐賀が許してくれぬときは薩摩《さつま》に行く所存であります」

「佐賀の貴方が薩摩に行かれると？」

「もし銭五が造るというのなら銭五でも」

栄寿は真っ直ぐに弁吉を見詰めた。

「どこでも構いませぬ。どこもやらぬのでとりあえず佐賀を動かそうと思っただけです」

「本心からそれを言われるのか？」

「私には幕府も天子さまもお家もない。日本男児です。国あってこその私と心得おります」

「幕府も天子さまもない……」

気圧《けお》されたように弁吉は繰り返した。

## 十四

その夜、栄寿は一人で庭に出た。

振る舞われた酒がまだ体に残っている。日本海の潮風がほてった頬《ほお》に心地好《よ》かった。

「佐野さま……ですね」

濡《ぬ》れ縁を歩んで来た娘が池の石橋の上に佇《たたず》んでいる栄寿を認めて声をかけた。

「ちょうど良かった。祖父に言いつけられて佐野さまをお呼びに伺う途中でした」

娘は孫の千賀だった。千賀は庭に下りると栄寿と並んで月明りに眩《まぶ》しい池を眺めた。

「千賀どのはおいくつになられます？」

「十五です」

「さすがに五兵衛どのの血筋にあられる。とても十五とは思えぬ気丈さだな」

「それ、お誉めのお言葉でしょうか」

千賀は小さな笑顔を見せた。

「あなたの前だが……五兵衛どのは聞きしに勝るお人だ。今の世の武士も町人もないが、もし武士であったなら日本を変えるお人になられたであろう。勿体《もったい》ないことだ」

「勿体ない？」

「この国のためにです。五兵衛どのは幸せだと言うかも知れませんがね。こんなぼろ船を預けられても仕方がない」

「祖父は多くの人に恐れられています」

「でしょう。私とて怖い」

千賀はにっこり微笑《ほほえ》んだ。

栄寿は軽く首を傾げた。

「それにしても……」

「埋め立ては確かに立派な事業に違いないが、国を半ば見限っている五兵衛どのがなぜにあれほど執着なされるのか分からぬ。完成の暁には前田さまに半分をご上納なさるとか。名誉だとしたらすでに充分とお見受けいたすが」

「要蔵兄さまのお頼みなんです」

そう言う千賀の口調がもつれた。

「要蔵兄さまは分家したばかりで、なんの仕事もありませんでした。祖父は兄さまにどんな仕事でもさせると約束をして」

「それで埋め立てをすることに」

「ええ。埋め立てが終われば半分の土地が兄さまのものとなります。祖父は自分が生きているうちに兄さまを助けてやりたいと」

「それでは千賀どののお父上が埋め立てに反対されるのも当たり前だ。二十年もの工事となれば、財産を分与する方が楽でしょう」

「兄さまはご立派な方です。父はただ目先の商いのことばかり。兄さまは埋め立てた土地をいずれ漁師たちに分け与えるつもりで」

うっとりとした目で千賀は言った。

〈この娘は叔父《おじ》が好きなのか〉

ようやく栄寿は察した。要蔵は生まれて間もなく親戚《しんせき》に養子に出されて、つい二年前まで五兵衛が親とは知らされずに育ったと案内役の男から聞かされている。ということは千賀もまた要蔵を叔父と思わず、従兄妹《いとこ》として考えていたはずである。兄さんという呼び方もその名残りであろう。

〈五兵衛もまた悔いているのか〉

だから採算を度外視して埋め立てに私財を注ぎ込んでいる。八十という年齢から生じる焦りがそうさせているのに違いない。

〈中途半端にならねばよいが〉

栄寿は危ぶんだ。平和な時代ならまだしも、今の時期に住民の反対までも押し切って進める工事ではないような気がした。敵の影はもう間近に迫っている。その金があれば……と栄寿は惜しんだ。蒸気船の一つや二つが簡単に拵えられるのである。

「ここにおったのか」

背中から声がかかった。濡れ縁に五兵衛が立っていた。二人は濡れ縁に歩いた。

「お話とは？」

栄寿は五兵衛のとなりに腰を下ろした。

「蒸気船を拵えると決まりましたら、ぜひとも銭屋にも手助けさせて下さらぬか」

「それは願ってもないことにござります」

「ただし一つだけ頼みがありまする」

「…………」

「戦さがどうなるかだれにも分かりませぬ。負けたときのことを今から申すは不吉と思われるかも知れぬが……もし負け戦さで、蒸気船が無事であったなら」

「銭屋にそのまま引き下げろと？」

栄寿は先手を打って苦笑した。

「損な取り引きでもありますまい。船が三つ四つ造れるだけの金を差し上げましょう。勝てばそのままでよろしゅうござる」

「負ければ外国に没収されるかも」

「その交渉は銭屋でいたしまする。ただ、そのお約束さえいただければ結構」

「三つ四つと簡単に言われるが……蒸気船を製造するには工場より作らねばなりませぬ。莫大《ばくだい》な金がかかります」

「十万両は直ぐにでもご用意できる」

栄寿はぽかんと口を開けた。現在の金に換算しておよそ百三十億にも達する額なのだ。

「蒸気船は千石船を造るのとわけが違う。金があっても銭屋には無理な願い。まげてお頼みいたす。貴方に運を預けてみたいのじゃ」

五兵衛は濡れ縁に両手をついた。

〈世の中には人が居る〉

栄寿はあらためてそれを感じた。

# 航海

## 一

栄寿《えいじゅ》、寛二《かんじ》、奇輔《きすけ》の三人は銭五《ぜにご》の隠居所でのんびりと過ごした後、三日目の夜遅くに敦《つる》賀《が》から出る船に乗り込んだ。もちろん銭五の持ち船である。船の行き先は兵庫と聞かされていたが長崎に立ち寄るのが何日後になるか船長に栄寿が問い質《ただ》しても確かな答えは得られなかった。それでも仕方がない。長崎行きの船は八日ほど前に出たばかりで、この船を逃せば何日も敦賀で待つしかなかった。もともとこの船とて、長崎に向かう予定のないところを銭屋五兵衛の特別なはからいで航路変更がなされたものなのだ。

船は無数の荷を積み終えると帆をはらませて敦賀の港を出た。千五百石、船乗り十五人を数える巨船だった。水と食糧さえ確保できれば遠く海外にまでも楽に行ける船である。海にはようやく朝日が射《さ》しはじめていた。栄寿たちが乗り込んでからだいぶ時間が経っている。栄寿は後部の中二階の船室から船縁《ふなべり》に出て穏やかな海面をしばし見守っていた。

「ようやく出ましたな」

ぐっすりと眠りこけていたはずの大野弁吉《おおのべんきち》が栄寿のとなりに肩を並べて言った。五兵衛に言われて弁吉も長崎まで同道することになったのだ。五兵衛は佐賀藩の蒸気船造りに協力を申しいでて、長崎にある銭屋の支店を今後の窓口にするために、その繋《つな》ぎ役として腹心の弁吉を派遣したのである。

「出たはよいが……いつ長崎に着くやら」

薄笑いを浮かべて栄寿は弁吉と向き合った。

「船室には望遠鏡や八分儀を納めた箱がありましたね。おまけに船長は腰に大きな磁石をぶら下げている。北前船《きたまえぶね》は地廻《じまわ》りが基本であるはず。沖乗りの装備は不必要と思うが……」

栄寿の言葉に弁吉は苦笑した。地廻りとは海岸沿いに船の位置を確認しながら航海することで、沖乗りとは磁石を頼りに外海《そとうみ》に乗り出すことを言う。この時代にあって沖乗りは危険も伴うことから航路も限られていた。たとえば下関から隠岐《おき》、または酒田より佐渡というコースである。

「積み荷とて生糸や絹布が目立ちます。銭五の密貿易についてはは伺っておりまするが、一年もかかって長崎に着くのでは困りますな」

「さすがにお見通しのようじゃ」

弁吉は悪びれずに笑って、

「いかにもまともな航海にはござらぬ。と申しても隠岐の島に立ち寄るだけのこと。風の次第によっては十日もあれば長崎に到着いたしましょう。遅くとも半月後には」

「アメリカの鯨捕りの船が上海より荷物を運んで隠岐までやって来る手筈《てはず》に。それらに生糸や絹を売り、代わりに飾り物やびいどろ、砂糖の類《たぐ》いを買い申す」

「アメリカの船が隠岐にまで！」

「あなたのお考えになられている以上に多くの船が日本の間近に来ておりまするぞ。連中のほとんどは一攫千金《いっかくせんきん》を願って海に乗り出した者。儲《もう》けのためとあればどんな危険も厭《いと》わずに荒波を越えて来る。これとおなじ程度の船が大半であるが、連中の船は我が国のものとは異なり帆柱が三本もある。逆風の場合でも帆の張り方によって航海ができる仕組みとなっており申す。だから外海も怖くない」

「蒸気船ではありませぬのか？」

「鯨捕りの船で蒸気船は見たことがない」

「銭屋はそれほど頻繁に接触を？」

「銭五の出店が津軽と伊達にあるのはご存知であろう。ロシアの船は津軽の近くまで姿を現わし、アメリカの鯨捕りの船は陸奥の沖合で漁をしておる。まさか港に入るわけにはいかぬが、沖合で接近するのは簡単にござるよ。おおやけになっておらぬが、この一年だけでも日本にやって来たアメリカの船は五十艘《そう》を軽く超えましょうな。彼らの求めておるのは水と食い物にござる。もし、それを与えると約束いたせば、彼らは喜んで鯨の肉をくれる。彼らが必要なのは鯨の油だけで、肉はそのまま捨てておりますのでな。鎖国の禁令は承知じゃが、その程度の取り引きまで認めぬ幕府では先が知れておる。連中は補給のできる港を求めているだけに過ぎませぬ」

「でしょうが……一人を認めればすべてを認めることになる。捨てる肉が勿体《もったい》ないと思うのは商人《あきんど》の考え方にござろう」

「なるほど。かも知れませぬ」

弁吉は素直に首を振った。

「取り引きができぬと知っておるから連中も今は荷を積んで来ぬ。許されれば必ず荷を積んで来ましょう。となると、もはや鯨捕りの船ではなくなる。あなたのおっしゃる通りだ」

「隠岐で落ち合うアメリカの船はそのまま国に戻るのですか？」

「いや、また上海に引き返すはずじゃ。彼らは上海を拠点にして二年近くも働くとか」

「逞《たくま》しき者たちですな」

「彼らは世界の海を仕事場にしておる。狭い島に閉じ籠《こも》っている我らを笑っていますぞ」

「籠《かご》の中の鳥が小鳥と限ったわけでもありますまい。鷹《たか》を飼っている場合もある」

「日本は鷹を飼っている鳥籠であると？」

「そう信じたいですがね」

栄寿は溜《た》め息混じりに、

「たとえそうでも、羽の筋を切られ、爪《つめ》を丸められた鷹では物の役にも立ちませぬな」

呟《つぶや》いてそのまま海を眺めた。

二

　順風に助けられて隠岐にはわずか三日で着いた。船は港に入らず、沖合に帆を畳んだ。波が荒い。船の安定を保つためには帆柱を倒したいところだが、胴の間（中央甲板）に積み荷を満載しているので、それができない。

　栄寿は船酔いにかかった。三日の航海を経験した上での船酔いである。いかに波が凄《すさ》まじいかを物語っている。だが、船乗りたちは平気だった。船縁を越して入り込む海水から荷物を守るように、必死で働いている。大きく傾く帆柱の頂上近くには、体を縄で縛り付けた見張りの者さえ居るのだ。それを見上げるだけで吐き気が襲う。

「本当に来るのでござろうな」

　手を船室の柱に添えながら栄寿は弁吉に言った。この情況では合流できたとしても荷の受け渡しができない。

「ここは名高き難所にござる。隠岐の漁師も避けて近付かぬ場所。だからこそ内密で落ち合える。しばらくの辛抱じゃ。アメリカの船が現われたらこちらも位置を変え申す」

「その前に沈まねばよろしいが」

　栄寿は体を支えながら叫んだ。奇輔がその袖《そで》に縋《すが》って頷《うなず》いた。

　帆柱の上から甲高い声が響いた。

「どうやら船が参ったようにござる」

弁吉もさすがに安堵《あんど》の色を見せた。


それから二刻後。

船は今までに比べると信じられぬほど穏やかな海面に錨《いかり》を下した。鏡のように平らかな海に月の光が照り映えている。栄寿たちは船縁から身を乗り出すようにしてアメリカの船を捜した。月明りに白い帆が見えた。日本の船と違って帆柱が多い。そのせいか船体そのものは痩《や》せて感じられた。あれでは速度も出ることだろう。捕鯨船は海面を滑るように接近して来た。甲板には五、六人の姿があった。手にした明りをゆっくりと回す。こちらの船長もそれに応じた。確認すると相手は大喜びして甲板上を走りまわった。

「大胆なものだ」

とても密貿易とは思えない。

「咎《とが》められるのはこちらにござる。万が一発覚いたしても連中には罪が及びませぬ。あの様子では何日も前から我々の到着するのを待っていたのでございましょうな。生糸や絹を上海に積んで帰れば十倍もの利益となる。連中はこちらの船乗りと違って一人一人が商人だ。雇われ者ではありませぬ。儲《もう》けがそのまま連中のものとなり申す」

「そのくらいの益がなければ二年も国を離れて航海をいたしませぬでしょう」

当然のことだと栄寿は弁吉に言った。

「あの船に乗り込めるので？」

寛二と奇輔が同時に弁吉へ質《ただ》した。

「いや、こちらには小舟の用意がござらぬ。向こうからこちらに。頼めば連れて行ってくれるとは思いまするが……」

「蒸気船でなければ意味もない」

栄寿は首を横に振った。

「無理を言って銭屋に迷惑をかけては申し訳ない。外国の船なら長崎でいくらでも見れる」

栄寿が言うと二人は納得した。

見た目には穏やかな海面だが、接近して来る小舟は大きく上下に揺れていた。二人の男が櫂《かい》を漕ぎ、三人が荷崩れを防ぐように支えている。外国人との取り引きが珍しくもないのか、小舟の接近を熱心に見守っているのは栄寿たちばかりだった。船乗りたちは荷を解く作業を黙々と続けている。

声の届く距離まで近付くと小舟の先頭に腰を下ろしていた男が手を盛んに振りながらなにやら叫んだ。日本語のようだった。栄寿たちは顔を見合わせた。また声がした。明らかな日本語だった。

「伴天《はんてん》を着ております」

奇輔が目敏《めざと》く見定めて栄寿に耳打ちした。

「隠岐の漁師でありましょうか？」

「まさか。島に立ち寄るわけはない」

弁吉は即座に否定した。

「だが、紛れもない日本人ですな」

大きく手を振って栄寿は弁吉に言った。

「なにもんだ！」

船長も気付いて船縁から大声で質した。

「尾張、亀崎村の庄助というもんで」

相手は涙声で応じた。伴天の下には外国の服を着込んでいる。まだ二十歳前後の若者だ。

「尾張藩御用達の米船にのっておりやしたが、二年ほど前に紀州沖で流されまして。お助け下さいまし。国に連れ戻して貰《もら》いたいんで」

「他の仲間はどうした？」

「ホノルルってとこに二人居残っておりやす。他の仲間は死にました。アテはなかったが、上海まで来ればなんとかなると思いやして、あっしだけ。上海で運良く隠岐に向かうこの船を見付けて乗せて貰ったんで」

「気の毒だが……そいつはならねえ相談だ」

船長は舌打ちしながら願いを退けた。

「こっちは見た通りわけありの船だぜ。うぬを乗せて帰るわけにゃいかねえ」

「そんな……後生だ。口が裂けてもなんにも言わねえ。船に乗せて下せえ」

男は必死で頭を下げた。

「乗せてやったらどうだ。港は無理でも途中の島なら問題なかろう。役人の居ない島は瀬戸内にいくらもある。哀れではないか」

栄寿が口添えした。

「あっしは船を預かっている身ですぜ」

船長はぎろりと栄寿を睨《にら》んだ。

「十日や二十日ならともかく、二年も姿をくらましていた船乗りが戻ったとなりゃ相当に厳しいご詮議《せんぎ》がありやす。八丈や琉球《りゅうきゅう》だったら問題はねえが、瀬戸内や長崎近辺にいきなり姿を現わせばどうなるとお思いで？　だれが考えても日本の船が関わっていると見抜きまさあ。糸を手繰られてお店に……」

「死んでも迷惑はかけません」

船長の言葉を耳にして相手は訴えた。

「おふくろの顔が見たいだけなんで」

「うぬが無事だってことはなんとか国のおっかあに伝えてやる。それで勘弁してくんな。こっちも命を懸けた仕事なんだ。おなじ船乗りならそいつが分からねえとは言わせねえぜ。その船はまた上海に戻る。琉球の側を通るように俺《おれ》が掛け合ってやろう。そうすりゃ面倒なく国に戻れるってもんだ。たった四、五十日の辛抱じゃねえか」

「たった四、五十日だと！」

相手は憤怒の形相となった。

「てめえには人の気持が分からねえのか。だったら代わりに乗ってみやがれ。二年だぞ。おいらは二年も戻ってねえんだ。頼むよ。この船に乗せて行ってくれ。なんでもする」

怒りから哀願へと変わる。男は号泣した。栄寿は我がことのように胸を詰まらせ、はらはらと落涙した。

「この男……訴えるかも知れん」

弁吉が船長の耳元に囁《ささや》いた。

「佐賀がお引き受け申す」

栄寿は思わず口にした。

「佐賀が？」

「長崎の藩邸にしばし匿《かくま》い申そう。あそこには船寄せもござる。夜陰に紛れてこの男を」

「その後はいかがなされるおつもりで？」

弁吉は危ぶみながら訊《たず》ねた。

「長崎には上海を経由したオランダの船が二月に一度は入港いたします。その際に同乗して来たと偽れば問題はありますまい。つてを頼んでその船に密《ひそ》かに送り込み、堂々と奉行所に届けを出せばよい」

「いつ来るか分からぬオランダ船の到着まで佐賀藩がお匿い下さると申されますか」

「二年も外国に暮らしていた男。考えようによっては役立つかも知れませぬ」

「運の良い男にござりまするな」

弁吉は笑顔を見せて船長に男の収容を命じた。男は小躍りして栄寿に礼を言った。

話が済むとようやく積み荷の受け渡しがはじめられた。作業は延々と続いた。小舟は十五度以上も行き来をした。明け方近くにすべてが終わると庄助と名乗った若者がこちらの船に手荷物を抱えて乗り移って来た。腰にはピストルを挟んでいる。船乗りたちは露骨に厭《いや》な顔をした。手荷物の箱の蓋《ふた》が開いて、その中に夥《おびただ》しい数の石鹸《せっけん》や時計、びいどろの杯などが詰められているのを見たからだった。庄助は慌てて船乗りたちを遠ざけた。腰のピストルを抜いて威嚇する。

「てめえ、こっちが抜け荷の船と耳にしてわざと選んだんじゃあるめえな」

船長がピストルの前に立ちはだかった。

「こいつはおいらが稼いだ金で買ったもんだ」

庄助は箱を抱えて後じさった。

「お店や鍋島様にご迷惑をかけるようなら、てめえの命はないものと思え」

船長は一喝した。庄助はおどおどした目になって小さく首を振った。

三

通常なら必ず下関の港に入り積み荷の検査を受けるのだが、栄寿の乗った船はもちろん下関の遥か沖合を通過した。ここまで来れば目指す長崎は近い。栄寿の胸に安堵が広がった矢先に庄助の姿が船から消えた。

目覚めたら手荷物とともに居なくなっていたのである。いかに島影が近いと言っても泳いで行ける距離ではない。栄寿は即座に事情を察した。寛二と奇輔もおなじと見えて庄助の名を口にしない。いつも通りに用意された食事を黙々と口に運んでいる。

そこに弁吉がやって来た。

「明日の夜には長崎に着けるとか」

弁吉も知らぬふりで席に着いた。

「私の浅慮のためにご迷惑をおかけいたした」

栄寿は弁吉に深々と頭を下げた。

「事故にござる。船縁から小便をしようとして海に落ちたとか。哀れな」

弁吉は気にするなと栄寿を制して、

「荷物も海に戻してやりました。あやつなら地獄の底まで荷物がなければ不安でございましょう。とんだ食わせ者でありましたな」

「見抜けなかった私に責任がある。船長の申したごとく、無理にでも追い返しておけば、あたら若い命を捨てずによかったものを……佐野栄寿、一生の不覚にございました」

庄助が殊勝にしていたのはたった一日のことで、船が隠岐から離れると直ぐに本性を現わした。銭屋の秘密を握ったという自信も加わっていたのだろう。ピストルをちらつかせながら船乗りたちに積み荷の横流しを勧めるような言動を行なった。取り引きの交渉はすべて船長に任せられている。値が上がったと主張して十の荷物のうち一つを横流しするのはたやすい。それで得た金で船を買い、自分の語学力を用いれば銭屋とおなじ商いができる。確かに理屈であった。何人かの船乗りの気持が動いた。儲《もう》け話を嫌う人間はいない。三日もすると船の空気が一変した。命を張っているのは自分たちで、利益を得るのは銭屋一人だという考えに多くの船乗りたちの心が傾いていったのだ。なんと言っても庄助の説得には経験という裏打ちがある。アメリカの経済の仕組みを根本から説かれ、捕鯨船の男たちの一攫千金の夢を聞かされれば、だれしもが頷《うなず》いてしまう。ましてや船長を除けばほとんどが庄助と変わらぬ若い連中だった。

その様子を脇《わき》から眺めていて栄寿は重い責任を感じていた。船長の睨《にら》んだように、この男は密貿易の船と承知の上で乗り込んで来たのかも知れない。まともな方法で日本に戻れば禁令が邪魔をする。荷物はすべて没収され、自身も永い間牢屋《ろうや》に繋《つな》がれる。それを避けるとしたら密入国しかない。この分では藩邸から逃亡する恐れもある。もしそれで捕らえられれば藩に迷惑となるのは確実だった。栄寿は頭を抱えていた。心の底から庄助に救いの手を差し延べたことを後悔していたのだ。

と言ってなんの方法もなかった。佐賀の藩邸に押し込めてしまえば多少の手だてはある。しかし、船の中では自分になんの権限もない。庄助の話に耳を傾ける船乗りたちを叱咤《しった》して仕事に追いやる船長の、苦々しい顔とぶつかるたびに栄寿は身が縮んだ。手を下したのは恐らく船長に違いない。

「申し訳ございませぬ」

栄寿は慙愧《ざんき》の思いで弁吉に詫《わ》びを言った。

「すき好んで外海に流された者はおりませぬ。その者どもにさえきついご詮議《せんぎ》をなされる幕府のやり方にこそ問題がござります。船の行き来が認められず、何年も国に戻れぬ者がどれほどおることか。庄助のごとく二年などはまだ早い方にござるぞ。銭屋の船とて風に流されて五年も戻らぬものがいくつも……帆柱が一つでは風に逆らえぬ。せめて外国の船のように帆を増やすことができれば事故も防げましょうが……密貿易を恐れて幕府が認めてはくれませんのじゃ。言わば、事故の責任は幕府にあると申しても過言ではない。それを知りながら、帰国を許そうともせぬ。だから庄助のような男が生まれる。噂《うわさ》じゃが上海には流されて異国の船に救われた者たちが帰国の望みを抱いて五十人以上も暮らしておるとか。ルソン、安南、樺太《からふと》にも数多くの者どもが帰国の機会を待ち望んでおり申す。幕府とて知らぬわけはありますまい。たかが船乗りと見過ごしておるのでありましょう。この扱い一つ見ても幕府の先は知れておりますな」

弁吉は鼻で笑った。

「どれほどの船が流されているので？」

寛二が質問した。

「小さな漁船まで数えれば年に三百は下りますまい。そのうち二、三十の船は外国の船に救われておるはず。少なくとも百の命が助けられている。それに対して幕府は迷惑顔じゃ」

うーむ、と栄寿たちは唸《うな》った。まさかそこまでとはだれも考えていなかったのだ。

「意地の悪い言い方かも知れぬが、国が滅びて困るのは武士の方々だけでありましょう。我ら町人にはどちらでも構わぬこと。むしろ鎖国がなくなれば商売も楽になる」

弁吉の言葉に栄寿は押し黙った。国を守るためなら藩も要らぬ、幕府も天子《てん》さまもないと言い切っていた栄寿だったが、その国とはなんであるのか？ 栄寿は掌《て》に汗を握った。

〈結局は武士のための国か？〉

そうではないつもりだが、藩や幕府をなくして町人たちに政治を任せられるかと聞かれれば即答ができない。

「長崎の繁栄はことごとく外国との貿易がもたらしたものにござる。敦賀や兵庫を世界に開放いたせば国はもっと豊かになりますぞ」

栄寿の苦悩も知らず弁吉は続けた。

〈俺はだれのために働いているのだ？〉

栄寿はそれだけを胸に呟いていた。

## 四

銭屋の船は深更を待って長崎湾内に帆を進めた。抜け荷を満載した船である。正規の船着き場に入るわけにはいかない。乗組員全員に無言の行が強いられた。船内の明りもすべて消されている。船は右手に長崎の町明りを望みながら、ひっそりと湾の奥深くを目指した。長崎を過ぎれば湾のどん詰まりに人目につかない入り江がある。船はそこで栄寿や弁吉たちを下ろし、長崎には寄港せず、兵庫へと向かう手筈《てはず》になっている。

入り江のある場所は馬込村。そこから海沿いに街道を一里も戻れば長崎の町だ。佐賀の藩邸は町外れに近い大黒町にある。

「歩きでも構わぬが……やはり朝を待って馬込の漁師に舟を頼み、直接藩邸の船寄せ場に着ける方が安心だな。街道で長崎奉行所の役人にでも問い質《ただ》されれば厄介だ」

あれは丸山の賑《にぎ》わいであろうか、長崎の町の奥に広がる明りを眺めながら栄寿は言った。丸山と寄合、この二つの遊郭は出島に暮らした外国人たちによって遠く海外にまで名を知られている。

「長崎にはいつまでご滞在のご予定で？」

傍らにいる弁吉が栄寿に質《ただ》した。

「殿が江戸よりお戻りになられぬうちは佐賀に向かうわけにもまいらぬ。早くとも春までは長崎に暮らすことになりましょう。春になれば、殿が必ず長崎にまいられる。その折りを見計らい、この二人を推挙するつもりでおります。時期が時期であれば、さほどの苦労もなくお聞き届けて下さるはずと……」

「春までとは……だいぶ先にござりますな」

「仕事はいくらでもありますよ」

　栄寿は笑った。

「長崎湾の入り口にあたる神之島《かみのしま》と伊王島《いおうじま》は我が佐賀の領地。そこに合計百門の大砲を据え付ける工事をこの夏より行なっております。反射炉を拵《こしら》えたのも、そもそもはそのためにござる。すべての責任者である本島藤大夫《もとじまとうだゆう》どのは佐賀と長崎とを頻繁に行き来しておる。まず彼らを本島どのに引き合わせ、その上で神之島と伊王島への出入りを許して貰《もら》う。そうなれば佐賀の精錬方《せいれんかた》に出仕いたすのと少しも変わらぬこととなる。正式なお許しが春まで延びるだけに過ぎませぬ。本島どのもきっと両名の手助けを歓迎いたすはずだ」

「本島藤大夫様と言えば、韮山《にらやま》の江川太郎左衛門《えがわたろうざえもん》様の下で砲術を学ばれた方でしたな」

「銭屋にはそこまで詳しき情報が？」

「それでなくては商売ができませぬ。もっと有り体《あてい》に申せば、神之島と伊王島の台場工事も、鍋島さまが反射炉を拵えるための口実と睨んでおりまする。これは私の考えではなく、主人、五兵衛の申しておることですがな」

　弁吉は小さな笑いを見せて、

「両島への台場建設について幕府が不必要であると決定を下されたとか。それを押して鍋島様が自力での建設を言上なされたよし。まことにありがたきご決断にござりますが、真の狙《ねら》いは砲台増築にあらず……いずれは蒸気船を拵えるための反射炉の建設にあると」

「そこまで読まれていたとも知らずに、のこのこと銭屋を頼ったというわけか」

栄寿も苦笑した。

「まさに、飛んで火に入る夏の虫とは、あなたさまのことで……今の世にあって銭屋が行く末を頼れる藩は佐賀しかござりませぬ。あなたさまがお見えにならずとも、いずれ手蔓《てづる》を頼んでお近付きになるつもりでおりました」

「加賀百二十万石でも頼りにならぬか」

「銭屋は大きくなり過ぎました。その分、敵も多いという理屈でしての。加賀には銭屋の身代《しんだい》を妬《ねた》む者どもが藪蚊《やぶか》の数ほどおりまする」

「佐賀に肩入れしたと分かれば、ますます敵を作る結果となりそうですな」

「でしょうな。それで二代目は五兵衛どののやり方に絶えず異を唱えておる様子で。今度の埋め立て工事とてどうなることやら。銭屋の心が一つに纏《まと》まっておれば、なにがあっても乗り切ることができると思いまするが、今のままでは正直申して不安にござる。漁師どもから中止の訴えが役所に届いておるというのに、二代目は銭屋の商売とは関係がないと申して役人に鼻薬を嗅《か》がせようともせぬ。放って置けば、なにかの口実にされて手酷《てひど》い痛手を被《こうむ》る結果となりましょう」

弁吉は暗い顔で言った。

「今の当主が快く思っておらぬのに、我らが長崎の出店に顔を出してはまずいのでは？」

「いや。隠居したと申しても、店の実権はまだ五兵衛にござります。それがすべての元凶なのでしょうがな。これでは当主とて面白くありませぬ。儂《わし》らの悩みもそこにある」

「当分は二人を銭屋が預かってくれると申されたが……なにやら迷惑をお掛けしそうだ」

栄寿は心配した。藩のお抱えでない中村奇輔と石黒寛二とを長崎の藩邸に永く滞在させるわけにはいかない。栄寿としては最初から二人を市中の宿に草鞋《わらじ》を脱がせるつもりだった。それを知って弁吉は二人を銭屋が預かると言ってくれたのだ。

「正式にご出仕と決まらぬうちは、二人とも鍋島様とは無縁のお方。それを銭屋が面倒みたとて、なんの迷惑にもなりませぬ。現に儂も銭屋の食客となって相当な歳月が経ちました。ご案じ召されるな。銭屋の身代から見れば二人の世話など軽いものじゃ。五兵衛からもそう言われてまいった。半月ほどは丸山辺りでのんびりと過ごさせてやりましょう」

「丸山ですか。それは羨《うらや》ましい」

「それでは佐野さまもご一緒に」

「冗談です。女はやめました」

栄寿は笑って首を横に振った。

「やめたとは……お珍しい」

「それに、長崎は佐賀と近過ぎます。戻ったと聞けば家の者もやって来ましょう」

「奥様がおありで」

「駒子と申して私とおなじ歳にござる。気は私よりも遥《はる》かに強い。もう五年以上も顔を見ておりません。さぞかし、ますます気性が荒くなっておりましょうな」

「それはお楽しみじゃ。ぜひお引き合わせ下され。儂も当分は長崎におるつもりです」

「天下の銭屋と知り合いになれたと聞けば駒子も喜びましょう」

「それでは土産も吟味せねばなりますまい。この船を下りる前に珍しきびいどろでも見繕《みつくろ》っておきましょう。確か化粧箱とやらもあったはずじゃ」

弁吉はそう言って船縁《ふなべり》を離れた。

〈駒子か……〉

ここ何年も口にしたことのない名だった。駒子は栄寿と同様に年少の頃より佐賀藩の藩医、佐野常徴《つねみ》の家に養女となった女である。形は義理の兄妹となるのだが、最初から夫婦になる約束で養子に迎えられた二人だった。だから、幼馴染《おさななじ》みでもある。互いに知らない部分がない。二十歳で結婚し、二十五の歳で藩の命を受け、栄寿が京都へ留学するまで、毎日のようにおなじ屋根の下で暮らしていた相手であった。

〈俺は変わったぞ〉

栄寿は駒子の顔を思い浮かべて呟いた。

この五年で、自分はまるで違う人間になったと栄寿は思った。

## 五

「涙虫が戻ったとはまことか」

廊下をあらあらと踏む足音で栄寿は目覚めた。ほんの束の間、栄寿は自分がどこにいるのか分からなかった。長崎の藩邸の一室と悟ってまた目を瞑《つぶ》ると、乱暴に襖《ふすま》が開けられた。

しも変わらない。

動かす地位にあった。会うのはおよそ一年ぶりだが、小太りの体型に円いつぶらな目は少

増田忠八郎。おなじ藩校に学び、親しい仲である。今は藩主鍋島閑叟《なべしまかんそう》の近侍として藩を

布団から頭を出して栄寿はニヤリとした。

「なんだ、忠八郎か」

「江戸へ随行したと思ったが……ははぁ、殿をしくじって台場の人夫でもしておるのか」

栄寿は布団の上に胡座《あぐら》をかいた。

「うぬこそ頭を丸めて……また藪《やぶ》医者《たた》に戻ろうという心づもりと見ゆる」

忠八郎は哄笑《こうしょう》して栄寿の肩を叩いた。

「真面目《まじめ》な話、なぜ忠八郎がここに？」

「本島藤大夫どのと一緒に来たのだ。ようやく台場の工事が動きはじめてな。この二ヵ月というもの、海に石を沈めるばかりで一向に埒《らち》があかぬ始末だったが……これでなんとか殿が戻られるまでに形がつきそうになった。半年の間に石垣一つ作れぬでは申し訳が立たぬ。これで一安心だぞ」

「それで国に残っておったのか」

栄寿は合点がいった。増田忠八郎は精錬方事務を担当している。台場工事と精錬方とは根がおなじところにある。

「貴様が戻ってくれたのはありがたい。本島どのもさぞかしお喜びなされるだろう。精錬

方は今、猫の手も借りたいほどの忙しさだ。夜を徹して鋳砲と取り組んでおる」

「だいぶ苦労をしておるらしいな」

「これまでに九度試みたが、いずれも失敗してしもうた。どうも溶鉄の段階で問題があるらしい。形ばかりはよく仕上がっても、火薬を詰めて発射すると砲身が破裂してしまう。九度も試みてそれだぞ。重役たちの間では精錬方へのあからさまな批判も見受けられる。本島どのも責任を感じられて殿に進退を伺った始末でな。なんともむずかしい」

「殿はなんとおおせられた？」

「道楽ゆえ大目に見ろと重役たちに。本島どのはお構いなしだ。幸い台場の完成にはまだ間がある。幕府から命じられた工事でもない。気長に取り組み、外国にひけを取らぬ大砲を拵えればそれでよい、と」

「良質な銑鉄を得るのが肝要だ。砂鉄から溶かしていたのでは空気が混じって鉄に泡が生じる。ふいご程度で行なっても無理らしい」

「それをだれから？」

　忠八郎の目つきが変わった。

「京都の田中儀右衛門どのからだ。広瀬元恭《ひろせげんきょう》先生も同様の意見であった。下手に頑張るよりも銑鉄を買うのが大事さ」

「あっさり言うが、銑鉄をどうやって手に入れる？　そんなものを積んでくる異国の船が簡単に見付かるとは思えぬぞ」

「買うと言うなら手立てはある」

「よほど高いであろうな」

頷《うなず》きながらも忠八郎は危ぶんだ。

「条件次第では安く叩いてやろう」

「条件？　どういうことだ」

「うぬに口入れ屋の真似をして貰《もら》いたい。そのつもりで連れて来た男たちがおる」

「連れがあったとは聞いていたが、何者だ？」

「京都で広瀬元恭先生についていた中村奇輔と石黒寛二という者だ。今の日本にあって得難い連中だぞ。火薬の製造や蘭書《らんしょ》の解説にかけて二人を越える者は滅多におるまい。国に戻ってしまえば連絡も面倒になると思って、俺の判断一つで同道を促したのだ。二人には必ず佐賀が面倒を見ると約束した上でな」

「抱えると約束しただと！」

忠八郎はあんぐりと口をあけた。

「よくもまあ、できたものだな。貴様の進退とてまだ定まらぬと言うに……呆《あき》れた男だ」

「俺のことはどうでもいい。なんとかうぬの口添えが欲しいのだ。まさかここで会えるとは思わなんだから本島どのにすがろうと考えていたが、うぬなら好都合だ。お家にとっても決して悪い話ではなかろう。なにも十人扶持《ぶち》で抱えろと申しておるのではない。両名は蒸気船を拵えたさに話に乗ったのだ。今は大砲が先決だが、いずれ蒸気船を造る時期が来る。そのときに慌てても彼らほどの人材を捜すのは厄介だぞ。それに……」

「それに？」

「天下に名高き田中儀右衛門どのもおっつけ佐賀を頼ってまいる」

「まさか！　田中儀右衛門と言えばとなりの久留米の人間ではないか」

「蒸気船の雛形《ひながた》を拵えてくれると約束してくれたよ。それが完成いたせば、携えて来る」

「からくり儀右衛門が我がお家に……」

忠八郎は唸《うな》ったきり言葉を発しなかった。

「要《い》らぬと言うなら俺はこのまま藩を飛び出る。二人を連れて鹿児島に行く」

「薩摩《さつま》に推挙すると言うのか！」

「それも駄目なら加賀だ」

「加賀？　なにゆえだ」

「銭屋五兵衛が金を出すと言っておる。蒸気船が造れるならどこでもよい。あの身代なれば山奥に反射炉を拵えることもたやすかろう」

「まあ、待て――貴様の話は突拍子もなくてついて行けぬ。銭屋と言ったが、まことか」

忠八郎は身を乗り出した。

「敦賀からここまで銭屋の船でまいった。銭屋は遥か先の世を読んでおる。もしかして蒸気船が不要な時代となったら、銭屋への払い下げを条件に十万両を用立てると申した」

忠八郎は聞かされて啞然《あぜん》となった。

「あの銭屋なれば銑鉄とて捜してくれよう。銭屋は上海からのアメリカ船とも隠れて商いをしておる。金よりも鉄をくれと申せば銭屋も喜ぶだろうよ」

「乗った！」

忠八郎は即座に応じた。

「増田忠八郎、命に代えても貴様の連れて来た者どもを取り立てるように働こう」

「よそ者でも殿がお許し下さると思うか？」

「銑鉄が土産とあればな。藩のしきたりがどうのと言っておる時代でもあるまい。むろんご重役たちは難色を示すであろうが、殿さえご決断あそばされればどうとでもなる」

「俺はどうなるかね」

「知らぬ」

「お家での評判はどうだ？」

「酷《ひど》いものだ」

忠八郎は苦笑した。

「殿も貴様が伊東玄朴《いとうげんぼく》さまの辞書を質入れしたと耳にしたときは直《す》ぐにでも佐賀に呼び戻せと大変なお怒りであられたが……伊東さまより書状を受け取られてからは少し落ち着かれたご様子であった。たかが金子のことで罰するには惜しい男と書状にあったとか。殿も罰するには及ばずと申された。なにがあったかは知らぬが、俺もほとほと困り果てたぞ。噂《うわさ》はなんとか食い止めておるつもりだが、ご重役の方々に知れておる。口にせぬだけでお家の皆に伝わっておるやも知れぬ。今戻っては辛《つら》い目に遭うかも……」

栄寿は頷《うなず》いた。その様子なら伊東玄朴が藩主閑叟公にある程度の事情を打ち明けたのだろう。まさか高野長英《たかのちようえい》のことまでは触れていないと思うが、質入れについての責任が自分にないことを弁明してくれたに違いない。

「お咎《とが》めがないと分かれば、慌てて国に戻る必要もなさそうだな」

「咎めがないと申しても任は解かれるはずだ」

「ますますのんびりできる」

栄寿は微笑《ほほえ》んだ。

「蟄居《ちつきよ》ぐらいは覚悟していたが……ならば、顔だけ出してふたたび長崎に戻ろう。簡単な蘭書の講読程度なら俺にもやれる。そうやって時機を待つのがいちばんだ」

「蟄居を覚悟の上で人を連れ帰るとは……よくよく肚《はら》が据わっておる。俺にはできんね」

忠八郎は溜め息混じりに、

「任を解かれてはさぞかし肩身が狭かろうと精錬方に救ってやるつもりでいたのに、のんびりできると喜んでおる」

「分を心得ているだけさ。連れて来た二人は俺の十倍も働くぞ。眼に狂いはない」

栄寿はそう言うと大きなあくびをした。まだ船の疲れが取れていない。揺れない畳のありがたさにもう少し浸っていたい気分だった。

# 六

朝食を済ませると栄寿は忠八郎を誘って長崎の町に出た。穏やかな陽射《ひざ》しが快い。二人は海に沿って出島の手前にある西役所を目指した。ここに本島藤大夫が出向いていると忠八郎が言ったからである。西役所は長崎奉行所の分署で、出島に暮らす外国人や貿易品を管理するとともに港湾警護の要《かなめ》でもあった。本島藤大夫は台場工事の責任者として、その進捗《しんちょく》情況を報告かたがた挨拶《あいさつ》にでかけたのだ。神之島、伊王島は佐賀藩の領地で、工事費用もすべて佐賀が工面していると言っても、長崎警護が目的で幕府よりの許可を得ている以上、奉行所を無視するわけにはいかない。

「いろいろと難癖をつけてきおってな」

忠八郎は苦々しい顔で言った。温かな風が二人の裾《すそ》を翻す。潮の匂《にお》いが加わっていた。

「金も出さずに口だけはやたらとさし挟む」

「一度は不必要と却下された工事だ。それを佐賀が自前で築くと願ったので余計なことを案じている人間もおるのだろう。我が殿がどれほど真剣に日本の未来に憂いを抱いているか分からぬ手合いが幕閣には大勢おる。佐賀に大砲を百門も拵えられては今後が不安だと勘繰っているのさ。愚かな」

「まだ人夫小屋も建たぬうちに奉行所の検分があってな……本島どのも呆れていた。奉行所の舟が毎日どこかで見張っておるそうな」

「さもあろう。大船の通過を阻む目的で海に石を沈め海底を浅くするのはともかく、島の山を半分削って弾丸の通り道を開けるなど、この俺でも眉《まゆ》に唾《つば》をつけたくなる。百年かけても完成すまいと巷《ちまた》では噂しておるとか」

昨夜に聞いた話である。

「すべての海を塞《ふさ》ぐのではない。台場から狙《ねら》い易《やす》い位置に船を誘うのだ。奉行所も町の者たちも大袈裟《おおげさ》に考えておる。山とて丘に毛が生えた程度のものでな。半年もあれば……」

「江川太郎左衛門どののお指図か？」

「いや。本島どのが中心となって企てた。山を盾にして大砲を撃てば敵に我が軍の位置を知られずに済む。だからこそ敵の船を決めた場所におびき寄せる必要があるのだ」

「いかにも良策に思えるが……肝腎《かんじん》の大砲がなくては天下の笑い者だな。山を越えて命中させるにはよほどの大砲でないと」

「はじめたからには、やらねばならぬ。こういう時代だからこそ貴様の首が繋《つな》がっているのだと感謝しろ。でなければ殿とて簡単にお許しにはなるまい。わざわざ大金を注ぎ込んで学ばせた知識を反古《ほご》にしたくないと惜しまれただけだ」

「ニヤけた顔で言われても通じぬぞ」

栄寿が言うと忠八郎は苦笑した。

「ところで……」

栄寿は話を変えた。

「アメリカから戻った男たちがいるであろう」

「ああ。奉行所の詮議《せんぎ》も終わり、今は牢屋《ろうや》に押し込められておるはずだ」

「どんな連中か耳にしているか?」

「中の一人は若いがなかなか利発であるとか。お奉行の問いにも恐れずに応じたらしい。アメリカに十年もいたせいで、むしろ向こうの言葉の方が得意だと聞いている。いずれ生まれ故郷の土佐から迎えが来るであろうが」

それがどうした、と忠八郎は訊《き》いた。

「会ってみたい」

「会ってどうする?」

忠八郎は立ち止まった。

「俺の聞いた噂では鯨捕りの船に永く乗って、航海術にも長《た》けているらしい。うってつけの男ではないか。戦さをするには敵を知るのが大事だ。アメリカの船がどれほどのものか早いうちに見極めておきたい」

「それはその通りだが……むずかしかろう。今は外出も許されているようだが、連中のまわりには常に役人がついておる」

「その気になればどうとでもなる。どうせ小役人であろう。金を積めば目を瞑《つぶ》る」

「にしても半刻が限度だ。そのわずかの時間でなにが聞ける? それよりは奉行所の調書を読ませて貰《もら》う方が早い」

「使える男かどうか自分の目で確かめたい。調書では人物までは分からぬのでな」

「なにを考えておるのだ？　連れて来た者たちで手一杯だと言うのに、これ以上は面倒が見切れんぞ。第一、土佐の人間ではどうにもならぬ。漂流して戻った者は郷里にて死ぬまでの押し込めと定められておる」

「こういう時代だと言ったばかりではないか。頭を働かせれば必ず道がひらけるものだ」

栄寿の胸の奥にはすでに策が閃《ひらめ》いていた。

「必要な男なら佐賀がいただくことにしよう」

栄寿の言葉に忠八郎は首を横に振り続けた。

# 七

長崎に着いて三日後の昼。

栄寿と増田忠八郎の姿は聖寿山崇福寺《しょうじゅざんそうふくじ》の小さな庵《いおり》の中に見られた。曇華院《どんげいん》と名付けられた瀟洒《しょうしゃ》な庵である。崇福寺の広い境内の端に位置して訪れる者も滅多にいない。崇福寺は長崎に在留している唐人たちが拵《こしら》えた寺で、その異国的な情緒から長崎名所の一つに数えられていて見物客も多いのである。この他に唐人たちが建てた寺はいくつもあった。だが遊里である丸山・傾城の両町に近いという地理的条件も重なって長崎を訪れる旅人のほとんどは必ずこの寺に足を運ぶ。傾斜の多い寺の境内からは思案橋を挟んで賑《にぎ》やかな色町が見渡せる。それも売り物の一つであった。長崎の夜景の美しさはすでにこの時代から諸国に認められていた。

しかし、もちろん栄寿と忠八郎は観光が目的でこの寺を訪ねたわけではない。

開け放した障子より庭をぼんやりと眺めていた忠八郎は振り向いて栄寿に目を戻した。黒い作務衣《さむえ》を着た栄寿は目を瞑《つむ》っていた。

坊主頭にそれがよく似合っている。

「そろそろであろう」

忠八郎の言葉と重なるように遠くでどらの音がした。昼の合図らしかった。栄寿はうっすらと目を開けた。

「どこから見ても坊主だな」

忠八郎は温《ぬる》くなった白湯《さゆ》を啜《すす》って笑った。

「それなれば佐賀の佐野栄寿とは知れまい。頭を丸めた甲斐《かい》があったというものだ」

「間違いなく来るのだな」

「この天気だ。変更はあるまい。今頃はすでに寺の見物の最中かも。じきだ」

忠八郎は請け合った。二日前よりアメリカ帰りの男たちがこの寺を見物するという情報を得ている。彼らは佐倉町の牢屋に身柄を拘束されているのだが、普通の犯罪者とは別扱いだった。床屋も許されれば、役人の監視付きで市内の見物さえ認められていたのである。

その監視の役人に忠八郎は鼻薬を利かせ、見物の途中に中の一人を曇華院へ来らせるように手筈《てはず》を整えていた。

「にしても……」

　忠八郎は栄寿の顔の広さに呆れていた。いかに長崎に暮らしたことがあると言っても、唐人寺にまで顔が利くとは思わなかった。

「通詞《つうじ》には唐人が多い。つてなどいくらでもあるさ。庵を借りる程度なら問題はない」

「同行の役人とて貴様を坊主だと信用するだろう。だが四半刻（三十分）だぞ。それ以上長引けば奉行所に目をつけられる」

　忠八郎は念を押した。

「充分だ。もし必要とあれば奉行所の調書を借りて読めばよい。ただの漁師かそうでないか。俺はそれを確かめたいだけだ」

「なにを考えておる？　たとえただの漁師ではないと分かっても、土佐の生まれではどうしようもない。漂流者は故郷への押し込めが定めと決められておるではないか。からくり儀右衛門とは事情が異なる。これぱかりは無理だ。どうせ無駄働きになろう」

　声を張り上げようとした忠八郎の耳に庵への石段を踏む足音が聞こえた。二人は緊張した。忠八郎は慌てて庵の奥の間に姿を隠した。同行している役人には、あくまでも物好きな坊主の願いだと説明してある。

　栄寿は笑顔を繕って濡《ぬ》れ縁に待った。やがて生け垣の向こうに男たちが現われた。

「私はここで待たせていただく」

　役人は栄寿の挨拶に安堵《あんど》したらしく、若い男だけを庵の庭に促した。栄寿は庵の中に手招いた。怯《おび》えた様子は少しも見られない。それこそ物好きな金持ち商人たちがこうして異国の話を彼から聞いているのかも知れない。

庵の中には茶菓の用意をしてあった。栄寿は目の前に腰を下ろした相手をゆっくり観察しながら茶をいれた。細面に厳しい目をしている。結んだ口許《くちもと》に力が感じられた。

「土佐、中の浜の万次郎と言います」

茶碗《ちゃわん》を受け取ってはじめて口を利いた。

「十四の歳より流されて……ろくな口が利けません。むずかしいことを聞かれても」

「流されて何年と言った？」

「十年になります。漁の最中に時化《しけ》に遭って海の真ん中の鳥島ってとこに運ばれました。運良くアメリカの鯨捕りの船に助けられ、ホノルルで二年暮らした後はアメリカに渡り、助けてくれた船長の家に……マサチューセチのヘヤヘブンって町です。そこで学問も学びました」

何度も証言したことなのか万次郎の口調は思いのほか滑らかだった。

「なぜ戻って来た？　下手《へた》をすれば死ぬまで牢屋暮らしかも知れぬではないか」

「流された仲間で一人ホノルルに残った者がいます。私も……上海で国の様子を見てからと思っておりましたが、一緒の仲間がどうしてもと誘いましたもので琉球で下船を」

「戻って嬉《うれ》しいか？」

その問いに万次郎は言い澱《よど》んだ。遠くに見える役人の耳を気にしているようだ。

「我が国とアメリカではどこが違う？」

「アメリカでは……」

　と言いつつ、またも首を横に振る。

「プリーズ」

　栄寿はわずかに知っているアメリカ語を口にした。栄寿の学んだのはオランダ語であって英語ではない。だが、その効果は大きかった。万次郎は目を円くして栄寿を見詰めた。

「プレジデント」

　万次郎は試すように呟《つぶや》いた。幸いそれなら栄寿も知っていた。江戸の伊東玄朴のところで教えられた言葉だ。大統領、つまりアメリカの将軍のことである。

　栄寿が頷《うなず》くと万次郎は、

「アメリカでは侍ではなくともそれになれます」

「らしいな。入れ札で決めるとか」

「町人と侍の区別もありません」

「そういう国の方が暮らしやすいか？」

「私たちにとっては」

　万次郎は躊躇《ちゆうちよ》なく言った。

　栄寿はじっと万次郎を見据えた。

「菓子を食え。役人が見ておる」

やがて栄寿は笑顔を見せた。

「学問を学んだと言ったが？」

「バートレット・アカデミーというところで」

「どんなことを教えられた？」

万次郎は安心した顔に戻って教科を説明した。日本語には直せないらしく手振りや畳に絵を描いて補足した。万次郎の暮らしていた町は捕鯨業の中心地であったので普通の学問の他に測量や航海術まで授業に組み込まれていたようだ。化学や高等数学の知識さえ万次郎は得ていた。栄寿は自分の知っている化学記号をいくつか並べ立てた。日本語では答えられなくても万次郎は即座に頷いた。

「あなたさまは、いったい？」

ただの坊主ではないと悟って万次郎は急に警戒の色を浮かべた。

「蒸気船に乗ったことは？」

「…………」

「黒い煙を吐いて進む船だ」

「それなら何度もあります」

「我が国でも拵えられると思うか？」

「理屈さえ分かれば」

「アメリカの本は読めるか？」

「奉行所に取り上げられました。ディクショネリやヒストリの本です。必ず役に立つと思っておりましたのに……あれは返していただけるのでしょうか」

「私は奉行所の者ではない」

栄寿は苦笑いした。勘違いされたのだ。

「航海についての本もあります」

「おまえに危険がないと分かれば、いずれ本も下げ渡されるであろう。案じるでない」

「今のままでは駄目です」

「駄目とは？」

「アメリカとこの国では喧嘩《けんか》になりません。アメリカの人間は自分の幸せと国の幸せをおなじものと考えております。だから心が一つに纏《まと》まっています。この国のように侍が町人を使っているのでは駄目です」

「奉行所でもそれを言ったのか？」

栄寿は呆《あき》れて質《ただ》した。

万次郎は悪びれずに頷いた。

〈これでは押し込めを免れぬな〉

十四の歳に漂流したのであれば逆に日本の事情を知らぬのが当たり前だ。栄寿は胸の奥で嘆息した。厳しい押し込めとなれば万次郎を土佐から出すのが面倒になる。

「あまり口にせぬ方が身のためだぞ。気持は分かるが、今の世では苦労する」

「薩摩《さつま》の殿様は頷かれました」

「島津さまが？　お会いしたのか」

「直々にお呼び出しを」

　万次郎は得意そうに言った。

「アメリカの帆船の図面を描けと申されて。あの殿様は偉いお人です。アメリカやエゲレスのことにも詳しい。立派な写真機もお持ちでした。薬の調合から焼き付けるまでご自身の手でなされます」

「島津様が武士の世は駄目だと？」

　栄寿は遮《さえぎ》って質した。

「人に生まれ持っての身分の差はない、と」

　栄寿は唸った。藩主鍋島閑叟とてそこまでの気持にはなれないだろう。そう言えば薩摩では島津斉彬《しまづなりあきら》が新藩主となって以来、下級武士の登用が目立つと耳にしていた。藩内に広く意見を求めて、志しがあると判断されれば階級を飛び越えての出仕がかなうのである。今は昔のように平和な時代ではない。時代のせいとも言えそうだが、薩摩の場合、そういう斉彬の考えが底辺にあるのかも知れない。

「時間だ」

　生け垣の向こうから声がかかった。

「焦る気持は当たり前だが……今後は少し静かにしておる方がよかろう。いずれおまえが必要とされるときが来よう」

栄寿は並んで立ち上がる万次郎の肩を叩いた。万次郎は名を訊《たず》ねた。

「また会うさ、体を大事にしろ」

万次郎は笑顔で栄寿に手を差し出した。

栄寿はがっしりとその手を握った。

役人と万次郎の消えるのを見届けて忠八郎が襖《ふすま》を開けた。

「面白そうな男であったな」

忠八郎はどっかりと胡座《あぐら》をかいた。

「薩摩も欲しがっている。あの男なら土佐とて簡単に手放しはすまい。十年もアメリカに暮らし、言葉ばかりか書物まで読める。五千両かけてもあのような男を育てられはしないぞ。これはどうしても佐賀が貰《もら》わねば」

「手段があるか？」

「裁きの結果を見てからだ。もしかすると幕府が欲しいと言うかも……」

「まさか……押し込めを決めているのは幕府だ。前例を作るような真似はせんさ」

「だといいがな。それなら方法もある」

ただ一つの抜け道がある。それは何日も前から栄寿の頭に閃いていたことだった。

# 八

藩邸に戻った栄寿と忠八郎は慌ただしく身なりを整えて裏の舟渡し場に向かった。台場工事の進められている伊王島に本島藤大夫が居る。万次郎との会見を果たした栄寿は明日にでも佐賀に出発するつもりだった。それで台場の検分かたがた本島に挨拶《あいさつ》をしておこうと思ったのだ。二人が乗り込むと舟は直ぐに波を滑った。港内とは言え鏡のような水面である。潮風を受けながら栄寿は陽に輝く長崎の町並みを眺めた。さすがに風は冷たい。が、体の芯《しん》にはほてりがあった。

「遥《はる》か向こうに岩が突き出ておろう」

忠八郎は港への入り口辺りを指差した。

「男神と女神か」

栄寿は頷《うなず》いた。ちょうど瓢簞《ひょうたん》の口のように挟まっている港の入り口の両側に、まるで門の柱にも似た岩が突き出ている。男神岩と女神岩と言う。

「あれで敵の船を防げばよいという間抜けがまだまだ居るぞ」

忠八郎の言葉に栄寿は笑った。

「二百年も前と今では時代が違う。それも知らずに、台場など無用だと……小舟を渡したくらいで蒸気船をくいとめられるものか」

忠八郎は吐き捨てるように言った。二百年前とは正保年間（一六四四―四八）のことだ。

ポルトガルの船が通商再開の要望のために長崎への入港を求めたときに、幕府は厳戒態勢を採り、港の入り口を封鎖した。その方法として行なわれたのが男神と女神との間に無数の舟を並べ、縄で繋《つな》いで舟橋と成すことだった。ポルトガル船が入港するためには、その舟橋を越えねばならない。舟の上には分厚い板も敷かれているので簡単には突破できない。風力を頼りにする船ではますますむずかしい。ポルトガル船は立ち往生して港に入れなかった。

「あれとて、突破する気がなかっただけだろうよ。戦さが目的で来た船ではない」

「それを言うならエゲレスやアメリカもおなじだ。好んで大砲を用いはすまい」

「打ち払いは無意味と申すか？」

忠八郎は珍しく厳しい目をした。

「望み通りに長崎に来てくれれば台場も無駄にはならぬがね」

「来るさ。長崎は国の要《かなめ》だぞ」

「俺《おれ》は来ぬような気がする」

栄寿は断言して、

「そもそも蒸気船は風や潮を頼む必要がない。これまでは帆船だったから海にも道があった。長崎はその道順に位置している。しかし、蒸気船は海のどこでも通れる。それならば江戸から離れた長崎に来るより、将軍の膝元《ひざもと》に直接向かう方が面倒がないではないか。長崎に船を停泊させれば江戸とのやりとりに半年は取られてしまう。俺が連中であれば必ずそうする。特にアメリカの船ならな。わざわざ迂回《うかい》して長崎へ来るとは思えぬ」

「だが、昔から我が国の港は長崎と決められておる。連中とてそれを承知のはずだ」

「長崎に来て通商が認められると言うなら、喜んでそうするだろうが……連中は無理を覚悟でやって来るのだ。むしろ大砲の威力を借りて膝元に乗り付けるに違いない」

「来るとすればどの辺りだ？」

「下総《しもうさ》か伊豆《いず》。その辺りなら江戸とも二日や三日で連絡が取れる。でなければ紀州か」

「それでは困る」

忠八郎は眉《まゆ》をひそめた。

「お家の働き場がなくなるではないか」

「だな。伊豆や紀州ではなにもできん。せっかくの大砲も錆《さ》びて朽ち果てる」

「よくもまあ抜け抜けと」

忠八郎は腕を組んで舌打ちした。

「貴様の考えなど当たるものか」

やがて忠八郎は気を取り直した。

「夷狄《いてき》とて道理があろう。それなら押し込み強盗と一緒だぞ」

「国を閉じているのが、そもそも連中に言わせれば道理を外れておる。難破船を助けもせず、水や食い物の補給さえ許さぬ。我々にすれば来るのが悪いという理屈になるが、海はだれのものでもない。拒む理由にはならぬ」

「俺の前では構わぬ。だが、本島どのや重役の方々にはそれを口にせぬがよかろう。貴様の評判は悪い。それにますます油を注ぐだけだ。台場が無駄などと言えば――」

「ものは考えようだ。幕府とて長崎警護が重要と思えばこそ台場の建設を認めてくれたのではないか。そのお陰で反射炉も完成を見た。確かに台場は無駄になるかも知れん。しかし、佐賀には技術が残る。むしろ矛先が外れればありがたい。江戸近郊の諸藩が防備に追われているときに、我々は力を蓄えておくことができよう。長崎で戦さになってしまえばその余裕もなくなる」

「のんびりとしたものだな」

「その道しかないのさ」

栄寿は真面目な顔で続けた。

「今、長崎に敵の船が来て戦さになれば間違いなく佐賀は負ける。佐賀が負ければこの国が滅ぶのとおなじだ。勝つにはまだまだ時間が必要だ。そのためにも長崎には来て貰いたくない。江戸近くなら佐賀とは無縁だ。そうして時間稼ぎをして貰う他に策はないぞ。お家の働きとうぬは言うが、負け戦さに働きなどなかろう。武士の面目がなんになる」

それには忠八郎も頷いた。

「戦さで死んで満足するのは自分だけだ。『葉隠《はがくれ》』などは今の佐賀にとってなんの助けにもならぬ。生き残ることが佐賀の役目だ。佐賀以外にこの国を救える藩はない」

「本当にそうか？」

「そう信じて働いておる」

栄寿はきっぱりと言った。

# 九

伊王島の舟着き場では本島藤大夫が首を長くして二人を待っていた。舟の上から栄寿は島を眺めた。まだ基礎工事の最中である。島の樹木は伐《き》られ白い土が現われている。無数の人夫たちが土や石を運んでいた。

「よほどかかりますな」

挨拶もそこそこに栄寿は口にした。

「寒さが厳しくなる前に山を削ってしまいたいのだが……明日は佐賀に戻るのか？」

作業小屋に案内しながら藤大夫は訊《たず》ねた。

「戻ると言っても、すぐに長崎に」

「長崎でなにをする？」

「塾でも開こうかと思っております。殿が江戸表よりお帰りになられるまでは無役の身。国でぶらぶらしておれば親戚《しんせき》にも迷惑をかけます。私は相当に評判が悪いとか」

栄寿の言葉に藤大夫はニヤニヤした。

「儂《わし》の判断で精錬方に招いても構わぬぞ」

「それでは精錬方も大変でしょう。大砲が上手《うま》くいかぬので苦労なされているところに厄介者が増えては、またお頭《つむ》にさわる」

藤大夫は苦笑いして細い髷《まげ》を直した。

三人は浜辺を歩いた。

「例のアメリカ帰りの男はどうであった」

藤大夫は首尾を訊ねた。

「佐賀にとって必要な男と見ました。若いが頭も良さそうで……なによりアメリカの本が読めます。敵を知るには書物が一番です」

「必要と言われても……」

藤大夫は眉根《まゆね》を寄せた。

「佐賀では無理でしょう」

栄寿も即座に言った。

「しかし」

「しかし？」

「江川太郎左衛門どのなれば」

栄寿の言葉に二人は戸惑った。

「江川どのは砲術の大家であると同時に幕府の海防の責任者でもあられる。江戸の台場建設にも携わっておられた。いずれ任地の韮山《にらやま》に反射炉を築くとの噂《うわさ》も耳にしております」

「それで？」

「佐賀は無理でも江川どのの願いとなれば幕府とて考慮するに違いありませぬ。江戸の防備に不可欠な人材と力説いたせば」

「それは……かも知れん」

「本島さまは江川どののご門弟。また江川どのは伊東玄朴どのともお親しい。万次郎が江川どのの預かりとなればいかようにも手蔓《てづる》があります。土佐から切り離すのが肝要だ」

「江川どのにお頼みせよと言うのか」

「江川どのとて万次郎と会えばきっと手元に置きたくなるはず。悪い相談ではありません」

「江川どのの手元にな」

藤大夫は呆《あき》れた顔で言った。

「もし反射炉を築くという噂が真実なら、これまでの経緯から佐賀に見学にも参られましょう。そうすれば万次郎も同道いたします」

藤大夫は唸《うな》った。

「奉行所の裁き次第です。もし土佐へ押し込めと決まりましたら、直ぐにでも江川どのに書状をお遣わし願います。航海術に明るく、アメリカの書物を難無く読みこなすとご説明くださるだけで気持が動きましょう」

「いかにも。江川どのであれば喉《のど》から手が出るほどの人材であろうが……万次郎という者、それほど優れておるのか？」

「本島さまもぜひ一度会ってみなされ。それで意にそまぬようなら……」

栄寿の言葉に藤大夫は大きく頷いた。

「どこを押せばそんな知恵が湧《わ》く？」

忠八郎は啞然《あぜん》としていた。

十

栄寿が中村奇輔、石黒寛二の二人を伴って長崎に戻った翌年の嘉永五年（一八五二）十月。京都にはそろそろ冬の気配が忍び寄っていた。

「広瀬先生がお見えになられました」

身仕度を整えて自室で熱い茶を啜《すす》っていた儀右衛門のところに店の者が現われた。

「まだ少し時間がある。お通しいたせ」

儀右衛門は待ち望んだ声で言った。

間もなく広瀬元恭が襖《ふすま》を開けた。

「店の入り口に大きな荷車を見掛けましたが、あれでござりましょう」

元恭は挨拶もそこそこに質《ただ》した。

「この儀右衛門の悪い癖でござる。本来なれば真っ先に先生にお目にかけるべきところを……人を驚かすことにのみ心が動きまする」

儀右衛門の言葉に元恭は笑って、

「それでなくては工夫の楽しみがない」

「実験は庭の池で何度も執り行ないました。ご安心くだされ。火輪とスクルーの二つをついでに誂《あつら》え申した。どちらもよく進みます」

「雛形《ひながた》とは言え、たった一年でよく……」

元恭は頷《うなず》きながらも感服した。今日は完成した蒸気船の雛形を関白鷹司政通《たかつかさまさみち》に上覧つかまつる日であった。その立ち合いに広瀬元恭が招かれたのである。日本人の手になる蒸気船が煙を上げる歴史的な日だ。

「先生はむろん大野弁吉の名を？」

儀右衛門は唐突に言った。

「加賀の銭屋五兵衛のところの大野どので」

「当家に滞在しており申す。ご迷惑でなければご紹介いたしたいと思いまするが」

「大野どのがこの機巧堂《からくりどう》に……」

「噂はお聞き及びでしょう。銭屋が牢《ろう》に繋《つな》がれ申した。河北潟《かほくがた》の埋め立ての件であらぬ疑いをかけられて、一族皆が……幸い大野弁吉は銭屋に使われておる身ではありませぬ。それでお縄をまぬがれましたが」

「大野どのが儀右衛門どのの店にな」

元恭は茶碗を下に置いた。

「先生にはいずれお引き合わせいたす所存でおりましたが……実を申せば、大野どのはこの春よりしばしば我が店に。蒸気船の雛形についても細かな手助けを」

「ほう。そうでしたか」

「佐野栄寿どのの口添えにございました」

「と言うと？」

「銭屋が鍋島さまに蒸気船の払い下げを条件にして金の援助を申し入れたのでございます」

「いかにも。銭屋なら有り得る」

「大声では申されませぬが、大野どのの話では、銭屋は単独で蒸気船を拵《こしら》えようとまで考えておったとか。その責任者が大野どのにござった。それが鍋島さまに肩入れすると決まり……ならばと図面を持って大野どのが」

「儀右衛門どのと大野どのの知恵が重なれば雛形を作るのに一年はかからぬ……か」

　元恭も納得した。

「世の中はままなりませぬ。ようやく念願の雛形ができ上がったと申すに……肝腎《かんじん》の銭屋に災難が。裁きはまだにござりますが、大野どのの見たところでは……」

「いけませぬか」

「今は借牢とは申せ、捕縛された者の数は五十名を超えるとか。商いが不可能となりました。加賀の前田さまは銭屋を取り潰《つぶ》す気であろうと……でなければ病気で伏せていた五兵衛どのまで牢に押し込めるような真似は」

「銭屋の身代が狙《ねら》いでありましょうか」

「と言うよりも臭い物に蓋《ふた》でしょうな。彦根藩に任せられていた浦賀の警護が強められたのをご承知にござりましょう」

「耳にしております。正式に彦根に召し抱えられた長野《ながの》主馬《しゅめ》が、今この京に来ているのですよ。梁川星巌《やながわせいがん》どののお宅に挨拶しに参ったとか。今でこそ幕府の命に従っておるが、いずれ彦根から勤皇の旗印を掲げると鼻息を荒くしておったそうです」

「海の守りを固めるのは攘夷《じょうい》に繋《つな》がります。彦根の井伊《いい》掃部頭《かもんのかみ》さまは任務を忠実に遂行することによって幕府にも朝廷にも信を得る結果となりましょう。それを見て加賀の前田さまもうかうかしていられなくなり申した。銭屋の抜け荷は前田さまもご承知の上の商売であったとか。万が一、それが世間に伝われば藩の立場が悪くなり申す。攘夷が叫ばれておる時代に、外国と裏貿易をしておると知れれば藩のお取り潰しとて有り得ぬことでは……」

「それで銭屋の始末を図ったと？」

元恭の言葉に儀右衛門は頷いた。

「埋め立て中の海から揚がった魚を食って十人を超す死人が出たのは事実にござりますが、銭屋の工事とはなんの関係もありませぬ。確かに土砂を固める目的で石灰《いしばい》を詰めた俵を投入いたしたそうでありますが」

「石灰を、ですか」

「石灰は毒となりましょうか？」

儀右衛門は逆に訊ねた。

「呼吸ができなくなって魚が死ぬことはあるでしょうが」

元恭は苦笑して、

「その魚の肉を食って人が死ぬなど有り得ません。本当に死んだとしたら原因は別にある」

むしろ腐った魚を食べたのだろうと元恭は断言した。

「石灰以外の毒を撒《ま》いたという噂も広まっております」

「なんのために？」

「魚を殺すためだと言われておりますが」

「埋め立てとそれが関係ありますか？」

元恭は戸惑った。魚が埋め立ての邪魔になるのならともかく、どう考えても意味がない。

「噂というものはそういうものです。もともと埋め立てには反対の者が多かった。理屈などどうでもいいのです。銭屋なら平気で魚を殺すだろうと皆が頷く。現に、毒を撒いた人間を見た者もおるそうで」

「…………」

「これは、この場だけの話としてお聞き流しいただきましょう。大野どのの考えでは、その毒を撒いたのは藩の役人であろうと」

さすがに元恭の顔色が変わった。

「石灰の投入で死ぬ魚を見て、反対する者たちが藩に訴えました。その時点ではまだだれも死んではおりませぬ。藩が訴えを元に調査に乗り出してから、逆に死人が出たのです。銭屋では藩の調査がはじまったので石灰の投入をしばらく見合わせておったそうです。その情況で魚を殺す毒など用いるわけがない」

「なるほど。見えて来ました」

元恭は溜《た》め息を吐いた。魚は石灰の混じった水で単に呼吸困難を起こして死んだに過ぎないのだが、その理屈を知らぬ役人たちは毒を流して銭屋の工事が原因であると見せ掛けようとした。毒を飲んだ魚の肉なら人も死ぬ。医者が調べれば毒の存在も分かる。それが今度の事件の真相であろう。加賀藩はそうして銭屋の取り潰し、裏貿易の事実を闇《やみ》に葬ろうとしたのである。

「銭屋は藩に三十万両以上の貸しもあるそうで。銭屋を罪に陥れることができれば、それも払わずに済みます。どう見ても罠《わな》ですな」

儀右衛門は吐き捨てるように続けた。

「銭屋を働かせて旨《うま》い汁にありついていた藩が、今度は保身のために切り捨てる。武士の身勝手さは重々承知のつもりでしたが、さすがに今度ばかりは二の句が継げませぬ」

「すると大野どのは今後はこの店に？」

「いや。じきに金沢に戻ります。雛形が完成したのを見届けに来たのと、銭屋が佐賀藩に力添えできなくなったのを佐野さまにお伝えしてくれと言いに参っただけでして」

「佐賀の大砲作りも順調らしいですな」

「銭屋が上海より鉄を持って来てくれたお陰です。佐野さまも失望なされるでしょう」

「しかし、蒸気船の雛形もできた。確か、雛形が完成いたせば儀右衛門どのも佐賀に向かわれると伺っておりましたが」

「十日後には出発いたします」

「そんなにお早くか」

「雛形が動いておるのを見ましたら、一刻も早く大きな船を造ってみたくなりました。それには反射炉を備えた佐賀でないと」

もはや都に未練はないと儀右衛門は言った。

十一

通された関白鷹司政通の館《やかた》の庭には儀右衛門の蒸気船を見るために七、八人の客が集まっていた。客の目は儀右衛門よりも、後に従う店の者たちに集中していた。重そうな雛形を二人が抱えている。しかも二隻。そしてそれに続いて赤く燃える炭を運ぶ者も居る。

「長野主馬がおりますぞ」

末席に控える長野主馬の姿を認めて、儀右衛門と並んで歩いていた元恭が囁《ささや》いた。どこに居ても目立つ男だ。

「関白さまとは反対の立場のはずだが」

元恭の困惑に儀右衛門も頷《うなず》いた。関白鷹司政通はこの年六十四歳。文政六年（一八二三）より三十年近くも関白の地位にあり、つい最近までは太政大臣の要職にあった朝廷の最高実力者である。時代を見極める目も兼ね備えた人物で、早くから開港論を唱えていたのである。攘夷の盛んなこの時代にあって、ことに朝廷の中では珍しい存在だった。もし幕府の力がこの時点で弱まっていたとしたら、日本は遥かに早く開港に踏み切っていたであろう。不幸にして鷹司政通が関白の頃には朝廷に政治を牛耳る力がなに一つなかったのである。鷹司政通は広瀬元恭のような蘭学者を擁護し、儀右衛門の技術を高く評価していた。前の年に儀右衛門が拵《こしら》えた万年自鳴鐘《まんねんじめいしょう》にも鷹司政通は興味を示し、わざわざ館に儀右衛門を招いて検分した。その上で関白は儀右衛門に「日本第一細工師」の称号を与えた。その縁があって本日の上覧の機会を儀右衛門は得ていたのだが……まさかその席に長野主馬が居るとは。

もっとも、と儀右衛門は考えた。

栄寿から耳にしたところでは、長野主馬は本心より開国を主張したと言う。戦って惨めな敗北をするよりは、まず国を開放し、外国の技術を導入した上で国力の増強を図る。本当の戦さはその後にすべきだ、と。攘夷の急先鋒《きゅうせんぽう》に立つ今の彦根藩の生き方とは矛盾しているが、あるいはそれも一つの策であるのかも知れない。幕府の中で彦根藩の存在を強めていかない限り、主導権を手にすることができないのだ。弱小の藩が開国を主張しても相手にされない。そのための布石を彦根藩が打っていると仮定すれば、この場に長野主馬が同席しているのも頷ける。

〈にしても……〉

駆け引きの巧みな藩である。どちらにも太い楔《くさび》を打ち込んでいる。恐らく懐刀と噂《うわさ》される長野主馬の練った策であるに違いない。攘夷を前面に押し出して以来、都の攘夷派たちの間でも彦根藩の評判が高まっていた。水戸藩に次ぐ親しみを抱かれている。藩主となって間がないというのに井伊掃部頭の名はあらゆる方面で重きを成すようになっていた。

儀右衛門の到着を待っていたらしく鷹司政通は早速に船を動かせと命じた。儀右衛門は広い池に二隻の雛形《ひながた》を浮かべさせると小さな釜《かま》の蓋《ふた》を開けて炭を入れた。

やがて皆が見守る中、細い煙突から煙が出はじめた。炭が釜に仕込んで置いた細い薪に燃え移ったのである。釜は見る見る赤くなった。頃合を計って儀右衛門は最初に火輪式の方の押さえを外した。緊張で指が震えた。火輪はゆっくりと回転した。儀右衛門は船体を押さえていた店の者に合図した。その手が離れると船は静かに前進した。人々から驚愕《きょうがく》の声が上がった。船は小波を蹴立《けた》てて力強く進む。舵《かじ》はあらかじめ小さく曲げられていた。池の端近くで船は大きく円を描き、いつまでも回り続けた。煙が勢いよく噴き出る。それを見て儀右衛門はスクルー式の船を発進させた。火輪と異なってこちらはスクルーが水の下に隠れている。見た目には船が自然に水の上を滑っているとしか思えない。スクルーが小さいので速度は火輪式の半分程度だが、見物客の驚きはこちらに集中した。風の力を借りずに重そうな船が動いているのである。

関白が手を叩《たた》くと、皆に広がった。

「見事であるぞ」

鷹司政通は儀右衛門を側《そば》に呼び寄せた。

「釜を大きくすればどこまでも行けるのか」

「理屈ではそうなります」

儀右衛門も得意そうに応じた。

「早く乗ってみたいものじゃな。いつできる」

「さあ、それはなんとも」

「都の職人では無理か？」

「船を動かすほどの火輪となりますれば、とてつもない重さにございます。それを回す圧力に耐える釜にござれば……よほどの強さでないと割れてしまいます。雛形は火輪も軽きゆえにこの程度の釜でも用が足りますが」

「腕よりも鉄の問題じゃと言うのか」

儀右衛門の頷きに鷹司政通は嘆息した。

「ここまで辿《たど》り着きながら船が造れぬとはの」

「雛形は雛形。いくつ拵えてもおなじにござります。しかしながら、あと五年もすれば」

「五年で間に合えばよいが」

鷹司政通は悔しそうに口にした。

「その前に異国の船が大挙して我が国に押し寄せて参ろう。風を頼る我らの船と異国の船とでは戦さもかなわぬ。雛形ができたは嬉《うれ》しいが、逆にそれを痛感させられたようじゃ」

儀右衛門は平伏した。

「時間があまりにも足りぬのう、長野」

関白に言われて長野主馬も頷いた。

## 十二

儀右衛門が京都を後にして海路を辿《たど》り、佐野栄寿の待つ長崎に到着したのは十月の末だった。儀右衛門に同行したのは、養子の二代目儀右衛門と門人の田中精助の二名だけである。妻や他の門下生たちは京都で機巧堂の店を守っている。これまでは便宜上儀右衛門と表記してきたが、二代目と区別するためにこれ以降は田中近江《おうみ》とする。

長崎に入ると近江一行は真っ直ぐ佐野栄寿の開いている塾を訪ねた。

「よくぞご決心くだされた」

出迎えた栄寿は近江の手を握った。

「広瀬先生よりの書状で雛形の成功をうけたまわっております。さすがに近江翁だ」

「雛形を持ってこれればよろしかったのですが、あれではあまりにも目立ちますのでな」

「図面さえあれば佐賀でも造れましょう。今年の夏より精錬方も高岸に移され、設備も整いつつあります。まだ石黒、中村の両名も正式なお抱えとなっておりませぬが、来月にはお下知があるはず。近江翁の到着を待ってと耳にしておりますればご安心くだされ」

「佐野さまはこのまま長崎に？」

「いや。先日私にも藩より塾を畳んで佐賀に戻れとのお達しがありました。どうやらおなじ場所で働くことができそうです」

「それはなにより。佐野さまがおらぬでは、なにかと不都合。こちらも安堵《あんど》いたしました」

「栄寿という名も武士らしくないと、殿の仰せで……栄寿左衛門の名を頂戴《ちょうだい》いたした」

栄寿は嬉《うれ》しそうに円い頭を掻《か》いた。

「これまでは藩籍はあっても武士にあらず藩医の身。今後は紛れもない武士にござる。武士が頭を丸めていては恰好《かっこう》もつきませぬ。それで殿より鬘《かつら》も賜りました。当分は鬘をつけて出仕するはめに」

「お殿さまよりよほど信頼なされておいでと見える。こちらも嬉しゅうございます」

「関白どののお館に長野主馬が姿を見せたというのは真実《まこと》ですか？」

栄寿は真剣な顔で質《ただ》した。

「彦根藩というのは分かりませんな。まさか井伊掃部頭さまに内密で長野主馬が行動しておるわけではありますまい。佐野さまはどう見られる？」

「関白さまの開港論に真っ向から異を唱えておられる右大臣の九条尚忠さまに仕えおる島《しま》

田左近《ださこん》という者をご存知ですか？」

「名ばかりは。若いがなかなかの切れ者とか」

「どういうつてがあるのか、長野主馬はその男とも仲がよいらしい。たぶん国学の講義で出入りしていた二条家との繋《つな》がりにござりましょうが……右大臣さまに面会の仲立ちを必死で願っておるとか」

「それはどこから耳にされました」

「童仙《どうせん》からの手紙で知りました」

言われて近江は大きく首を振った。

「ただ顔を広げるだけの目的に過ぎぬのなら気にするまでもありませぬが……」

「右大臣さまと関白さまの両方に、ですか」

近江も不審を覚えた。

「開国か攘夷《じょうい》か……幕府か朝廷か……彦根藩がなにをしようとしているのかまるで見当もつきませぬ。情勢を見極めているのか？」

栄寿は眉間《みけん》に皺《しわ》を寄せた。

「この長崎に居ながら、佐野さまの耳は都に暮らしておる私などより遥《はる》かに早い」

近江は笑って言った。

「銭屋が佐賀に肩入れしておったのも長野主馬は気付いていたそうです。彦根と敦賀《つるが》は目と鼻の近さだ。気付いて当たり前かも」

は銭屋を抹殺しようとするはずだ」


「するとまさか」

近江は言おうとして口を噤《つぐ》んだ。

「考えられます。井伊掃部頭さまは常溜《じょうだまり》のご身分。加賀の前田さまにそれとなく匂《にお》わすことも簡単でしょう。異国との貿易がおおやけになればどうなるか、とでも威《おど》かせば加賀藩は銭屋を抹殺しようとするはずだ」

「つまり……佐賀の力を弱めるために」

「十の佐賀藩があれば戦さにも勝ち目があると長野主馬は言いました。だが、一つの佐賀藩はむしろ邪魔になるのでしょう。もし開港を真剣に考えているのであれば、幕府の力が弱ければ弱いほどやりやすい。佐賀が蒸気船を持ち、異国に負けぬ大砲を作れば、それに頼る者たちが幕閣に増える。それならば佐賀の力を奪うのが安全というものだ」

「事実なれば恐ろしきことですな。先の先を読んで彦根藩が動いていることに」

「長野主馬という男、怪物です。将棋の駒《こま》を動かすようにしか考えておりませぬ。国を守るためには、わざと負けるのも手だと」

「いかにもその考えなれば佐賀の動きが邪魔となりましょう」

近江も納得した。

「近江翁はどちらが正しいと思われますか」

「さて」

「悩んでおるのです」

「なにをかな？」

「長野主馬を殺すべきか否か」

近江はあんぐりと口を開けた。

「長野主馬と会って話をするまで、私はお家の方針に間違いないと信じておりました。だが、ここに来て迷いが生じておるのです。国は果たしてだれのものであるのか？　とても簡単には参らぬと思うが、万が一、井伊掃部頭さまが幕府を牛耳るお立場になられて開港が実現いたせば……武士の世は終わっても、アメリカのような自由な国に生まれ変わるかも知れませぬ。民にとってはその方が大切ではありませんか？　近江翁の忌憚《きたん》ないご意見を承りたい」

「国を守る気概がなくて、なんの工夫かと私は佐野さまに叱《しか》られましたぞ。それで佐賀に参る決心をいたしたと言うに」

近江は苦笑いした。

「とても守れぬのではないかと案じはじめているのでござる。やはり逃げにござろうか」

栄寿には銭屋が潰《つぶ》れたことが堪《こた》えていた。

「どういう結果になろうと、尽くしてみるのが男ではござらぬか？　私には長野主馬の策が好きになれませぬな。国は守られるかも知れませぬが、そのために滅んで行く者も大勢生まれましょう。銭屋を見なされ。方針にそぐわぬからと言って潰すような者たちが描く絵など所詮《しょせん》知れたものと思いますがの」

近江の言葉に栄寿は笑いを見せて、

「あらためてお頼み申します。存分に腕を奮っていただきたい。佐賀の行く末……いや、国の生き残る道は近江翁にかかっており申す」

深々と頭を下げた。

## 十三

嘉永五年（一八五二）十一月。栄寿は京都より下って来た田中近江や二代目儀右衛門らを伴って長崎を後にして懐かしい故郷へと入った。

二十五の歳で京都への留学を命じられて以来、およそ六年ぶりの帰郷であった。佐賀城下の家には妻の駒子も待っている。

だが、栄寿は家よりも先に近江たちを高岸村へと案内した。多布施《たぶせ》川のほとりに精錬方の作業場が完成している。近江たちの暮らす家もその敷地内に用意されているのである。

この季節には珍しいほどの青空が栄寿を陽気にさせた。

「石黒と中村の両名も首を長くして近江どののご到着を待ち侘《わ》びておりましょう」

精錬方のものらしい高い煙突からの煙を認めて栄寿の頬《ほお》は緩んだ。ここまでこぎつけるのにどれほどの苦労があったか分からない。自分でも、まさかと諦《あきら》めていたことが現実となったのだ。佐賀の精錬方への道を並んで歩いているのは天下のからくり儀右衛門こと田中近江なのである。

「反射炉は見えぬようだが？」

近江は不審そうに栄寿に質《ただ》した。高い煙突はあるが反射炉のものではない。

「築地《ついじ》という場所に設置されており申す」

栄寿の返事は少し小さくなった。

「作業所に隣接してはおらぬのですか」

不便なことだと近江は呟《つぶや》いた。

「反射炉は火術方の扱いになっているのです。反射炉はもともと長崎の台場に据える大砲の鋳造のために拵《こしら》えられたもの。当分は我々の自由にはなりますまい」

栄寿はしどろもどろに説明した。近江が佐賀に出仕するつもりになった最大の理由は反射炉にあることを栄寿は承知している。案の定、近江の表情は強張《こわば》った。

「反射炉が使えぬでは……」

近江は言葉を捜した末に、

「私になにができると思われる？」

立ち止まって栄寿を睨《にら》んだ。

「からくり時計でも作れと言われるか？」

「来年の春には台場も完成いたします。そうなれば反射炉の使用も許されます。蒸気船の図面を殿に差し出せば、必ず近江どのの望まれるようになるはずです。お約束いたす」

栄寿は請け合った。

しばらく栄寿を見詰めて近江は頷《うなず》いた。

「着いたばかりで……こちらの我が儘《まま》にござりました。いかにもお台場の大砲の方が今は大事。雛形《ひながた》の蒸気船を作るのに反射炉はまだ必要ござらぬ。石黒どのや中村どのと相談の上で、ゆっくりとかかりましょう」

「道々お伺いいたした蒸気砲のことですが」

安堵して栄寿は訊《たず》ねた。

火薬を用いぬ大砲の工夫があると近江が口にしていたのである。

「できるものでしょうか？」

「理屈では」

近江は断言した。

「蒸気には百人を乗せて海を渡る船を動かす力があり申す。たかだか一抱えの弾丸を飛ばす程度は簡単にできましょう。それにはどれほどの釜《かま》の大きさが必要であるか……あるいは砲の長さをどのくらいにすれば蒸気の力を失わずに済むのか……拵えるとなればさまざまな試しが要《い》るでしょうが……できる」

「火薬が要らぬとは途方もなきことですな」

栄寿にはまだ信じられなかった。

「佐野さまとて蒸気が鉄の薬缶《やかん》の蓋《ふた》を飛ばすのをご承知でありましょう。広瀬先生の塾ではしばしば実験を試みておられる」

栄寿も首を縦にふった。舎密《せいみ》（化学）の実験の一つとして行なわれるものだ。南部の鉄《てつ》瓶《びん》の注ぎ口を溶かした鉛で塞《ふさ》ぐ。水を入れてから蓋の数箇所にも鉛を用いて固定した上で、それを火にかける。やがて沸騰した湯は蒸気を発生して、重い鉄の蓋を高々と空に吹き飛ばすのだ。張り付いている鉛さえものともせぬ凄《すさ》まじい圧力である。

「弾丸を遠くに飛ばすにはそれ相応の頑丈な釜でないと……台場に備えるのであれば釜はいくらでも大きくできまするが、私の考えておるのは持ち運びのできる蒸気砲でしてな」

それが難問である、と近江は言った。あまりにも重く、巨大な釜では移動が不可能だ。と言って小さくすれば射程距離が短くなる。

「蒸気砲の利点は──」

近江は数え上げた。

「高い火薬が要らぬばかりか、火薬の爆発で砲身が熱くならぬので連続射撃ができるようになりましょう。従って砲身の破裂の心配も少なくなり申す。反射炉で精錬した鉄を用いずとも従来の銅砲で間に合うかも知れませぬ」

栄寿は唸《うな》った。それが事実なら、まさによいことずくめである。

「そのお考えはいつ頃から？」

「だいぶ昔にござりますよ。若い時分に風砲という玩具《おもちゃ》に等しい銃を拵えたことがありましてな。久留米に暮らしておった頃じゃ。空気の圧力を用いて弾を飛ばす工夫にござった。思惑通り弾は飛び申したが、火薬の力にはとうてい及びませなんだ。藩にお買い上げいただくつもりで拵えたものでしたが、とても実戦には役立たぬ。その悔しさから、なんとか火薬を用いぬ銃ができぬものかと」

「なのになぜ放って置かれましたので？」

「戦さのない時代になりましたからな」

近江は苦笑した。

「それに、銃を作らずとも食べていけるようになり申した。できるならばその方がよい」

「ぜひともそれを拵えて下さりませ」

「図面なればこの頭の中に大方できあがっておりますが……果たして実用になるかどうか。また無駄な工夫になるやも。せっかく反射炉を築き、良質の鉄のメドがついておるというのに、無意味ではござらぬかの」

「…………」

「この近江の遊びにござります。火薬が手に入らぬのであればともかく、歳月を費やして拵えるほどの砲でもありますまい」

「この国の皆に見せてやりたいのです」

栄寿は本音を打ち明けた。

「近江どのの工夫がどれだけのものか、を」

「腕を示せとおっしゃられますか」

近江は苦笑いした。

「蒸気の力などと、言葉で伝えても分からぬ者が大勢おります。蒸気船の雛形も無論効果はありましょうが、我が藩は火術方が支えておるようなもの。火薬を用いぬ砲を拵えて見せれば仰天いたします。たとえ実戦には役立たぬ砲でも、精錬方の力を示すには恰好《かっこう》かと」

「そうなれば反射炉も使えるようになると」

察して近江は頷いた。

「雛形でも構いませぬ。一日も早くそれを」

栄寿は頼み込んだ。

## 十四

この蒸気砲についてのみ話を先に進めると、実際に近江は雛形の製造に着手した。雛形の完成を見たのは、嘉永五年（一八五二）より五年経た安政四年（一八五七）のことである。図面は嘉永六年の夏に仕上がっているので、実用化のために何度となく実験が繰り返されたのであろう。ただし、残念なことに実物は残されていない。雛形が図面通りに作られたものか、あるいは改良が施されたものかも不明である。

雛形とは言え、試し射ちの結果は上々であった。十五間（約二十七メートル）の距離において一寸（約三センチ）の厚さの板を貫いたというのだから火縄銃に負けぬ威力を示したことになる。しかも図面から察すると自動の連発式であった。一発撃ち終えると自然に弾丸が砲身に送り込まれる仕組みだ。蒸気砲と言うが、蒸気が直接弾丸を押し出すわけではなく、歯車と合体した発条（ばね）が弾き飛ばす方法らしい。硬い鉄の発条を引き絞るのに蒸気の力を借りているのだ。この方法だと小さな弾丸は飛ばせても、何キロもの重さのある大砲の弾丸はむずかしかったに違いない。雛形は十分の一とあるが、単純に釜を十倍の大きさにしたとて五、六キロの弾丸を二十メートルも飛ばせたかどうか？　結局は火薬に軍配が上がる。

それが雛形だけで終わった蒸気砲の真実であったような気がする。

にしても、蒸気の力を利用する砲の発明は空前絶後であった。世界のだれ一人として思いつかない奇抜なアイデアだった。幕末という慌ただしい時代でなければ田中近江は必ず改良を重ねて実用に耐え得る蒸気砲を完成させていたはずだ。やはり比類なき才と言えるだろう。

## 十五

栄寿たちが精錬方の作業場に近付くと、門の前に出迎えている何人かの姿が見られた。

「待ち過ぎて首が鶴のように伸びましたよ」

奇輔が栄寿と近江の手を握った。寛二も襷《たすき》を外しながら笑顔を見せた。

「よく今日到着することが知れたな」

栄寿は奇輔に質した。

「火術方の本島藤大夫どのよりご連絡が」

栄寿は了解した。鋳砲の責任者である本島藤大夫は長崎の台場工事の監督のためにしばしば佐賀と長崎とを行き来している。栄寿はその藤大夫に二日遅れて佐賀に戻ったのだ。

「ここでどんな仕事をなされておいでか」

近江は奇輔と寛二に質問した。

二人は顔を見合わせた。

「目下のところは……」

寛二が前に進み出て、

「火薬の試験を中心にしておりますが、暇に任せてなんでも手掛けていますよ。先日も奇輔と二人で互いにやりたいことを帳面に書き連ねて見たら二百以上にもなりました。さすがに反射炉を拵えた藩だけあって、望めば試薬のほとんどが軽く手に入ります。京都でもこれほどの設備は揃《そろ》いますまい。長崎に近いという利点もありますし、まさに冥利《みょうり》かと」

その言葉に嘘《うそ》はなかった。蒸気船を造りたいという気持は技術者である近江が一番強く抱いていることで、寛二や奇輔は学者に過ぎなかった。二人にすれば大砲や蒸気船よりも興味を魅《ひ》かれる問題がいくらでもあったのである。反射炉がつかえずとも不満はなかった。

実際にどれほどの成果が上がったか不明の点もあるが、精錬方の手掛けた研究のリストが伝わっている。それに目を通すと鉄や鋼の精製は無論のこと、プラチナ、ニッケルなどの合金、ブリキ板や銅線、メッキ、縫い針、あるいは石鹼《せっけん》、色ガラス、毛布の果てからビールやパンの製造まで並べられている。それればかりか活字の鋳造や磁器面に写真を印刷する方法まで試みていたようだ。勿論《もちろん》、すべては外国の書物を傍らに置いての実験である。だが、いかに知識があったとしても広瀬元恭などの個人塾でこれほどの実験は不可能だ。藩という後ろ楯《だて》があればこそである。寛二と奇輔がいかに熱中したか想像がつくというものだ。佐賀はそれほど進んでいた。商品化こそできなかったが、この精錬方が日本で最初に手掛けた製品は数多い。不幸にして時代にそれらの製品を受け入れる余裕がなかっただけなのである。また、佐賀にもそれが許されなかった。ビールやパンや石鹼よりも大砲を作ることが優先されていた。そのせいか、後年になって近江が蒸気砲や蒸気船の雛形を拵えて見せるまで、精錬方の評判は決して芳しいものではなかった。金ばかり掛けて、なんの成果も得られぬ道楽工場だと嘲笑《あざわら》われていたのである。確かに磁器に写真を焼き付けて見せたとて、戦さの役には立たない。

そういう悪評は早くから佐賀にあった。

精錬方の中心が佐賀の人間でないことも大きな理由の一つだったはずである。

だからこそ栄寿は一刻も早く近江に蒸気砲の雛形をと願ったのだった。彼らの力を認めて貰《もら》わねば蒸気船はおろか大砲の製造にさえ携わることがむずかしい。それでは命を賭けて彼らを招聘《しょうへい》した意味がなくなってしまう。

無駄に腕を腐らせる結果となるのだ。

「お客様が見えていられます」

奇輔が栄寿に伝えた。

「だれだ？」

「益田様のご案内で枝吉《えだよし》さまという方が」

「杢之助《もくのすけ》か」

栄寿は思わず舌打ちした。今は枝吉神陽《しんよう》と名乗り弘道館で国学を講じている幼馴染《おさななじ》みであった。佐賀きっての天才。数年ほど前には義祭《ぎさい》同盟という勤皇の結社を旗揚げし、多くの崇拝者を従えている男だ。

〈ただの歓迎ではあるまい〉

栄寿は溜《た》め息を吐くと近江たちの案内は奇輔に頼んで枝吉の待つ場所へと向かった。

十六

「真っ先に杢之助の顔を見るとは思わなんだ」

襖《ふすま》を開けると栄寿は陽気に言った。

てっきり益田忠八郎と枝吉神陽の二人だけだと思っていたのに、狭い部屋の中には他に四人の若者が控えていた。見たことのあるような顔もあるが、国を六年も離れていた栄寿にはほとんどが初対面と言えた。

「諸君たちは？」

丁寧に頭を下げた四人の若者を順に見渡しながら栄寿は中でも年長らしき男に質《ただ》した。

「枝吉先生に学んでおります。つい先日まで弘道館の書生寮に寄宿していましたが、あまりにも無益な学問ばかりで退学いたしました。今は直接枝吉先生のご指導を」

若者は鋭い目で応じた。

「名は？」

「江藤新平と言います」

歳は十九。父親は火術方の目付をしていると付け加えた。

「大木民平。二十歳。いまだに弘道館に寄宿しております」

丸顔のおっとりとした若者が次に名乗った。そのとなりには十四、五の少年が緊張した面持ちで正座している。

「彼は母の縁続きの者で大隈《おおくま》八太郎と言います。同様に弘道館で学んでおりますが、この歳で砲術も心得おります」

十四歳と聞かされて栄寿は感心した。

「なるほど、大隈信保《のぶやす》どののお子か」

父親の名を知って栄寿は納得した。大隈信保は二年前に病没した藩の石火矢《いしびや》頭人《とうにん》、つまり長崎台場の総指揮官だった男だ。

最後の若者は、やはり弘道館で大木民平と机を並べる中野方蔵《ほうぞう》と名乗った。

この時点で栄寿に知るよしもないが、いずれも後に名を成す若者たちであった。大木民平は後の喬任《たかとう》。大隈八太郎は無論、後の重信《しげのぶ》である。

「それで……わざわざ高岸まで来たのは？」

栄寿は枝吉神陽と向き合った。相変わらず炬燵《こたつ》の火のような顔をしていると思った。目をぎょろりと剝《む》き、色も赤黒い。学者というより不動明王の顔だ。体軀《たいく》も人並み外れた巨漢で相撲取りにもなれるほどである。幼馴染みだからこそ平気でいられるが、このような男に捩《ね》じ込まれては堪《たま》らない。

「おぬしは本気で間に合うと思うておるのか」

神陽は栄寿を睨《にら》み付けた。

「だとすりゃ、よほどのたわけだな」

「今のままでは間に合わん。だから、こうして必死で働いておるのよ。お家だけの力ではどうにもならん情況になっておる」

「それでよそ者の腕を頼るか」

神陽は鼻で笑った。

「たとえ、からくり儀右衛門がやって来たとて、とてものことに間に合いはすまい。十年、いや、五年の猶予でもあるなら別だが、俺の見たところ外国の手が伸びて来るのは遅くても二年後だ。早ければ来年にでも」

「来ると言うのか」

「おぬしは夏に出島のオランダ商館長ドンケルより長崎奉行所に提出された風説書《ふうせつがき》についていかに考えおる？」

神陽は身を乗り出して言った。この件は幕府の機密事項であるが、長崎警護に関わる問題なので佐賀藩にはそれとなく内容が伝えられていた。その情報によればアメリカが来年日本に通商を求めるための大艦隊を派遣するつもりでいるらしい。その艦隊の指揮官は最初オーリックという者であって、すでに艦隊とともに香港に滞在しているが、なにか事情があってペルリという男に変更されたという。艦隊の規模は少なくても軍艦十二隻。アメリカの力は侮れないものがあり、日本もこの機会に対外政策の見直しを考慮すべきである、とオランダ政府は力説して来た。

これだけの情報であれば長崎奉行所も内容を真剣に検討したはずだが、オランダ側はその情報に加えて、ちゃっかりと日蘭通商条約の草案を盛り込んで来たのである。現在の目から見れば、このオランダ側の要求もよく分かる。オランダはアメリカの強大な力をよく認識していて、日本がアメリカと戦うことを本気で心配したばかりか、オランダもアメリカとの衝突を避けたいと願っていたのだ。それには日本との貿易をオランダが独占してきたことを世界各国に認めさせておかなければならない。正式な通商条約の締結はぜひとも必要なことであった。だが、長崎奉行所にはこのオランダの意図がよく分からなかった。わざわざ新たな通商条約を結ばずとも、すでにオランダとは貿易を続けている。慣習に頼り、契約書を嫌う日本人である。なにをいまさら、という気分だったのであろう。オランダ側の狙《ねら》いは通商条約の中に含まれる最恵国約款、つまり、日本がアメリカと通商条約を結んだ場合に、その条項のすべてはオランダにも適用されるという部分にあったのだが、それすらも日本にはピンとこなかった。

真意を測りかねた長崎奉行所は、この情報のすべてをオランダの捏造《ねつぞう》と断じた。アメリカの巨大な影をちらつかせて日本を威《おど》しにかかっている、と見たのである。その上で言いなりにさせる腹ではないか、と。日本はまだオランダの力を信じていた。そのオランダを差し置いてアメリカが勝手に軍艦を派遣するわけがないとも考えたのだろう。この情報は江戸の幕府に届けられたものの、まともに取り合う性質のものではないという長崎奉行の添え書きも付け加えられていた。幕府もその添え書きを信じ、なんの対策も講じなかった。その方が楽だったのである。信じたくないというのが本音だったのであろう。

「来ると思うか？」

栄寿は神陽に訊《き》いた。

「来るさ。来年かどうかは分からぬが、いずれ遠くはあるまい。だからこそ無駄だと言っておるのだ。今のお家に必要なのは軍備ではないぞ。いや、お家ばかりか、この国すべてがそうだ。心を一つにして方針を決めねばならぬときだ」

「どのように方針を決める？」

「ことここに至っては開港しかあるまい」

「…………」

「天皇の下に国を一つに纏《まと》め直す。その上で国を開いて、新たな日本を建設する」

「つまり……」

栄寿は次の言葉を呑《の》み込んだ。

「倒幕こそが急務ぞ。佐賀一つが軍備をしたところでなんの役にも立たぬ。むしろ害となる。軍備をするなら日本全体でなければな。うちの殿様は確かに偉い。だが、その殿さまとて、結局は小さな佐賀に縛られておる。日本が滅べば佐賀もまたおなじだ」

「そうやってどこの藩も諦《あきら》めているのだ。無駄かも知れぬが、どこかがやらねば」

栄寿は反発した。

「諦めさせておるのは幕府であろう」

神陽は一喝した。

「幕府は国の未来など考えてはおらぬ。本気で取り組むつもりなら打つ手がいくらでもあろう。長崎の台場にさえも金を出そうとせぬ幕府では先が見えておる。命ずる者がこれでは船が沈むのも道理というものぞ」

「天皇に代われば国が救えると？」

「徳川は人に過ぎぬ。天皇は君《くん》だ」

神陽は言い切った。

「人は人に従わぬ。だが君には従う。君が開港せよと命ずれば外国に負けたことにはなるまい。徳川が外国に屈するのとはわけが違う。要は負け方の問題なのだ。天皇さえ健在であれば日本は直ぐに立ち直る。分かるか、この理屈が？　徳川のままで国を滅びさせれば日本はいつまでも外国の属国となるぞ。その前に天皇が徳川に開港を命ずれば、外国に従ったことにはならぬではないか。それは国の選んだ方針となろう」
神陽は強く畳を叩いた。
栄寿はあんぐりと口を開けた。

# 黒船

## 一

「徳川を倒す……か」

言いたいことを並べ立てて引き上げた枝吉神陽の顔を思い浮かべながら栄寿《えいじゅ》は溜《た》め息混じりに、居残った益田忠八郎を見やった。

「どうも……我がお家には途方もなき男が首を揃《そろ》えているものだな。二重鎖国が幸いだ。杢之助のような男を京都《みやこ》にでも遣わせば、半年もせぬうちにお家は取り潰《つぶ》しとなる」

「ご重役の方々も杢之助にはほとほと手を焼いておってな。閑叟《かんそう》公のご寛大さで杢之助の首は繋《つな》がっておるが……このまま放置いたせば藩が二つに割れよう。今はまだ若い連中しか従っておらぬようだが」

「それでも、一理ある」

栄寿は腕を組んで言った。

「負け方の大切さと開国については彦根藩の長野《ながの》主馬《しゅめ》も口にしておった。長野主馬は徳川の下にそれをすべきだと申しておったが……いかにも天皇の命による開国の方が痛手も少なかろう。それができるのであればな」

「できぬさ」

　忠八郎は即座に否定した。

「三百年近くも続いている徳川を倒すなど」

「だろうな」

　栄寿も頷《うなず》いた。弱体の兆しが現われているとは言え、佐賀と徳川では勝負にもならない。

「若い連中は世の中を知らぬ。だから杢之助の言葉を鵜呑《うの》みにするのよ。これも逆に言うなら二重鎖国の弊害であろう。佐賀の者ほど国の仕組みに疎い者はおらぬぞ」

　忠八郎は舌打ちとともに言った。

「佐賀だけでは無論できはすまいが……」

　栄寿は忠八郎と違うことを考えていた。

「もし薩摩《さつま》と手を結べばどうなる」

「台場に据え付けの大砲で戦うと言うのか」

　忠八郎は嘲笑《あざわら》った。

「守りはできても江戸まで攻めては行けまい。薩摩と手を結んだところで無駄さ。第一、徳川には薩摩を毛嫌う水戸様がおる。攘夷《じょうい》を叫ぶ水戸が控えている限り無理だ。どれほど説得しても開国論には耳を貸すまいな。結託したと知れた時点で軍勢を送ってくる」

「やはり杢之助の話は夢物語か」

「あいつの考えは頭の中で捏《こ》ね上げた理屈に過ぎんよ。地に足がついておらぬ。西洋の学問など学ぶ必要がないと言いながら、佐賀の軍備は間に合わぬなど、よくも言えたものだ。たとえ無理と承知でも矢面《やおもて》に立たねばならぬのが武士であろう。それでなくて、なんの武士であるか？　俺《おれ》は破れたとて悔いはない」

「不思議だな」

「なにが？」

「国学というやつさ。李之助にしても長野主馬にしても、結局は開国という結論に至った。国学とは、国の民の心を一つに纏《まと》めるのに都合のよい学問のはずだ。本来ならば攘夷こそが結論となってしかるべきものではないか」

忠八郎も頷いた。

「それがどうにも分からん。この時代に国学など逆行したものと侮っていたが、反対に俺たちよりも先行した結論を得ている。李之助一人の考えなら奇策と笑える。しかし、長野主馬までとなれば……本当に答えは国学の中にあったのかも知れんな」

「おぬし、真面目に考えておるのか」

忠八郎は呆《あき》れた顔をして、

「天子様が国の要《かなめ》であることは、理屈だ。頭の中でそう思っているだけで、だれも天子様の世話になっておらぬ。理屈は確かにそうでも、徳川の代わりに天子様を据えて世の中が成り立つと思うか？　だれ一人として従いはせぬだろうよ」

「だが、理屈に適《かな》っておるなら、反対にだれ一人も正面から異を唱えられぬ。心の底では認めておらずとも従わずばなるまい」

「それこそ屁理屈《へりくつ》というものだ」

忠八郎に栄寿は一応頷きながら、

「要は力さ」

重ねた。

「こちらに力さえあれば、屁理屈とて立派な理屈に変わる。それが世の中ぞ」

「その力が佐賀にあるかよ」

忠八郎は自嘲《じちょう》の笑いで遮った。

「あれば苦労はせぬ」

栄寿も実らぬ話と知って苦笑いした。

「我が殿様の言うのはこれだな。理屈ばかりでなにもできん。やはり今は己のできることをやるしかなさそうだ」

時間のないのがすべての原因だと栄寿は思った。幕府も藩も学者も、すべてが焦っている。日本は崖《がけ》に立たされているのである。だれ一人として崖に綱を垂らして下りようとは考えない。喉元《のどもと》に刃物を突き付けられて、跳ぶか、後退するか、どちらかの道しかないと自分で思い込んでいるのだ。

栄寿とてそうだった。佐賀は崖を下りる綱となるかも知れない。しかし、その綱が間に合うかどうかが問題だった。綱を編んでも間に合うまい、と栄寿は内心では思っていた。だとすれば綱をどこからか調達するしかない。その焦りが倒幕などという荒唐無稽《こうとうむけい》な説にまで心を動かさせたのだろう。

〈結局は自分の安らぎだけが欲しかったのか〉

間に合わないと知りながら、からくり儀右衛門《ぎえもん》たちを佐賀に招いた理由は、国のためでも、藩のためでもなかったような気がして栄寿は寒々とした思いを感じた。なにもせずに待っているのが怖かっただけなのかも知れない。

## 二

開けて嘉永六年(一八五三)。

栄寿の杞憂《きゆう》はまさに現実となった。

この年の六月三日。アメリカ東インド艦隊司令長官ペルリの率いる四隻の軍艦が江戸湾の入り口にいきなり姿を現わしたのである。ペルリの乗る旗艦サスクェハナは三千五百トン。黒煙を上げる巨大な蒸気船で、それに従うのはミシシッピ、プリマス、サラトガの三艦であった。ミシシッピはサスクェハナと同様の蒸気船だが、他の二艦は帆船だった。と言っても当時としては最新鋭の武器を搭載したアメリカの誇る船たちだ。

船体はことごとく黒く塗られ、さながら悪魔のような偉容を海に浮かべていた。筒先も威嚇する形で江戸の城下へと向けられていた。艦隊は急を聞いて駆け付けた幕府の番船を気にするでもなく、数時間をその洋上で過ごすと、ゆっくりと後退しはじめた。明らかにペルリの行なったデモンストレーションである。艦隊はやがて浦賀の沖合に錨《いかり》を下ろした。夕方だった。

前年、オランダからの風説書《ふうせつがき》によってアメリカ艦隊の来航を示唆されていたものの、ほとんど信じていなかった幕府にとって、この現実は恐怖と絶望の二つをもたらすものだった。幕府はただちに彦根藩と川越藩に陸上の警護を発動し、会津藩と忍藩《おし》には海上からの防備を命じたが、それはただ数を頼るだけのものとなった。鉄張りの軍艦にはどんな攻撃も通じそうになかったのだ。陸上からの大砲も船まで弾が届かない。

浦賀奉行は早速に艦隊に使者を立てて来意の確認に当たった。ペルリはアメリカ大統領フィルモアよりの国書を持参していた。

浦賀奉行所では、再三にわたって長崎への入港を懇願したがペルリの態度は強硬で、懇願にはいっさい耳を貸さなかった。ペルリは日本について充分に下調べを済ませており、長崎に入れば、必ず幕府が曖昧《あいまい》な応対に終始すると知っていたのだ。はじめから威《おど》しに限ると腹を括《くく》ってきていたのだ。戦争状態に入ることさえペルリは覚悟していた。日本側の使者は艦上にいる間、常に兵士の構える銃口に取り囲まれていたのである。

その決意を悟って浦賀奉行は青くなった。奉行が幕府に提出した報告書にはありありと怯《おび》えが読み取れる。

――アメリカ軍艦二隻は鉄張の蒸気船で、大砲は三、四十門と十二門、二隻は大砲二十門あまりで、進退は自由自在で、艪《ろ》や櫂《かい》を用いず、迅速に出没する……まったく水上を自由に動く城である……船中の形勢をみると厳重な警戒をしており、もしここで国書を受け取らねば、ただちに江戸表まで乗りこむといい、もしそのさい、江戸でも浦賀でも受け取らぬとならば使命を果たせぬところから、その恥をそそぐことになろう。そのさい浦賀から使者がきても降参の白旗を立ててこない以上相手にはしないとまで言いきり、将兵たちの顔には、はっきりと殺気がみなぎっている――

ペルリの理不尽さが明瞭《めいりょう》に伝わる報告書である。日本側にはなんの罪もないはずなのに、最初から喧嘩腰《けんかごし》だ。普通なら激怒する。しかし、それができないところに日本は立たされていた。喧嘩をすれば必ず負けると分かっているのだ。幕閣の中には、断固として打ち払うべし、との声も上がったが、どうやってと問い詰められると策がない。漁民のフリをして西瓜《すいか》売りを装って船に近付き、酒を振る舞って酔わせてからペルリの首を刎《はね》るという案まで検討されたと言うのだから、困惑も極致に達していたのだろう。

この報告書を受けて幕府は恐れ、とうとう六月九日に浦賀の久里浜に於《お》いて国書を受け取ることを受諾した。返事を延ばしている間にペルリは測量と称して軍艦を江戸湾の近くまで派遣し、威圧を高めていたのである。下手をすれば本当に江戸城にまで弾丸が放たれそうな情況にあった。

幕府は急遽《きゅうきょ》浦賀に国書受領のための応接所を設け、当日は五千を超す武装兵士を掻《か》き集めて威厳を保とうとした。だが、その武器のほとんどは旧式な火縄銃と飾りだけの槍《やり》に過ぎなかったとペルリは苦笑を交えて日記に書いている。

これだけの恐慌を与えた黒船だったが、いざ受け取ってみると国書の内容はさほどのものではなかった。

友好と通商を求めていても、具体的な条項は記されておらず、メインはアメリカ船の燃料と食糧の補給と難破民の保護に置かれているように思われた。しかもペルリはその返答に一年近い猶予を持ち出してきたのである。来年の春にはふたたび訪れると言い残しペルリは三日後には浦賀を立ち去って行った。

アメリカが早く帰ってよかったね
また来るまではすこしお間《あいだ》

ペルリが戻った後に流行《はや》った川柳だが、ホッとした江戸市民の心情が的確にとらえられている。と同時に喉元《のどもと》を過ぎれば熱さもなんとやらという日本人の性格も如実に表わされている。だが、幕府としては、なんとかやり過ごした、では済まされない。確実にペルリはまた戻って来る。この混乱と関係があったかどうかは分からないが、ペルリが去って二十日も経たないうちに将軍家慶《いえよし》が亡くなった。老齢で、政治は幕閣にすべて任されていたとは言え、やはり落ち着かなさを幕府は感じたことであろう。とりあえず幕府は諸藩に対して大船建造の禁を解く旨だけを通達することにした。黒船を目の当たりにし、いまさらながら軍事力の差を実感したのだ。その通達が諸藩に伝わる前に、今度は長崎から寝耳に水の報告が幕府に寄せられた。

ロシアの艦隊四隻がペルリとおなじ要求を携えて来航したと言うのである。七月十八日。ペルリからわずか一月半しか隔たっていない。無論、偶然ではなかった。アメリカ艦隊が日本に向かうとの情報を得ての行動である。しかもロシア使節プチャーチンはペルリと異なって、条約締結までは長崎に居座る腹らしい。

幕府はまさに前と後ろから刃《やいば》を突き付けられた形となった。

三

「ロシアの艦隊はいかがでござった」

高岸の精錬方に出仕していた栄寿は、約束の時間より少し遅れて姿を見せた本島藤大夫《もとじまとうだゆう》に詰め寄るように言葉をかけた。栄寿の傍らには田中近江《おうみ》や中村奇輔《なかむらきすけ》、石黒寛二《いしぐろかんじ》が肩を並べている。藤大夫は無言で茶を啜《すす》った。

長崎警護を任とする佐賀にとってロシア艦隊の来航は大事件であった。入港の報告を得た藤大夫はその日のうちに長崎へと向かい、昨夜まで長崎の藩邸に滞在していたのだ。

「とてつもなく大きい」

やがて藤大夫は口を開いた。

「あれでは台場の砲などなんの役にも立たぬ。船の検分はまだだが、積んである大砲の威力も相当なものであろう。オランダの商船とは比較にならぬよ。アメリカの船はもっと大きく鉄張りであったとか。益田忠八郎も、あの軍艦を実際に見るまでは威勢のいいことを並べ立てておったがの」

「やはり、追い帰すわけには参りませぬか」

「アメリカの国書を受け取っておりながらロシアを追い払うのも妙なものさ。幕府もまさか敵が立て続けに現われるとは……な」

「船の検分と申されましたが？」

「儂《わし》が幕府の検視役の従者を仰せつかった。半月以内には実現するはずだ。殿も明後日には長崎に向かわれる予定だ」

「…………」

「そこでここに参った」

「と申されますと？」

「おぬしか、それともだれか、検分の折りに儂と同行を頼む。従者に従者とはおかしかろうが、この際、形などにこだわっておられぬ。一人でも多くの佐賀の人間が敵の軍備を見極めることが大事だ。はじめは火術方だけと考えたが、今後を思えば精錬方の人間にも見ておいて貰《もら》いたい。これは殿のお考えでもある」

「だれが宜《よろ》しい？」

栄寿は近江に質《ただ》した。

「中村さんが適任にござりましょう」

迷わず近江は応じた。中村奇輔は火薬や舎密《せいみ》の原理に詳しい男だ。石黒も頷いた。

「では今度の出立の折りには同行いたしてくれ。検分がいつになるか分からぬ。藩邸でその日を待つしかない」

藤大夫の言葉に奇輔は頭を下げた。

「幕府より大量の注文が舞い込んで来た」

藤大夫は栄寿と向き合って言った。

「大砲ですか」

「これまでの砲では無理と分かったのであろう。江川太郎左衛門《えがわたろうざえもん》どのにも反射炉の建築と大砲鋳造の命が下されたとか。まだ確定はしておらぬが、もし正式に注文と決まれば築地の反射炉だけでは捌《さば》きされぬ。殿はこの精錬所の近くに新たな反射炉を築けと」

「まことにござるか」

栄寿の顔が輝いた。

「そうなれば精錬方も忙しくなるぞ」

藤大夫はようやく笑顔を見せた。

「このご時勢だ。体を動かさずにいては不安で仕方あるまい。特におぬしのような男はな」

「浦賀に参るわけにはいきますまいか？」

栄寿は藤大夫に質した。

「来春には必ずアメリカの船が参る。ぜひともこの近江どのに本物の蒸気船をじっくりと見ていただきたいのにござる」

「なるほど。それは考えてみよう。江川太郎左衛門どのを頼れば可能かも知れぬ」

藤大夫は請け合いながら、

「これもまだ内密の話じゃがの」

子供のような笑いで続けた。

「殿は蒸気船を買う気でおるらしい」

栄寿はあんぐりと口を開けた。

「まだまだ先の話ぞ」

藤大夫は慌てて付け足した。

「それに、買うと申しても軍艦のようなものには手が出せぬ。小さな船だ」

「どんな船であろうと蒸気船ならありがたい」

それを手本にして簡単に造ることができるようになるだろう。百枚の図面よりも遥かに有益なのだ。栄寿は興奮を覚えた。

「佐賀のよいように歯車が回りはじめておる。大きな声では言えぬが、これもすべてアメリカとロシアのお陰だな。上手《うま》くいけば長崎の台場建設のために幕府より借用した五万両も返さずに済むかも知れぬ。長崎警護の重要性を幕府が新たに認識しておる。これまでの努力がむくわれはじめておるのだ。佐賀はますます力をつけるぞ」

藤大夫は話を切り上げて立った。

「幕府はロシアになんと返答するつもりで」

送って出た栄寿は訊《たず》ねた。

「そこまでは知らぬ。が、ぬらくらと逃げ切るわけにはいかんだろう。とどのつまりは函館《はこだて》の開港もやむをえぬのではないか。幕府には江戸表に近い下田ならともかく、遠く離れた函館ではさほどのことでもあるまいと諦めておるお方も多いと聞く。一つを許せばおなじだ。一年も経ずして今度は別の港を求めて来る。それも分からぬのかの」

藤大夫はそう言って深い溜め息を吐いた。

# 四

長崎には奇輔一人が同行する予定であったが、栄寿も願って旅の列についた。その目でロシア艦隊を見ずにはおられなかったのだ。それに藩邸に滞在していれば主君閑叟《かんそう》に目通りの許される機会もあろう。佐賀には旧弊な考えに凝り固まった重役が多く、たとえ親しく口を利くことが許されても、やはり心情を吐露するまでには至らなかった。

藩邸に旅装を解き三日が過ぎた夕刻。

人を介して栄寿に思いがけない連絡があった。長野主馬の動向を探らせるのが目的で脱藩させた於条童仙《おじょうどうせん》からのものである。童仙はこの長崎の宿にいる、と書面には記されていた。栄寿には信じられなかった。疑いながらもその足で栄寿は宿を訪れた。

「佐野さん」

狭い階段を下りてきた男は正しく童仙であった。およそ一年半ぶりの出会いだった。

「よく俺が藩邸にいると知れたな」

港を見渡す部屋に入ると栄寿はどっかりと胡座《あぐら》をかいた。童仙の笑顔は変わらない。

「見たんですよ。私は五日前からこの部屋に滞在しています。昨日、中村さんと港にいらしたでしょう。よほど声をかけようかと思いましたが、他にお家の方々も一緒だったので」

「五日も前から？」

栄寿はあらためて窓から見える景色を眺めた。長崎奉行所、出島、ロシア艦隊の停泊している沖合が一望に見渡せる。

「長野先生のご命令で」

主馬のことを先生と呼んで童仙はすこしバツの悪そうな顔をした。

「構わぬさ。それでなくては信用されぬ」

栄寿はニヤニヤして童仙の肩を叩《たた》いた。

「すると……ロシア艦隊のことで？」

「ええ。浦賀には間に合わなかったのです」

「彦根は浦賀の警護をしたはずだ」

「長野先生が、です。殿様も彦根に戻られていて、急を聞いて駆け付けた時は、すでにアメリカ艦隊が浦賀を離れた後でした。そこにロシア艦隊の報が入り……長野先生はどうしても江戸に腰を落ち着けていなければならず、この町に馴染《なじ》みのある私に白羽の矢が……」

「そうか。アメリカは来年早々にまた浦賀にやってくる。長野主馬としては船の軍備を把握しておきたいということか。おまえなら舎密にも多少明るい。浦賀に出張った下っ端役人の報告よりも確かに役に立とう」

「よして下さいよ。この宿からではなんにも見えません。おまけに町にはお家の方々が大勢おられる。どう報告すればよいのか頭を悩ませていたところです」

童仙は情けない顔をして頭を掻《か》いた。

「佐野さんを見付けた時は嬉《うれ》しかった」

「苦労をかけさせているようだ」

栄寿はなんだか可哀想《かわいそう》になった。

「それで……長野主馬はどうなのだ？　今度の騒ぎをどう見ておる」

栄寿は私情を脇《わき》に置いて質した。

「佐野さんを前にして言うのも心苦しいのですが……」

童仙は姿勢を正して続けた。

「私も今度ばかりは長野先生の策が一番正しいと思っています。近々幕府に提出されるはずですが……まさに奇策かと」

「奇策？　教えてくれ」

栄寿は思わず膝《ひざ》を乗り出した。

五

童仙は得意そうに口にした。

「開国するどころか、その先を見ています」

「先を見る……とは？」

栄寿は小首を傾げて童仙を促した。

「我が国の鎖国令はもともと海外貿易による経済への影響を恐れたからではなく、天主教の広まりを憂慮なされた結果にございます。単に貿易のことであれば開国も談合次第によっては可能でありましょうが、宗教となるとそう簡単には参りません。それを外国に主張いたし、食糧の補給は従来通り長崎一港に限らせます。燃料の石炭については我が国もいよいよ蒸気船の建造に着手いたす所存にあるので遠慮願いたい。難破民に関してはできるだけの便宜をするよう心掛ける……と」

童仙は言って栄寿の顔を見た。

「それだけか？」

なにが奇策かと栄寿は思った。その程度ならだれでもが考えている。その主張を受け入れてくれそうもないので悩んでいるのだ。

「今のはあくまでも時間稼ぎです」

童仙は頷《うなず》きながら続けた。

「戦さをしたくとも、我が国にとても勝つだけの力はありません。かと言って一度開国を許してしまえば国の将来が案じられる。ここは優柔不断を装い、いつかは開国に総意が傾くと思わせながら、裏では国の力を蓄える。今までのように藩それぞれではなく幕府の指導のもとに行なえば十年を待たずして諸外国と肩を並べられるはずです。そのために御朱印船の制度を復活いたし、我が国から逆に外国への大商船団を派遣するのです。表向きは商船ですが、内実は幕府に海軍を設立するためのもの」

「海軍！」

栄寿は目を円くした。

「開国を我らが恐れる一番の理由は、我が国が外国に渡れるほどの大船を持たぬからでありましょう。それでは一方的に利益を奪われるだけの貿易となります。しかし、我が国が大商船団を有し、異国と対等に取り引きができるようになれば国力が増します。外国とて迂闊《うかつ》に攻め込むわけには……」

「つまり……海軍も見せ掛けか？」

栄寿はさすがに呑《の》み込みが早かった。

「幕閣には攘夷《じょうい》を叫ぶお方がまだ大勢おられます。そのお方たちのご理解を得るには海軍の設立が一番の良薬。そうして大船建造の策が決定されれば……後はいかようにも」

「開国ではなく、まさに反対だな。こちらを閉ざしておいて、逆にアメリカに乗り込む。まるで夢のような策ではあるが……」

「武士であるのを棄《す》てればやれますよ。現に商人たちは武器も持たずにずうっと生き長らえて来たではありませんか」

童仙はあっさりと言ってのけて、

「目下、幕府内にて急務と目されている品川の台場も無用という意見書を差し出すおつもりと耳にしています」

「…………」

「敵の船の砲は我が国のものより遥かに射程距離が長い。こちらの弾の届かぬ場所から攻撃ができます。そんな無駄な台場に巨額の金を注ぎ込むよりは大船を造る方が大事かと」

「主馬に相当感化されたらしいな」

熱っぽく説く童仙に苦笑しながら栄寿は汗を拭《ふ》いた。国を商業国家に変貌《へんぼう》させるなど、いかにも奇策としか言い様がない。この長野主馬の策に較べれば、幕府を倒して天皇に主権を戻した上で開国せよ、と言う枝吉神陽の策も色褪《あ》せて見えた。

〈やはり長野主馬、只者《ただもの》ではない〉

国を救うためには武士だ町人だと言っている時代ではない。そこまでは栄寿の考えも到達していた。だが、武士が商人になるなど、頭のどこを絞っても出るものではなかった。

「しかし、それが許されるか？」

どんなに優れた案でも同調する者がいなければ空論に過ぎない。

「風説でしかありませんが」

童仙は急に声を潜めた。

「井伊様に大老就任の噂《うわさ》があるんですよ」

「大老！」

「水戸斉昭《なりあき》様の後見の下に直弼《なおすけ》公を大老にと、老中の阿部正弘様がお考えであるとか」

「確かな噂か？」

彦根藩は代々溜《たまりのまづめ》間詰の家格である。老中とともに政務の中心を占める立場だ。その意味では老中たちと井伊直弼は対等にある。そういう人事があっても別に不思議ではない。

「もしそうなれば」

童仙は栄寿に詰め寄って、

「奇策も、もはや奇策ではなくなります」

「水戸様は、とても賛同すまい」

栄寿が遮《さえぎ》ると童仙も渋い顔で頷いて、

「徳川様のお世継ぎがどなたにご決定なされるかで今後の政局が大きく変わります」

意外なことを言いはじめた。

「おまえも世に明るい男となったな」

皮肉ではなく栄寿は笑った。

「井伊様は紀州家の慶福《よしとみ》さまをとお考えのようです。慶福様は、こたび将軍となられた家定様とはお従兄弟《いとこ》。徳川ご三家紀州の当主ということからも井伊さまの他に慶福さまを推すお方はたくさんおられると思います」

「…………」

「しかし、いかんせん慶福様はまだお若い。八歳とか伺っております。家定様がご健康にあらせられるならば問題もないでしょうが、子種もなく、病弱というお噂です」

「確かに心許《こころもと》ないことだな。もし家定様に万が一のことあれば幼少の慶福様が将軍職を継ぐことになる。いかに政務は老中の方々が執られると言っても、この大事なご時世にそれでは我々とて不安だ」

「そこで血筋よりも年齢を重んじてご継嗣を決めるべきだという意見もあるそうで」

「どなたを？」

「三卿《さんきよう》のお一人、一橋慶喜《よしのぶ》様、水戸斉昭様のお子様で、一橋家にご養子に入られたお方でございます。当年十七歳とか」

「水戸様のお子！」

栄寿は唸《うな》った。

「お世継ぎが一橋慶喜様に決まれば親御様の水戸様のお力が強まるのは明らかにございましょう。そうなればどうなります？」

「水戸様は幕府きっての攘夷《じょうい》論者だ。結果はどうあれ、外国に鉾《ほこ》を向けるに違いない」

「その危惧《きぐ》もあって井伊さまは慶福さま擁立をお考えになられたようです。国を戦火から救うためには水戸様のお力を封じるしかありません。願い通りに慶福様がお世継ぎとなれば、水戸様は力を失い、功ある井伊様は幕府の中心に位置するように……」

「いかにもな」

栄寿は大きく頷いた。

「すべて長野先生のご教示によるものです」

童仙は言い終えると栄寿を見詰めた。

「案としては優れているが……」

やがて栄寿は言った。

「そう思うのは俺もおまえも医者だからではないのか？　本来の武士ではない。果たして商人への道を武士が簡単に承知するものかどうか……その辱めよりは死を選ぼうとする者も無数におるだろう。特に佐賀などはな」

「それが問題です」

童仙も認めた。

「まさか最初からその方針を明らかにするわけにもいくまい。優柔不断に見せ掛けると言ったが、その間に武士たちが業《ごう》を煮やすぞ。相当辛《つら》い立場に井伊さまが立たされる。やはり俺には無理な策に思えて来たよ」

「でしょうか？」

「一年や二年ならともかく、十年もその優柔不断が通せると思うか？　外国とて愚かではないぞ。必ずどこかで調印を迫られる時が来る。井伊さまは先を見ているから一時的な開港も平気かも知れぬが、それを知らぬ者たちは不安に駆られる。どうせ役立たぬ台場は無用という井伊さまの意見ももっともだが、そうなると我が国は裸も同然。人は役立たぬと思っていても懐の刀に頼るものだ。それで戦う勇気が出る。俺には長野主馬の考えが、人の心を無視したもののように思えるな。たとえ井伊さまが大老の地位にあったとしても、その政策に素直に従う者は少なかろう。下手をすれば逆に幕府が見限られる結果となるやも」

「戦って勝てる相手なら苦労はしませんよ」

童仙は憮然《ぶぜん》となって、

「それは佐野さんも承知のはずです。だからこそ佐賀も頑張って来たんでしょう。しかし……間に合わない。アメリカとロシアが目の前に大砲を突き付けている。いまさら佐賀が大砲を作ってどうなると言うんです？　それよりは軍備を捨てて別の道を歩むのが……」

理想論だ、と言いかけて栄寿は言葉を呑《の》み込んだ。童仙の目には涙があった。

「失望しました」

童仙は呟《つぶや》いた。

「佐野さんならきっと分かってくれると思っていたのに」

「それができればありがたい。俺自身はそう考えている」

栄寿は本心から口にして、

「だが、この国は何百年と武士が纏《まと》めて来た国なのだ。それを覆すには根底から人心を変えねばなるまい。たった三、四年でそれができるとは思えぬ。それなら、むしろ幕府を倒す方が簡単と言うものさ」

「幕府を倒す？」

「枝吉杢之助の意見だ。どうせ国を明け渡すのならば天皇の命でやるべきだ、とな。戦って負ければ日本は外国の属国となる。が、天皇の詔による開国なら国の選んだ方針となって武士の誇りも守れる。そうして新たな国家を建設すればよいと申した」

「馬鹿な！　だから武士は駄目なんだ」

童仙は声を荒げた。

「負け方の問題なんかじゃない。そんなのは武士の体面に過ぎませんよ。要はいかに戦さを回避するかにかかっているんです」

唾《つば》を飛ばす勢いの童仙に栄寿は頷きを繰り返すしかなかった。

六

藩邸に戻った栄寿は、部屋で一人熱心に蘭書《らんしょ》に読み耽《ふけ》る奇輔の背を見て胸の安らぐのを覚えた。栄寿は町で買い求めた砂糖菓子を奇輔に見せながら茶に誘った。

「於条童仙と会って来た」

栄寿の言葉に奇輔は目を円くした。栄寿は今日の経緯を詳しく伝えた。

「商業国家……ですか」

武士ではない奇輔も眉《まゆ》を顰《ひそ》めた。

「この国もいよいよお終《しま》いさ」

藩邸に戻る途中で栄寿が感じたことである。

「奇策ばかりだ。逆に言うなら、そういう奇策でなければ国を救えない情況に置かれているということだ。第一、奇策ってのは百のまともな策があってこそのものだ。これじゃあ、日本の先も知れている。外国とやり合う前に国が二つに割れてしまうだろう」

「佐賀の努力も無駄と言うことですか」

「杢之助、長野主馬、そのどっちの考えでもな。はじめから戦うつもりがないのなら、いかにも大砲や蒸気船は無用の長物。佐賀だけが空回りしていることになる」

「空回りしているどころか、いずれ井伊さまにとって邪魔な存在になるのでは？」

「銭屋《ぜにや》を潰《つぶ》したのもそのためだろう。長野主馬は自分の策こそが最良だと信じているのだ。そんなやつが力を持てばどうなるか……もし水戸さまを退けることに成功すれば、その勢いで攘夷を叫ぶ者たちを力で押し潰すに相違ない。やられた連中は水戸さまを頼って反旗を翻す。かと言って……水戸さまが力を得れば、勝ち目のない戦さに一直線だ。政局がどちらに転んだとしても国の乱れは避けられぬ」

「閑曳公はどうするおつもりでしょう」

「恐らく中道を選ばれると思うが……その道とて国の救いには繋《つな》がらぬのではないか？」

「時間がなさ過ぎますからね」

「こうしてロシアまでもが港に停泊しているのだ。ぎりぎり返事を延ばしても二年。開国か開戦か、いずれかの道を選ばねばならぬ。残念だが杢之助の言う通り二年では間に合うわけがない。ことここに至っては傍観も許されぬ事態となった。せめて五年、いや四年でも余裕があればな」

「我々が悩んでも仕方ありますまい」

奇輔は笑って重ねた。

「それは上の方々が考えること。たとえ開国ときまっても、五年やそこらはアメリカとて無理難題を押し付けては来ますまい。我々にできることは、諦めずに続けることですよ。蘭語を学ぶのと一緒だ。はじめはたった一つの言葉も分からず、途方もない道のように思えますが、半年、一年と努力を積み重ねていくうちにいつしか坂を上り終えている。子供にしても、必ず大人になるのです。佐野さまはあまりにも視野を広げていすぎるのではありませんか？　二重鎖国が佐賀の弊害だと佐野さまは常々申されますが、反対に私はこの佐賀に出仕して見て利点とさえ思うようになりました。国の動きなど知らぬが幸い。お陰でのんびりと蘭書と向き合うことができます。京都に暮らしていた時は、政治に関わりのない私でさえ、なにかに追われているような気がしたものです」

栄寿は虚を衝《つ》かれた。

「確かに今の日本にとって佐賀の技術は無意味なものとなるかも知れません。それでも、その先の日本には必ず役に立ちます。この国にたった一つそういう藩があってもよろしいではありませんか」

「それだ！」

栄寿の顔が輝いた。

「それなのだ。俺のしていることは」

はじめて栄寿は悟った。幕府が倒されても、商業国家となっても、あるいは外国の属国となっても日本という国は残る。その時にこそ技術が求められるようになる。国を救うということは滅びの盾となる他に再生の芽を吹かせることでも立派に果たされるのだ。むしろ今の情況下ではその方が遥かに重要に思えた。

「先の日本のために佐賀がある」

栄寿は繰り返した。

「捨て石ではない。これは布石だ」

栄寿の迷いはふっ切れた。これまで心を占めていた焦りが霧散していった。

## 七

ロシア艦隊の船の検分が行なわれたのは、それから二日後だった。長崎警護を任とする佐賀藩からは幕府検視役の従者として火術方を預かる本島藤大夫が同行することになっていた。藤大夫は江川太郎左衛門の下で砲術を学んだ男であった。大砲は専門だが舎密《せいみ》（化学）に関してはそれほど詳しくない。蒸気船に親しく触れる、せっかくの機会である。藤大夫の進言により精錬方からも中村奇輔の随行が認められた。奇輔は藤大夫が用意してくれた真新しい紋付き袴《はかま》に着替えて出発した。

「たとえ言葉が分かっても質問はするでないぞ。おぬしは儂《わし》の付き添いだ」

小舟に乗り込むと藤大夫は耳打ちした。奇輔の語学力にも定評がある。

「ロシアの言葉など知りません」

奇輔は苦笑した。港には四隻の巨大な船が浮かんでいる。そのうち一隻は紛れもない蒸気船だった。やはり奇輔の胸が騒いだ。

だが……

小舟は蒸気船ではなく手前の帆船を目指した。帆柱の上にはロシアの国旗と思《おぼ》しきものが風を受けてはためいていた。

「蒸気船は見られぬのですか？」

「分からぬ。ロシアにはすべての船の検分を願っておるはずだが……」

従者に過ぎない藤大夫にはそれ以上のことが分からなかった。

「心配いたすな。ロシア艦隊はまだ当分この長崎を離れぬ。今日は無理でもいつか必ず蒸気船を間近に見られる日がこよう」

「意外ですね」

てっきり蒸気船が艦隊の旗艦とばかり思い込んでいたのである。奇輔の言葉に、「蒸気船の力を生かすつもりであれば先乗りの攻撃に用いるのが一番であろう。大将は後ろにデンと構えておればよいのだ」

藤大夫が答えた。奇輔も納得した。


奇輔たちはプチャーチンの待つ旗艦パルラダに乗り込んだ。軍艦オリバツア、運送船メンシコフ、そして蒸気船の軍艦ヴォストークがパルラダを守るように取り囲んでいた。奇輔は検視役の最後尾に従っていた。従者の従者であるから役目はなにもない。ただ見届けるだけでよい。その点気楽なものだった。

〈広い甲板だ〉

まずそれに奇輔は威圧された。加えて兵士たちの数。百人は軽く超える。検視の役人たちには怯《おび》えが見てとれた。見守る兵士の目には嘲《あざけ》りが感じられた。いきなりけたたましい太鼓や喇叭《らっぱ》の音が鳴り響いた。耳を覆いたくなるほどだった。ドーンと足下をすくわれる振動がした。祝砲である。将校と思われる者たちが一斉に腰の剣を抜いた。検視役の何人かが逃げ腰となった。兵たちから笑いが起きた。奇輔は激しい屈辱を覚えた。

通詞《つうじ》が検視役たちを甲板に整列させた。

動転していた皆は素直に従う。

そこに何人かを従えたプチャーチンがゆっくりと姿を見せた。痩《や》せた大男だった。

プチャーチンは甲板中央に用意されていた椅子《いす》に腰を下ろして検視役たちを順に眺めた。

〈ペルリのやり方を踏襲しているのか〉

奇輔は無性に腹が立った。

これではどちらが主か分からない。

通詞は検視役の名を次々に伝えた。

一通りの挨拶《あいさつ》が終わるとプチャーチンは側《そば》に立っていた一人の男に船の案内を命じて引き下がった。下っ端役人などに時間を割く余裕などないという傲慢《ごうまん》な態度だった。

「ゴンチャローフ秘書官です」

通詞が年配の男を紹介した。

イワン・ゴンチャローフ。もちろん奇輔に知るよしもないがゴンチャローフはロシアにおいて将来を嘱望されている作家の一人だった。豊かな商人の家に育ち、モスクワ大学文学部を卒業した後、大蔵省外国貿易局に勤務の傍ら小説を書き、特に『平凡物語』は大成功をおさめていた。代表作『オブローモフ』を書くのは、この日本への遠征から戻って六年後のことである。一八一二年生まれ。奇輔の目の前に立っていた時は四十二歳。まさに作家として脂の乗り切っていた頃だった。ゴンチャローフは帰国後、早速この遠征の記録を『フリゲート艦パルラダ』と題して纏《まと》めてもいる。

プチャーチンと違ってゴンチャローフは優しい笑顔を見せた。検視役たちも安堵《あんど》の顔で辞儀をした。

「互いに言葉が通じないので気持の伝わらないのが残念である」

通詞がゴンチャローフの心を伝えた。

「船内のどこでも案内するが、その前に皆様にお茶を差し上げたい。陽はまだ高い」

ますます検視役たちの顔が綻《ほころ》んだ。


士官食堂と思われる広い部屋に奇輔たちは案内された。甘い砂糖の匂《にお》いが漂っていた。大きな机の上に焼いた菓子が山と積まれていた。検視役たちは思わず匂いを吸った。

しかし――

奇輔の目は壁の前に置かれている機械に釘付けとなった。一瞬寒気のようなものが背中を駆け抜けた。ゴンチャローフが奇輔の視線に気付いて通詞になにやら囁《ささや》いた。

「それは蒸気車（蒸気機関車）の模型です」

通詞の言葉に奇輔は何度も頷《うなず》いた。

「望むのであれば動かして見せようか、と」

「これは動くのか！」

奇輔の声は食堂内に反響した。検視役たちは怪訝《けげん》な顔で奇輔を見詰めた。藤大夫は慌てて奇輔の袖《そで》を引いた。

「もちろん動きます。蒸気の力で」

通詞の言葉が終わらぬうちにゴンチャローフは蒸気車の前に立った。検視役たちの視線も蒸気車に集中した。

奇輔は身震いを抑えながら前に出た。

この日こそ――

日本人が蒸気車を見たはじめての日である。

# 火城

## 一

栄寿《えいじゅ》と奇輔《きすけ》の二人が長崎から戻ると、精錬方では奇輔の見て来た蒸気車の話題でしばらくもちきりだった。奇輔は求められるまま繰り返しその話を口にした。

――生き物のようであった――

と終えるのが奇輔の口癖であった――

特に田中近江《おうみ》は熱心に促した。蒸気の力の応用については若い頃よりこころを魅せられている。蒸気船なら雛形《ひながた》も拵《こしら》えているし、間近ではないが本物も見ていた。だが、蒸気車となると噂《うわさ》で耳にしていた程度である。近江の関心は、なぜ鉄の道が必要なのか、という点にあった。もちろん海と異なって陸の道には激しい凹凸がある。石が行く手を阻むこともあるだろう。そのためには道を平らにする工夫が大事だ。そこまでは理解できるのだが、鉄の道では車輪が滑って空回りするのではないか？　それに、決められた道しか走れない。それに、どこまでも真っ直ぐに走らせるのならともかく、ときには大曲がりをせねばならぬ場合もなる。鉄の道をどのように細工すればいいのか？　疑問は次から次へと膨らんだ。

船は舵《かじ》で用が足りる。しかし、蒸気車は船の火輪と違って車輪を左右に動くように作らねばならない。動かす基本はおなじでも、ありとあらゆる部分に差があるのだ。しかも奇輔が受けた説明によれば、その蒸気車一つで三百名の人間を乗せた荷台を牽《ひ》き、たった半刻(一時間)に五里以上も進むと言う。それが本当なら京都から江戸への旅も二日たらずで済む理屈だ。とても信用できる話ではなかった。相手が奇輔でなければ笑い飛ばしていたかも知れない。

「それに……なぜ鉄の道から外れぬ?」

何度目かの話を聞きながら近江は質《ただ》した。細かな部分にまで質問が及ぶのは近江に敵愾《てきがい》心《しん》が生まれたせいだった。なんとしても雛形を自分の手で拵えてみたいのである。車輪を左右に動かす工夫はすでに近江の頭に浮かんでいた。蒸気車を前に進める主輪を左右に動かすのはむずかしいが、蒸気の釜《かま》と繋《つな》がっていない補助の車輪なら簡単にできる。それを舵の代わりに使えばよい。主輪まで動かす必要はなかった。ただ、細い鉄の道から車輪を外さぬ工夫が分からない。

「車輪の内側が大きくなっておりました」

奇輔は絵を描いて示した。酷《ひど》く単純な仕組みだった。近江は納得した。

「では……この精錬方でも作れると?」

栄寿は近江の自信を見抜いて訊《たず》ねた。

「軸を回す理屈には変わりありませぬ。細かな図面さえ作ればなんとか……じゃが」

「とは？」

「蒸気船ならともかく、蒸気車など拵えてどうなさる？　それこそ無用の長物にござりましょう。国の守りに、なんの役にも立たぬ。たとえ京と江戸とを二日で行くことができたとしても鉄の道が敷けぬではどうにもならぬ。必ず諸藩が拒みます。そういう雛形の作製に殿様がご許可下さるかどうか。そうでなくとも殿様の道楽と陰口を言われ続けておる精錬方ですからな」

「それは私の役目です。できると申されるのであれば、ぜひとも試みていただきたい」

「こちらも願ったりの仕事であるが……」

近江は顎鬚《あごひげ》を撫《な》でながら溜《た》め息を吐いた。まだなに一つ満足な仕事を果たしていない情況にあって、これ以上遠回りすれば精錬方そのものが廃止される恐れもあるのだ。

「殿様は明日長崎から城に戻られる。早速にでもお目通りを願おう。本島藤大夫どのからの書状では、殿様も蒸気車の雛形を見たいとロシアに申し入れたそうな。恐らく見ておられるはずだ。精錬方が作ると申せば、必ず喜んでいただけると思います」

「だとよろしいがな」

期待をせずに近江は頷《うなず》いた。口で言うのはたやすいが、図面の段階から取り掛かるとなると、完成までには最低でも二年は覚悟しなければならない。まもなく火術方は幕府からの大量の注文を受けた大砲の製造に猫の手も借りたいほどの忙しさとなる。精錬方にも協力の依頼があったばかりだ。それを拒んでのんびり蒸気車を手掛けられるものかどうか。

重役たちはむろん反対するだろう。いかに閑叟《かんそう》公とて首を縦に振るわけがない。

〈だが……〉

やって見たい、と近江は思った。正直言って、図面のできている大砲作りの手助けなど近江には少しも関心がなかった。苦労したのは反射炉の段階までで、今では人数と月日さえあればそこそこのものが作れる。精錬方が口を挟むところはないに等しい現状である。

「なんとか図面が入手できぬものか……」

寛二《かんじ》も意欲を燃やしていた。

「簡便なものでもいい。あるいは京の広瀬先生にでもお頼みして……もし、手に入れば一年で雛形を作ることもできましょう」

「銭屋が健在でいてくれればな」

それでも栄寿はできるだけ試みると皆に約束した。近江、奇輔、寛二の三人が一つの仕事に揃《そろ》って興味を覚えるのは滅多にない。

栄寿は、やり遂げると決心した。

## 二

二日後。栄寿は閑叟と向き合っていた。

閑叟この年四十。栄寿より八歳年長でしかないが、立場の違いもあって現実には親子ほどの隔たりが栄寿には感じられた。

「話は通してあるが、まだ見ておらぬ」

蒸気車のことになると閑叟は言った。

「決まった場所にしか行けぬらしいな。面白そうなものだが、それではつまらぬ」

ははっ、と栄寿は平伏した、なにも平伏する筋合いでもないのに、自分の責任でもあるごとく栄寿は額の汗を拭《ふ》いた。

「なにを企《たくら》んでおる」

閑叟は苦笑した。口ごもっている栄寿を眺めて閑叟は人払いを命じた。

「これでよかろう。願いと言うは蒸気車か」

「近江翁はこの佐賀でも雛形を拵えられると申しております」

ほう、と閑叟は眉《まゆ》一つ動かさず頷いた。

「それも一年あればできると」

「嘘《うそ》をつけ。たった一年ではむずかしかろう」

「遅くとも二年以内には」

閑叟は栄寿の正直な返事に笑った。

「そもそも……作ってどうする？　庭の玩具《おもちゃ》にいたすのか」

閑叟の笑いの中には厳しさがあった。

「また精錬方の評判が落ちる。儂《わし》は気にせぬが、下で働く者たちが辛《つら》かろう。いずれ蒸気船を建造するための試しと言い繕っても、騙《だま》される愚か者はこの藩におらぬぞ。片手間ならともかく、蒸気車の雛形となればそうも行くまい。近頃、杢之助《もくのすけ》などは儂よりも精錬方を目の敵としているそうではないか」

「殿様は……」

いざとなれば腹を切る覚悟で栄寿は膝《ひざ》を乗り出した。いつかは言わなければならないと思っていたことである。

「間に合いなされるとお考えにござりますか」

「なにがだ？」

「お家の策にござります。アメリカが姿を見せたと思ったら、今度は長崎にロシア。どのような処置をいたそうとも、猶予は五年とありますまい。精錬方を預かりながら情け無い言葉と思われましょうが、五年では蒸気船を一つ建造するのがせいぜいに思われます」

栄寿は冷や汗を覚えながら続けた。

「大砲とておなじこと。異国の大砲は今や後装式が主流となりつつあります。このやり方であれば砲身を冷やす必要もなく、連発が可能とか。しかも砲身の内側には溝が切ってあって射程距離が我が国のものとは数倍も違います。中村奇輔が確かめて参りました。その大砲二門も装備した軍艦が来れば長崎の台場など一日で壊滅いたしましょう」

「知っておる」

閑叟は暗い顔で頷いた。

「大砲ばかりか小銃も外国のものはすべて雷管式と聞く。それで小銃については手を打つことに決めた。三千丁ほどを注文する手筈《てはず》となっている。溝を切った大砲も取り寄せて見ることにした。いずれ精錬方に命じて、その大砲を作れぬものか調べて貰《もら》おうと考えてはおったがな」

栄寿は唖然《あぜん》となった。まさかそこまで閑叟公が先に進んでいるとは思わなかったのだ。

「にしても、だ」

閑叟は舌打ちしながら、

「佐野の言う如く、間に合いはすまい。これで間に合うのなら世の中は楽なものぞ。間に合わぬと知りながら儂も続けておる」

「…………」

「やはり道楽と笑われても仕方あるまいの」

「負けた先のことをお考え下さりませぬか」

栄寿は両手を揃《そろ》えて言った。

「負けた先？」

閑叟は眉を顰《ひそ》めた。

「負けをお覚悟の上で、この先のことを殿様にお考えいただきたいのです」

「なにを、どう考えろと言うのだ」

「藩のことも、武士であることもお忘れ下さい。たとえ幕府が潰《つぶ》れても日本という国は残ります。その時に国を支えるのは舎密《せいみ》（化学）に他なりませぬ。もし……もし佐賀がその力を蓄えておれば、必ずや新しき国の根となります。大砲は戦さ以外になんの役にも立たぬ道具ですが、蒸気船や蒸気車は新しき国を牽引《けんいん》する車となりましょう。この国にたった一つ、遥《はる》か先を眺めて生きる藩があってもいいではございませんか。もはや、幕府の方針も佐賀には無縁。ひたすらその先を目指して……」

「本気で口にしておるのか？」

閑叟はさすがに呆《あき》れた顔で見詰めると、

「杢之助も危うい男だと案じていたが、おまえはその上を行く。幕府と無縁など、この儂でさえ背筋が寒くなったわ」

「新しき世に佐賀がなければ……この国は廃墟《はいきょ》も同然。百年後にそう言われる身になりとう存じます」

栄寿は必死で訴えた。

「百年後に佐賀がどう見られるか、か」

閑叟の目が光った。

「そのためには、憚《はばか》りながら殿様もご出世をお諦《あきら》め下さりませ」

言われて閑叟は苦笑した。

「殿様がもし老中にでもなられたら、否応《いやおう》なしに佐賀は戦さの矢面《やおもて》に立たねばなりませぬ」

「儂も途方もない男を臣下に持ったものだ」

閑叟はじろりと栄寿を睨《にら》んで、

「今の話、もし重役たちに聞こえればおまえの命はなくなるぞ」

覚悟の上かと質《ただ》した。

「殿様にしか果たせぬ役目です。巡り合わせとは言いながら、この時代に、こういうお家に仕えることとなった我が身の幸せを、この佐野栄寿左衛門、身に染みて感じており申す。これまでの殿様のご方針があればこそ、佐賀はここまでになり申した。他の藩がこれを果たそうと願っても、無理と言うもの……」

それは栄寿の本心だった。もし閑叟公がなければ今の精錬方は無論のこと、田中近江もない。佐賀は日本にとって仏が与えてくれた唯一の光なのである。そう思うと栄寿の目からぽろぽろと涙が溢《あふ》れた。

「もうよい。泣くな」

閑叟は困った目をして栄寿に言った。

「どうせ救えぬものなら、後始末をしろと言うのだろう」

「先々に道を繫《つな》げるのでござります。決して後始末などと申し上げてはおりませぬ」

「国を救うなど、佐賀の分に過ぎた働きかも知れぬと思うていたに……もっと思い荷を儂に背負えと言うのか」

「お家ならばできます。いえ、お家でなければできませぬ。なにとぞご決断を」

「重役たちに伝えるわけには参らぬ」

閑叟はきっぱりと口にした。

「戦さに勝ち負けのあるのは当たり前だが、はじめから負けを考えて儂に陣頭指揮ができると思うか？　将が勝ちを信ぜずしてなんの策も立てられまい。また、そういう将には一人の兵も従わぬ」

「…………」

「表向きだけでも将は最後まで勝ちを信じていると兵に思わせなければな」

「表向き……にござりますか」

「佐賀はこの国の勝ちを念じて、今日よりさらに大砲の製造に総力を傾ける。だが、精錬方は明日の国のために努めるがよい。陰口は覚悟いたせよ。しかし、儂の目が黒いうちは安心して励め。精錬方の近くに反射炉を拵《こしら》えることも決めてある。幕府よりの注文をこなせば、それも自由に使えるはずだ。一年とは申さぬ。二年のうちに蒸気車の雛形《ひながた》を見事拵えて見せよ、と者どもに伝えてくれ」

感極まって栄寿は号泣した。

「よせと言うのだ。おまえの涙は見飽きたよ」

閑叟は微笑《ほほえ》むと、

「火城《かじよう》という言葉を知っておるな？」

栄寿に質した。

栄寿は頷いた。陣の周囲に松明《たいまつ》をならべて防壁となすことである。

「儂は大砲を並べることで佐賀を日本の火城たらしめんとした。だが……思惑とは異なっても、すでに佐賀は火城となっておる」

「………」

「火とは先を照らす灯でもある。今の世にあって佐賀ほど先を照らす人間を集めている国はなかろう。火術方には本島藤大夫をはじめとして杉谷雍介《すぎたにようすけ》ら七賢人と誉めそやされる男どもがいる。精錬方にはからくり儀右衛門を筆頭に蒸気車まで拵えようと言う者ども。まさしく火城そのものではないか。それぞれが松明となって佐賀を、いや、日本という国の城壁の支えとなっているのだ。大砲も火なれば、蒸気も火。おなじ火であるなら蒸気の火でも国を守れぬはずがない」

「火城……」

「おまえも佐賀に燃え盛る火の一つだ」

閑叟の言葉は激しく栄寿の胸を揺さぶった。

「おまえの火がからくり儀右衛門という火を佐賀に呼び寄せたのだ。こけおどしの松明となるか、そうでないかは、これからの働きにかかっておる」

栄寿は畳に額を擦り付けた。俺はいい殿様に仕えた、と栄寿は思った。

〈火城……〉

なんという誇らしい役目か。必ず佐賀を日本の火城にする。栄寿は自分に言い聞かせた。

# 三

翌、嘉永六年（一八五三）一月十一日。約束した日時よりは二ヵ月も早く、ふたたびペルリが来航した。前回は四隻だったのに、今度は九隻。乗組員も二千人を超すという大艦隊であった。ペルリはその勢力を頼りに江戸湾へと一気に乗り込んで来たが、幕府は慌てて船を横浜村まで後退させ、交渉を受け入れる態勢を整えることにした。

その知らせは直ぐに佐賀にも届いた。ペルリの乗る旗艦ボーハタン号は二千五百トン近くの蒸気船だ。栄寿は早速閑叟に田中近江ともども浦賀への出立を願い出た。浦賀奉行は佐賀と縁の深い江川太郎左衛門が務めている。乗船は無理でも情報を得ることはできる。

栄寿の願いは許された。

栄寿、田中近江、そして中村奇輔の三人が佐賀からの長い旅を終えて浦賀に到着したのは二月の中旬。すでに第一回目の交渉がこの月の十日に行なわれていた。

栄寿はその足で江川太郎左衛門を訪ねた。どのような事態になっているかは江川太郎左衛門が把握している。

通された部屋に最初に顔を見せたのは江川太郎左衛門ではなかった。

「俺を覚えているか？」

栄寿は、本島藤大夫の添え書きを受け取った男に声をかけた。

「私もどこかでお会いしたお方だと」

そう言いながらも相手は首を捻《ひね》った。

「長崎の牢《ろう》におった時、崇福寺《そうふくじ》の見物に出掛けたことがあったであろう」

相手は頷いた後に少しの間を置いて、

「あの庵《いおり》におられた方ですか」

栄寿は思いだした。

男はジョン万次郎であった。

「奇遇だな。こうしてまた会うとは」

栄寿は言ったが、実は奇遇でもなんでもない。土佐に押し込めとなった万次郎の才能を惜しみ、本島藤大夫を通じて江川太郎左衛門に万次郎を幕府の通詞《つうじ》として雇い入れるよう勧めたのは栄寿なのだ。江川太郎左衛門の手元に預けて置けば、いつでも万次郎の才能を頼ることができる。実際に本島藤大夫は万次郎と手紙のやり取りをする間柄ともなった。

「さぞ忙しい身であろう。てっきり横浜の方に出向いていると思ったが……」

今の幕府に万次郎ほどアメリカの言葉を話せる人間はいない。

「私は外されてしまいました」

万次郎は皮肉めいた口調で応じた。

「外された？」

「私がアメリカと繋がっているとお考えらしいのです。ペルリの手先となって条約をアメリカの得となるように結ぶのではないかと」

「なるほど。もっともな心配だ」

栄寿は笑って頷いた。

「十年以上もアメリカに暮らした男だ。それに、だれ憚《はばか》りもなく開国を叫んでいるおぬしとあっては幕府も不安を抱いて当たり前だな」

「私はもう日本人のつもりです。開国はアメリカのためではない。日本にとって必要だから言っているのです。なのに肝腎《かんじん》な時になんの役にも立てない」

万次郎は憮然《ぶぜん》となった。

「交渉の様子は聞いているのか？」

「いいえ。まだはじまったばかりです。私が行けば本音を探ることもできるのに……これでは本当に日本が駄目になってしまう」

よほど残念だったらしく万次郎は饒舌《じょうぜつ》だった。あるいは長崎での出会いで栄寿を信用したということも考えられた。

「江川さまはおられぬのか？」

「さきほど佐久間象山《さくましょうざん》さまが参られて」

「ふうん。あのお方もこの浦賀に」

蘭学を学ぶ皆の目が黒船とペルリに向けられている。象山が来ても不思議ではない。そもそも象山は江川太郎左衛門の弟子だった。

「佐久間さまが滞在なされている宿を訪ねればお会いできると思います。でなければ明日にでもまたお越し下さい」

「明日にしよう。京都でちらりと顔を見ただけだが、どうもうるさそうなお方であった。それに、余人がいては話にもならぬ」

栄寿は腰を上げた。当分はこちらに居座るつもりだった。焦る必要もない。

「先日いただいた本島藤大夫さまの書面では、佐賀の精錬方が蒸気車の雛形を拵えるつもりでいるとありましたが」

見送りながら万次郎が質した。

「つもりだが、なかなか上手《うま》く進まぬ」

「ペルリが土産に持参いたしました」

「蒸気車をか！」

「実物の三分の二とか耳にしております」

「三分の二とは大きい」

ロシアの船にあった雛形は五分の一もない小型のものであった。

「それはどこにある？」

できれば近江に見せてやりたい。それほどの大きさであるなら細かな部分もはっきりと分かるはずだ。

だが、万次郎は首を横に振った。恐らくそのまま幕府の蔵にしまいこまれたのでは、と万次郎は答えた。

「ですが」

ひょっとしたら図面も一緒に持ち込まれた可能性がある。万次郎の言葉に胸が騒いだ。

「江川さまにお頼みいたせば披見できるようになるだろうか？」

「あれば大丈夫と思います」

簡単に万次郎は請け合って、

「その他にもペルリは面白いものを」

「面白いもの？」

「電信機というものです」

万次郎はわけの分からぬ機械の名を口にした。栄寿の足が止まった。

四

「電信機……」

宿に戻った栄寿から聞かされて近江と奇輔は互いの目を合わせた。

「試しに見せたわけではないらしいので、まことかどうかは断言できぬが、双方で決めた符牒《ふちょう》を用いることにより、瞬時にして書状をやり取りできるとか。線を繋《つな》げてあるならば、たとえ江戸と大坂ほど離れていても可能であると万次郎は申しておった」

「確か……モルスとか申す者の工夫した機械にござりましょう」

奇輔は溜め息を吐きながら言った。

「広瀬先生のところで原理を示した書物を目にしたことがございます」

　モールスが電気を利用しての通信のアイデアを思い付いたのは一八三二年、この安政元年より二十二年も前のことだった。その画期的な方法はたちまち実用化され、一八四四年にはワシントンとボルティモアの間を結ぶ電信線が引かれた。従ってペルリたちにすれば格別珍しい機械でもなくなっていたのだが、電気の存在さえ知らぬ者の多い日本にとっては、まさに驚愕《きょうがく》に値する機械であったはずだ。

　と言って、もっと早い時期にこの機械が伝わったとしても、普及したかどうかは分からない。電線を引くには藩の境界を越えなければならないのだ。その上、電報となると情報が筒抜けとなる。電信機の普及が明治新政府の時代になってから行なわれたのは、決して文明の立ち遅れだけではなく、藩体制が邪魔をしていたことが大きい。

　それはともあれ――

「さすがに黒船でござるな」

　近江は腕を組んで唸《うな》った。

「こちらは蒸気車で手をこまねいておると言うのに……これでは追い付かぬ」

　栄寿が先回りして口にした。

「不安には及びますまい」

　奇輔は笑って、

「いかにも便利な機械にござろうが、少なくとも戦《いくさ》の役には立ちませぬ。船と船同士で連絡が取れると言うならともかく、海の上に線は引かれぬ道理にござる。焦らずに我らは我らの務めを果たせばよいことかと」

「なるほど。確かに理屈だな」

栄寿は大きく頷《うなず》いた。

「黒船の襲来以来、どうも心が急《せ》かれるようで……一月や二月ではどうにもなるものではないと知りながら、実際に黒船を見たり話を聞けば、いても立ってもいられなくなる」

「それで……黒船は見られますので？」

近江は膝《ひざ》を乗り出した。

「江川太郎左衛門どのはお留守であった。佐久間象山どのがこの地に参られておる。それで象山どのの滞在なされている宿に。そちらに行けば会えると言われたが、どうも象山どのというお方、苦手でな」

「苦手とは？」

「自分でも分からぬ。なにか自分と似ておるような気もするが……」

二人は笑った。近江も奇輔も広瀬元恭《ひろせげんきょう》を通じて象山の顔は見ていた。

「造作はまるで違いますがね」

奇輔は象山の印象を思い浮かべて、

「奇妙にどこか通じているような」

「はったり屋というところさ」

自分で栄寿は認めた。

「俺と象山どのとの違いは、佐賀と松代《まつしろ》の差だけに過ぎぬ」

「別に世辞のつもりではなく、私は佐野さんの方が本物だと思いますよ。佐久間象山、確かに傑物には相違ありませんが、あのお方には自分しか見えておられぬような気がいたします。とても、藩主に出世を諦《あきら》めろなどと進言する勇気は……むしろ藩主を唆して自分の力を大きくしようとするお方だ」

「自分の力が大きくならずば、国を動かしてはいけぬ。それは彦根の長野主馬とて同様だがね。長野には、はったりがない。はったりではないから、於条童仙《おじょうどうせん》までもが心を動かされる。本当に怖い存在は長野主馬だ。なのに、なんでか俺は長野主馬が好きなのさ」

栄寿は自分で言って驚いた。そうなのだろうか、と反問した。

〈国を動かせるのはあの男しかいない〉

自分の考えとは正反対に異なっているとしても、栄寿の知る限り他の藩に人材は見当たらなかった。今のところ、力の伴わない攘夷《じょうい》を叫んでいる者たちばかりである。佐久間象山とて一つ穴のむじなに過ぎない。一人が傑出したところで、藩全体が動かぬなら、なんの意味もない。長野主馬は井伊直弼《いいなおすけ》という巨大な御輿《みこし》を担いでいる人間なのだ。

「今後は他の藩とて変わりましょう」

近江は断言した。

「足元に火がついているのを、どこの藩でも察しているはずです。佐賀のように方針を定めていても、これほどまでに動揺があり申す。他藩はなおさらにござる。若い者たちの中から変革が起きても不思議はない」

「であればよいがな」

栄寿は期待していなかった。

「言葉ばかりの変革ではどうにも……」

「横浜に相撲取りが呼び集められたことをご存知にござりますかな」

近江は苦笑混じりに訊《たず》ねた。栄寿は、いやと首を傾げた。

「黒船への食糧の積み上げに幕府は相撲取りを頼んだということで……力自慢の大男を揃《そろ》えれば、敵も恐れをなすに違いないと思ったのでありましょうが、なんともはや」

呆《あき》れたものだと近江は舌打ちした。

「交渉は、いずれ幕府がペルリに押し切られるであろうと、もっぱらの噂《うわさ》にござる。この寒村の小さな子供さえも噂に怯《おび》えておる始末ですぞ。奇輔と二人で案じておりました。黙っていても幕府は自ら破滅するのではないか、とな。力を頼ろうにも、その力が相撲取りでは、情けなくて涙も出ようというものじゃ。どなたの考えかは存ぜぬが、あまりにも世の中を知らな過ぎるではありませぬか」

「旧式の大砲を並べたとておなじでござるよ」

栄寿は頷きながらも言った。

「大差のないものなら、相撲取りの方が愛嬌《あいきょう》とも言えましょう」

「ははあ。そういう考えもござるな」

近江は感心した顔で言った。

「それより、ペルリが蒸気車の雛形《ひながた》を幕府への土産に持参いたしたとか」

伝えると二人の顔付きが変わった。

「しかも本物の三分の二という大きさで」

「それは大したものだ」

「大人は無理だが、子供なら、その上に乗せて走ることもできるらしい」

「どこにあります？」

奇輔は栄寿に詰め寄った。

「すでに江戸表であろうと万次郎は申しておったが……もし図面も一緒に献上されているならば江川太郎左衛門どのを通じて披見は可能かも知れぬと」

「それは、いつはっきりいたします？」

「問い合わせるのに時間はかかろう。早くとも五日は覚悟せねばなるまい」

「むしろ江戸に向かってはいかがか？」

「黒船を見ずしてか？」

「佐賀で思っていたよりも甘い状況ではなさそうです。黒船を見られるまでには、だいぶの時間を取られましょう。黙って待つよりは、その間を用いて他のことをすべきでは？」

奇輔の案に近江も同意した。

「江戸には伊東玄朴《いとうげんぼく》どのもおられます。あの先生を訪ねれば新しき書物の類《たぐ》いも……」

言いながら奇輔は栄寿が伊東玄朴の門から追われたことを思い出した。栄寿も苦笑いした。追放は形の上のことだけに過ぎないが、事情はだれにも話していない。

「俺さえ顔を見せねば済む。玄朴先生は喜んで協力してくれるであろう。いかにも、この浦賀にぶらぶらしているよりは江戸で待つ方が無駄にならぬ。江川太郎左衛門どのには、すべての段取りをお願いして、明日にでも江戸に向かうか」

栄寿も納得した。

# 五

二日後。

三人は浦賀を発《た》って江戸への街道を辿《たど》った。途中には黒船の停泊している横浜村がある。村に入る峠道からすでに黒船の巨大な艦影が目に飛び込んできた。遠目でも大きさが知れたのは、黒船を取り囲んでいる警護の船との差であった。長崎でロシア艦隊を間近に見ている奇輔と栄寿も思わず声を上げた。ペルリの乗る旗艦ポーハタン号を中心に、合計九隻の大艦隊である。黒く塗られた船体のせいか栄寿にはそれが日本に打ち込まれた楔《くさび》のように感じられた。あの楔の先にはアメリカが繋《つな》がっている。

「せっかくだ。茶店でも見掛けたら休んで行こう。村に入ってしまえば、恐らく休む場所もないに違いない」

彦根藩を筆頭に数多くの藩が警護に駆り出されている。海岸線に近い場所にはどこかの陣屋らしい幕の張られているのも見られた。

「ぞっといたしまするな」

黒船から目を離さずに近江が言った。

「大人と赤子じゃ。あの近さなら村の真ん中にまで大砲の弾が届く。もし、アメリカがその気になれば幕府は明日にでも潰《つぶ》れますぞ。江戸湾深く侵入して城に大砲を放てばよい」

搭載されている大砲の威力を知り尽くしているゆえに覚えた怯えであった。

「まこと……人というのも情けないものでござります。あれを目の当《ま》たり《あた》にすると、やはり蒸気車よりは大砲を作るのが先決ではないかと、つい考えてしまいます」

奇輔までもが暗い顔で口にした。

「この国の今については、もう諦めるしかない。とは申せ、たった今、あの黒船が攻撃を仕掛ければ、明日の日本にも佐賀は間に合わぬ。なんとか五年、いや三年でもいい。持ち堪《こた》えて貰《もら》わねば」

「佐野さまはお幸せなお方じゃ」

近江は微笑《ほほえ》んだ。

「…………」

「佐野さまのお陰で儂《わし》らも幸せと言えましょう。この時代にあって迷うことがない。世の中を気にせず自分の仕事を果たせばよい。大半の者どもは、先行きを恐れて自分がなにをすればよいか見失っておりましょう。儂とてあのまま京都で店を続けておれば、今頃、夜毎《ごと》不安に苛《さいな》まれていたに違いない」

「すべては殿様のお力添えだ。上があるからわがままを言える。もし俺が殿様の立場にあれば、おなじことを許したかどうか……それを思うとありがたくて涙がでる。俺のような慮外者を使って下さるのだからな」

「確かに。儂が殿様でも使いませぬ」

近江は半分真顔で栄寿を見詰めた。

「頭では分かっているつもりでも、いざとなれば人は目先のことに追われるものです。その上、佐野さまの申した明日は、国の破れたその先の明日。よほどのお方でなくては、まともにお考え下さりますまい。儂らとて、戦さには無縁な蒸気車の製造など、とても許される話ではあるまいと諦めておりましたのに……後の世の者どもとて、佐賀はこの大事なときになにをしていたのだと首を捻《ひね》るでありましょうな。並の頭に理解できるはずもありませんぞ」

「それはお手前方のお手助けがあるからにござるよ。作る者がいなければどうにもならぬ」

「では、佐野さまの功績だ」

奇輔がすかさず言った。

「そもそも佐野さまが我らを誘って下さらねば、この今はない。舎密《せいみ》（化学）の口入れ屋などと笑っておられるが……」

「互いに褒め合っていても仕方がない」

照れた顔で栄寿が言うと二人も笑った。

六

三人はやがて茶店に到着した。茶店は多くの見物客で賑《にぎ》わっていた。茶店と道を挟んだ崖《がけ》は絶好の見晴らし台となっていて黒船のマストの数まで見極めることができた。

なんとか空いている縁台を見付けて腰を下ろした栄寿の袂《たもと》を奇輔が引いた。

「あそこで遠眼鏡《とおめがね》を用いている男……」

言われて栄寿もその横顔を覗《のぞ》いた。立派な顎鬚《あごひげ》が遠目にもよく目立つ。男は四、五人の男たちを側《そば》に従えていた。

「佐久間象山どのではないか」

栄寿は呆れた顔で奇輔に頷《うなず》いた。見物客の賑わう場所で遠眼鏡を用いるなど、いかにも象山らしい振る舞いであった。

象山は遠眼鏡を覗きながら、次々と船の名を読み上げた。そのたびに見物客からどよめきが上がった。読める、ということは、アメリカ語が分かるということだ。

奇輔は困った顔で眺めていた。

「あのお方はいったいどなたで？」

近くの客が栄寿に訊ねた。

「松代の佐久間象山先生だ」

わざと聞こえるように栄寿が教えると、象山に従っている男たちが振り向いた。ゆっくりと象山も顔を栄寿たちに向けた。最初は怪訝《けげん》そうに見詰めていた象山だったが、一人が近江と分かって目を円くした。象山は人の目を意識した物腰で近寄ってきた。

「これは奇遇にござるな。からくり儀右衛門どの、かような場所で対面いたすとは」

客たちにざわめきが広がった。

「こちらにお見えのことは承知しておりました。昨夜まで儂らも浦賀に」

「他のお二方とも、どこぞでお会いいたしておるような？」

象山は栄寿と奇輔を見据えた。

「広瀬元恭先生の塾に学んでおりました。一度、梁川星巌《やながわせいがん》先生のお宅でお目にかかったことがございます。佐賀の佐野栄寿左衛門です」

「おなじく広瀬先生門下の中村奇輔です。私は佐久間先生が塾を訪ねて来られた折りに」

二人が名乗ると象山は、

「なるほど……佐賀か」

了解した顔で頷いた。象山が砲術の師と仰ぐ江川太郎左衛門が佐賀藩と密接な関係にあるのはむろん承知している。からくり儀右衛門が佐賀に招かれていることもだ。

「佐賀はだいぶ進んでおるらしいな」

象山は栄寿の手を握りながら言った。

「実に羨《うらや》ましい限りだ。残念ながら松代にはその気概がない。みども一人が頑張ってもどうにもならぬ。いや、羨ましい」

象山は儀右衛門のとなりに腰を下ろした。

「口幅《くちはば》ったいようであるが、この象山があと十人いて、佐賀のようなお家が他に二つ三つあれば、今の国難など物の数ではないものを……砲術を学んだのは、この手で自ら夷狄《いてき》を打ち払わんとしてのことであったが、あの船を見ては、それも無駄と知り申した。もはやなにもかもが手遅れであろう。幕府の馬鹿者どもは、それにさえ気付いておらぬ」

「お言葉をお慎みなされた方が」

人目を憚《はばか》って近江が遮った。客たちの中には武士の姿も見える。

「真実を申してなにが悪い？　佐賀を拠《よ》り所と考えておればこそ口にしているのでござるよ。こういうときなればこそ、佐賀にはもっと働いて貰わねば困る。幕府をアテにしていては、こちらの命も危うくなり申す。もっとも、命を惜しんでいるわけではない。国のためにこの身が役立つと思えばこそ、大事にしておるだけに過ぎぬ」

象山は哄笑《こうしょう》した。

「皆様、松代から参られたので？」

近江が質《ただ》すと象山は待っていたように、

「寅次郎《とらじろう》」

ただ一人見晴らし台に残って遠眼鏡を覗いている若者を呼んだ。

「長州からやって来た吉田寅次郎君を紹介しましょう。佐賀とは近い。やがては長州を背負って立つ男になるはずだ。互いに見知って損はなかろう」

象山は栄寿に引き合わせた。

「おぬしも黒船を見に？」

栄寿は意思の強そうな吊《つ》り上がった目を見詰めながら訊《たず》ねた。

「長崎にもロシアの船を眺めに行きました。象山先生の申されるように、幕府は敵の力を知らなさ過ぎます。勝つにはまず敵の力を見極めねば。象山先生はすでに手遅れとお諦めのようですが、黒船を見ただけで判断するのはまだ早いと私は考えます。私は勝つための道を探すのが務めかと」

「勝つための道があると思うか？」

栄寿は本心から質した。

「だからこれから探すのです」

「どうやって？」

突っ込むと相手は言葉を詰まらせた。

吉田寅次郎、号は松陰《しょういん》。このとき松陰は密《ひそ》かにアメリカへの密航を企《たくら》んでいた。だが、まさかそれを口にするわけにはいかない。詰まったのは、そういう理由からであった。

「この男はいずれなにかを行なう」

象山が割って入った。

「国のためなら脱藩も辞さぬ男だ。一つの藩に縛られている時代ではない。もともと小さな国ではないか。そうでなくてはとても異国に太刀打ちできぬ」

「そうかも知れませぬが……」

栄寿は象山と向き合った。

「藩の後ろ楯《だて》を失って、一人一人になにができるものでしょうな。私は藩全体を国から解き放つべきと心得ますが」

「藩全体を！」

寅次郎は唖然《あぜん》とした。

「それには殿様の器量が関わってくる」

象山も絶句した後に言った。

「幸い、佐賀は恵まれておるから、そういう考えもできるのであろうが……殿様が愚鈍ではどうにもなるまい。こちらがどれほどそれを主張いたしたところで無理と言うもの。長州とてむずかしかろう」

「と思います」

直《す》ぐに寅次郎の顔は暗くなった。

「命を懸けて訴えたわけではなかろう」

栄寿は無言でいる相手に続けた。

「殿様と自分では立場が異なると、はじめから諦めておるのだ。国のために命を捨てても構わぬと言うのなら、その前にしなければならぬことがいくらでもある。脱藩の覚悟があれば、殿様を説得することも可能だと私は思うがな。藩は確かに殿様の意向で動くが、実際に動かすのは我々下の者どもだ。下の力を一つに纏《まと》めていけば、上に通じるようになる。それもせずに、一人脱藩してなんの働きができると思われる？」

「だから佐賀が羨ましいと申した」

象山は遮るように声を荒げた。

「佐賀にいては他藩の辛《つら》さが分からぬ。こうして黒船を眺めにくるだけでも、それぞれは多くの反対を押し切って参っておる」

象山は従っている若者たちを見渡して、

「炬燵《こたつ》に温まっているおぬしに、この者たちの苦しさは分かって貰《もら》えまい。皆、意見を申しても、まともに扱って貰えぬような立場におる。それでも国を憂える心に変わりはない」

何人かが大きく首を振った。

「はじめから佐賀に生まれれば、皆、かような苦労をせずとも済む」

「…………」

「それとも、この者たちを佐賀が引き受けてくれると申すか？　誘いがあれば皆喜んで参る者たちにござるぞ」

象山は挑戦的に栄寿を睨《にら》み付けた。

〈憂える心なども要《い》らぬ〉

そう叫びたいのを栄寿は必死に抑えた。近江と奇輔もそれを察して目配せした。

「命を懸けて訴え続けておるつもりです」

寅次郎が真面目な顔で栄寿に言った。

「だが、まだ足りないのかも知れませんね。私はこうして無事なのですから」

栄寿ばかりか象山も苦笑した。

「よいご意見を伺いました。機会がありましたら、また。長崎辺りでならお目にかかれることもありましょう」

そう言って頭を下げた。象山も小さく頷いて縁台から腰を上げた。

〈吉田寅次郎……か〉

栄寿はその後ろ姿をいつまでも見送った。

はったり屋の象山にしては、いい弟子を持っている、と栄寿は思った。

## 七

栄寿は珍しくそわそわとしていた。浦賀から横浜村を経て江戸に入った三日目のことであった。場所は両国。その賑《にぎ》やかさがさらに心を落ち着かなくさせている。栄寿は何度となく席を立っては庭に目をやった。

「お叱《しか》りを案じて召されるのか」

近江は白い顎鬚《あごひげ》を撫《な》でながら目を細めた。

「伊東玄朴先生の方から佐野さまに会いたいと申されたことにござりまする。いまさら四年も前のことを咎《とが》め立てはいたしますまい。ただ、懐かしいのでござろう」

「それは拙者とて承知しておるが……」

栄寿は席に戻ると煙草に火をつけた。

「こんなはめになるなら、はじめから象先堂《しょうせんどう》を訪ねればよかった。江戸まで参りながら、わざと門を避けたようで申し訳ない」

「破門同様に塾を去られたのですから、それも致し方ありますまい。しかし、伊東先生が佐野さまのご様子を訊ねられたお顔には、どう見ても親しみが込められておりました。それで我らも佐野さまが実は江戸におると」

近江は軽く頭を下げた。と同時に廊下を踏む何人かの足音が聞こえた。奇輔が伊東玄朴を案内する足音に違いなかった。

栄寿は襟を正して待った。

「これは……お懐かしい」

襖《ふすま》を開けるなり玄朴は栄寿に駆け寄った。

「ご無沙汰《ぶさた》いたしておりました」

およそ四年ぶりに見る玄朴は、やはり相当に皺《しわ》が増えていた。玄朴はこの時五十三歳、栄寿も三十三になっていた。

「数々のお働きについては、お家の皆様より耳にしておりましたぞ。こうして田中近江どのと、中村氏のお二人がここに同席いたしおるのも、すべてはお手前のお力。まことに嬉《うれ》しい限りじゃ」

手放しの褒めように近江は首を傾げた。

「道々、中村氏の話を伺って参ったが、どうやら中村氏は私がお手前を破門いたしたと思い込んでおられるらしい」

玄朴は席に着くと微笑んだ。

「ますます敬服いたした。恐らく広瀬元恭どの辺りには打ち明けておられるものとばかり」

「その……なにをでござろうか？」

近江は膝を進めて玄朴に訊ねた。

「蘭学禁止令が今日明日にも解かれそうな昨今……その上、皆様方はおなじく蘭学を学ばれる身、打ち明けても大事には至らぬと存ずるが……」

玄朴は栄寿に視線を移しながら言った。

「その日がきてからでよろしいかと」

栄寿は小さく首を振って制した。

「じゃな。話せば迷惑になるやも知れぬ」

玄朴は頷《うなず》くと続けた。

「理由は申されぬが、この佐野どのこそ、みどもの恩人にござる。このお人がおらずば、今の私はおらぬ。そう心得ていただきたい」

玄朴の言葉に近江たちは顔を見合わせた。

「みどものために、あらぬ苦労を背負わせてしまい申した。その詫《わ》びを言いたくてな」

「先生……どうかお手を上げて下さい」

栄寿は両手を揃《そろ》えた玄朴に慌てた。

「第一……先生が案じられるほど私は苦労などしておりませぬ。それは近江翁をはじめ、皆が承知のことです」

「そなたのお人柄であろう」

頭を上げた玄朴は微笑みを浮かべた。

「そなたが国許へ戻る途中で京都に立ち寄ると耳にし、いったいなにを考えておるのかと思案いたしたが、まさか近江どのたちをお家に同道するつもりとは……後で広瀬どのより書状を貰い、仰天いたした。お許しなされた殿様もご立派であられるが、やはり、そなたの熱がすべての方々を動かしたに違いない。命を捨てねばできぬお務めじゃ。つくづく感銘いたした」

近江も栄寿の誘いを思い出して頷いた。

「このお方は、今もよく泣かれますか？」

は力や金にではない。真摯《しんし》な心と存ずる」

「一人一人が相手なれば心も通じましょうが、国が相手となると心も役に立ちませぬ。勢い、力を頼りにいたします。アメリカやロシアが我が国に対して取っておる策は、まさに力を頼りのもの。それに処するには、こちらも力を杖《つえ》にするしか……生活や政の異なる相手では、道理さえ別かも知れませぬ。心が通じるまでには時間がかかりましょう」

「道理が別……」

玄朴は栄寿を見詰めた。

「たとえば……人に身分の上下などないという考え方にござります。理屈としては分かります。だが、我が国は天子さまを何千年と頭に戴《いただ》いて参った国にござる。実際は徳川さまが治めていると申しても、天子さまの存在はだれにも否定できぬこと。それを脇《わき》に置いて身分に上下などないと申したところで……理屈だけを受け入れる形にしかなりますまい。大木がそれでは、実る果実も異なるのが当たり前。そのことについてさえ、双方の民が分かり合うまでには何十年とかかりましょうな」

「……………」

「しかし、商いはできます。宗派の異なる客であろうと魚屋は金さえ払ってくれる者に率先して魚を売る。笑顔とて見せます。この先、どうなるか分かりませぬが、もし開国となった場合、武士の心持ちでは、とうてい続きますまい。商人の心持ちにならねば……」

「いかにもな」

「これは私の考えたことではなく、彦根の井伊さまに仕える長野主馬という者の考えで」

「ほう」

「最初にそれを聞かされた時は、途方もなき考えと呆《あき》れましたが、好むと好まざるとに拘《かか》わらず、いずれはそうなりましょう。だが、いまだに武士が牛耳っているこの国で、その考えがすんなりと受け入れられるかどうか。井伊さまは大老になられるという噂もござるが、その時がいつになるか……あまり早すぎてはすべての武士を敵にまわす結果に……武士に商いができぬわけでもありますまいが、何百年と商人を卑しき生業《なりわい》と貶《おとし》めてきた心が邪魔をいたします。井伊さまの政策が明確になれば、必ず反発が」

「儂《わし》らは藩にお世話になっているとは申せ、もともとの武士ではない。それに、異国の力も多少は承知しておる。争うよりは開国をすべきだと信ずるが……確かに商人の真似ごとをして生き延びるよりは、むしろ戦場での死を望む武士も大勢でてこよう」

「それとて、武士としての体面が言わせるもので、本心はどうか疑わしきことにござりまするが……どう見ても井伊さまが簡単にその政策を取れるとは思えませぬ。しかし、武士の体面も保てぬほどに国が弱ってからでは遅い。異国に足元を見られてしまいます。まさに正念場にござる」

「佐賀があっても間に合わぬか？」

玄朴は額の汗を拭《ぬぐ》って質《ただ》した。

「佐賀は……この国の政から離れて、別の時間を歩むつもりにござります」

「とは？」

「おなじ時間の中にいては煩いごとが多すぎて、なに一つ果たせなくなり申す。異国の船がくるたびに、心を惑わされましょう。どうせ使い物にならぬ大砲作りに無駄な労力を費やすよりは、その先の国にとって必ず役立つものを作りたい。殿様もそれを承知して下さりました。今の動向に惑わされることなく、蒸気車や電信機を我らの手で」

さすがに玄朴も絶句した。

「されど、おなじ地続きにあるからには、無縁というわけにも参りませぬ。頼まれれば、もちろん大砲も製造いたします。国を守るために佐賀が先頭に立つのを止めたという意味にござります。佐賀一人が踏ん張ったところでどうにもなりませぬ。それなら、その力を後の世のために蓄えようとの考えにて」

「この国も……終《しま》いじゃな」

玄朴は深い溜《た》め息を吐いた。

「佐賀に見捨てられてはどうにもならぬ」

「一応は肉を切らせて骨を断つという策もござる」

栄寿は笑いながら、

「しかしその策を選ぶには、相手と同等に近い力がなくてはできませぬ。今のままでは肉を切られても、こちらの刀が相手に届かぬでしょう。国を見捨てるのではありませぬ。先のために働くことこそが、国を助ける道に繋がると」

「それでこのお方が蒸気車の図面を」

玄朴は奇輔に目をやって言った。

「正直を申さば、なにを呑気《のんき》なと……だが、これで諒解《りょうかい》いたした。あるのなら、きっと図面を披見できるように手を尽くそう」

請け合った後に玄朴は、

「この時代にあって、先の世に思いを馳《は》せるとは、常人にたやすくできることではない。いかに殿様がお許しになられたと申しても、貫くには並大抵でなかろう。それでも、やり遂げて下され。陰ながら祈っておりまする」

皆に頭を下げた。

「先生……」

抑えていた栄寿の涙がぼろぼろと溢《あふ》れた。

## 八

翌安政二年（一八五五）六月初旬のある夜。

栄寿の姿は長崎の佐賀藩屋敷に見られた。

広間には宴《うたげ》の膳《ぜん》が並べられている。四十人に近い席の中心には栄寿が据えられていた。明日から長崎西役所と港内に停泊しているオランダの軍艦スンビン号に於《お》いて、二年に及ぶ海軍士官と乗組員の養成教育が開始されるのであった。教師はすべてオランダの海軍士官。しかも本物の蒸気船を用いての授業となれば益は計り知れない。もともとはオランダ政府から幕府に申し入れたことで、あくまでも幕臣を対象とするものであったが、前年に蒸気船の購入を決めた佐賀藩が授業への参加を申請したところ、二つ返事で認められたのである。幕府のために大砲を製造している佐賀藩の希望を断わるわけにはいかない事情があったのだろう。佐賀藩は張り切って佐賀の頭脳を投入した。その中心に精錬方が選ばれたのは、船の操縦を学ぶことよりも、やがては佐賀が手掛けるはずの蒸気機関の製造に比重が掛けられていたからである。選ばれた学生たちの長には佐野栄寿が任命された。火術方の本島藤大夫も学生として選ばれていたのだから、佐賀の狙《ねら》いがどちらにあったか、この扱いを見てもはっきりしている。水夫を除いた学生の構成は以下の通りだった。

火術方よりは本島藤大夫を筆頭に、石田善太夫、田中源右衛門、島内栄之助、伊東兵左衛門の五人。

精錬方は佐野栄寿をはじめとして、中村奇輔、石黒寛二、田中近江、二代目田中儀右衛門、福谷啓吉の六人であった。ただし長崎奉行所への届けには奇輔、近江、二代目儀右衛門の名がない。本来の佐賀藩士ではなかったために、騒ぎとなるのを恐れての配慮か、それぞれ変名を用いている。それはともかく、精錬方では、ほぼ中核をなす者たちが顔を揃えているのに対し、火術方を見れば七賢人と褒めそやされていた者たちの名がほとんど見当たらない。大砲製造に忙しかったという状況があったにしても、やはり不審である。

佐賀は未来のために人を送り込んでいた。

付け焼き刃で航海術を会得しようとする幕府とは雲泥の差があった。この時点でまだ幕府の学生は長崎に到着していなかったが、士官、及び下士官候補生に選出された者の大半は、幕府の鉄砲方や異国船と関わりの深い浦賀や長崎奉行所に与力、同心として出仕する者たちであった。言葉さえ理解できない者の寄せ集めに過ぎない。募っても、船乗りになどならぬと嘲《あざけ》る幕臣がほとんどだった。この養成は足掛け五年にわたって続けられたが、重要性に気付いて俊才が集まるようになったのは二年ほど過ぎてからである。話は後先になるが、この長崎海軍伝習所の日々を回顧したオランダ教師たちの記録を当たると、佐賀藩の学生たちの熱心さを褒め称《たた》える文章がやたらと目につく。幕府ではなく佐賀藩のために開かれた養成所のようだと記すものもある。

せっかく講義をしても、ちんぷんかんぷんな学生たちのため、幕府側にはしばしば補講を余儀無くされたらしいが、佐賀藩についてはその心配もなかった。粒揃いであったと驚嘆の目を注いでいる。

はじめから意気込みが違っていたのだ。

「船の操作や大砲の扱いについては――」

宴席を仕切っている益田忠八郎は栄寿の前に銚子を差し出しながら、

「半年も経たずに会得しようが……問題は蒸気機関だ。雛形はできても、いざ本物を拵《こしら》えるとなれば、そうはいかぬぞ。それは儂《わし》などより、おぬしの方が承知であろうがの」

「外から眺めるだけでは意味がない。なんとかして分解掃除をしたいと思うておるが、そういう好機に恵まれるかどうか。幸い、二年は永い。航海練習の間に故障することも考えられる。それが一番の願いでな」

「使い方は喜んで教えても、作り方となると期待できぬのではないか？　連中が伝習所の開設を自ら申し入れてきたのは、ただの親切心などではない。蒸気船の操作を我らが熟知いたせば、船の購入が増大すると計算しておるのだ。たやすく蒸気機関の作り方を打ち明けはすまい。そうなると船の注文が減ってしまう。たとえ故障しても、おぬしらを修理に立ち会わせるとは思えぬ」

「国の方針と一人一人の考えがすべて一致しているとは限らぬさ。教官の中には儂らの願いに耳を傾ける者もいるはずだ。俺の役目はそれに尽きると思っておる。勉学は他の者たちに任せ、俺は教官たちの心を和らげる。国を遠く離れて暮らす者たちだ。誠意を持って接するならば通じるであろう」

　栄寿は自分に言い聞かせるように言った。

「にしても、世の中も変われば変わったものだ。いかに必要なこととは申せ、これほど多数の蘭人を教師に迎えるなど、幕府はじまって以来ではないのか？　泥棒を見て縄をなうようなものだが、幕府も相当に焦っておる。余裕があれば反対にオランダに人を送り込ん

「そのせいで我々も余禄《よろく》にありつける。二十名を超す蘭人と二年近くも一緒にいられる機会は二度とないぞ。運に感謝せねばなるまい」

旨《うま》そうに栄寿は杯を干した。

栄寿と忠八郎との間には発表された教師団の名簿と、それぞれが受け持つ学科を記した紙が展《ひろ》げられていた。二人は未来を占うごとく、何度もそれに目を動かした。

航海術、運用術、造船の実技、天体観測、砲術、数学、物理、蒸気機関の理論と運転取り扱い、鉄砲調練、船具運用、蘭語……。

いずれも胸を躍らせる教科であった。物理については京都の広瀬元恭の下で学んでいるが、齧《かじ》った程度に過ぎなかった。

〈しかし……〉

佐賀は進んでいる、と栄寿はあらためて感じた。天体観測や蒸気機関の理論については田中近江が、物理、数学、蘭語に関して中村奇輔と石黒寛二、また砲術ならば江川太郎左衛門に学んで極めた本島藤大夫がいる。蒸気機関の現物に間近に触れていないだけで、学問的にはなに一つ後れを取っていない。贔屓《ひいき》目ではなく、これほどの藩は今の日本に存在しないと思った。

# 九

幕府より派遣された学生に対して正式な伝習が開始されたのは、この年の十二月一日からであったが、それまでの空白を利用して佐賀藩の者たちに予備の授業が行なわれた。教師たちに佐賀藩の存在が特に強く刻まれたのは、この予備伝習のせいでもあった。七月になって、新たな学生が送り込まれたとは言え、総勢五十名にも満たない。教える側にとっても手頃な数だ。半年後には幕府の学生が百人やってくる。その練習のつもりであったのか、教師たちも熱心に教鞭《きょうべん》をふるった。

授業は出島と間近い西役所の別棟の広間で行なわれ、午前に三時間、午後に二時間が割り当てられていた。と言っても学生全員がおなじ講義を受けるわけではない。士官と乗組員では役割が違う。共通の授業として蘭語と数学が義務づけられているだけで、他は個人の選択に任せられている。佐賀藩にはそういう不届き者は皆無であったが、幕府の学生の中には乗馬の時間にしか顔をださない者まであったと言う。自分の意思ではなく、命じられてきた者が大半の幕府学生には、なんとか無事に二年を過ごすことしか頭にない者が大勢いたのである。

伝習所の教師団長を務めていたカッテンディケは、後になって報告書の中で「この長崎海軍伝習所は、日本の科学振興には役立っただろうが、果たして海軍士官の養成という本来の目的に役立ったかどうか疑問に思う」と手厳しい批判を述べている。いくら叱《しか》っても蘭語を習得しようとせず、おなじ学生という立場にありながら身分の差が教室内で優先され、自分の好き勝手に授業を選ぶ。その上、実習も小雨程度で渋る。それが幕府学生の実態だった。反対にカッテンディケの言う「科学振興」とは、明らかに佐賀藩の成果を示している。佐賀藩の学生たちは、長崎で伝習所が開かれていた五年の間に、完璧《かんぺき》な鋳鉄砲の製造に成功したばかりか、蒸気機関の理論についても完全に理解を究めた。

勝麟太郎《かつりんたろう》（海舟）、榎本釜次郎《えのもとかまじろう》（武揚）、小野友五郎、伊沢謹吾……幕府側も何名かの人材を輩出させているが、どう見ても佐賀藩の成果には劣る。もっとも、その勝麟太郎とて、伝習所では無能扱いされていた。最初から艦長候補生として派遣された勝麟太郎だったが、航海術に必要不可欠とされる数学を彼はまったく苦手としていた。政治的手腕はともかく、実質的な艦長の任務の遂行には適さないと教師たちから見られていたと言う。その不安は咸臨丸《かんりんまる》のアメリカに向けての遠洋航海の際に露呈した。

この件に関しては藤井哲博著『長崎海軍伝習所』に詳しい。

——彼は本質的に船に弱かったらしいが、自分では、あの時は乗る前から熱病か何かに罹《かか》っていたように弁解している。物見遊山《ものみゆさん》に出かけるのではあるまいし、もしそうなら艦長を辞退すればよい。太平洋の真ん中で「俺は帰る。バッテラを出せ」などと口走ったものだから、木村司令官からのちに「あれは単なる船酔いではない。万事が不平だったのです」と手厳しい評価を下された。（中略）米国軍艦の礼砲に応《こた》えて、当直将校の佐々倉が答砲の許可を求めると、「失敗すると恥になるから、撃つな」と勝は言う。「失敗するはずはない」「それでは撃て。失敗しなかったら、俺の首をやる」と売り言葉に買い言葉で、気の強い佐々倉は、副直の赤松を号令官に、見事に答砲を撃ってしまった。あとで「艦長の首はどうします」と他の者が言うと「勝麟も首なしでは操艦が不自由だろうから、日本に帰るまで預けておこう」と笑ったという。それやこれやで、次第に勝の艦長としての威令は行なわれなくなっていた。

木村は、初め西海岸でボーハタン号に移り、使節の補欠としてワシントンDCまで行く予定であったが、勝が航海の指揮が自分ひとりでは心許《こころもと》ないから、司令官も是非一緒に帰ってくれと頼むものだから、サンフランシスコで目付の小栗忠順《おぐりただまさ》とも相談したが、結局東部行きは断念せざるをえなかった。そのため勝は帰国後、艦長の適任者でないとして、海軍部外に放逐された――

豪快な勝海舟のイメージとはほど遠いエピソードだが、この件については勝自身も認めていた。

足掛け四年も伝習所に学び、幕府学生の纏《まと》めをしていた勝麟太郎ですら、このありさまだったのだから、カッテンディケの嘆きも当然であろう。

伝習所は佐賀藩のためだけに存在したと書いても言い過ぎにはなるまい。

佐野栄寿はその優秀な学生たちの長として内外に名を馳《は》せたのである。

# 曙光

## 一

長崎で佐賀藩への予備伝習が開始されて二ヵ月も経たない安政二年（一八五五）の八月一日。精錬方より藩に対して蒸気船および蒸気車の雛形《ひながた》製造願いが正式に提出された。いよいよ栄寿《えいじゅ》率いる精錬方が未来に向けて足を一歩踏み出したことになる。

製造責任者はもちろん近江《おうみ》。近江はすでに京都において蒸気船の雛形製造に成功している。その意味で言うなら、蒸気船に関しては楽な仕事であった。難関はやはり蒸気車だった。中村奇輔《きすけ》がロシア船の中で模型を見たに過ぎない。鉄路の幅をどうするか、あるいは車輪の滑りを抑える工夫は、と書物だけではよく分からない部分が山積みされている。

なのに、精錬方は願いを出してから、遅くとも四ヵ月以内にそれらを完成させて藩主鍋《なべ》島閑叟《しまかんそう》公の上覧を仰ぐまでに漕《こ》ぎ着けた。恐るべき速さである。

遅くとも、と書いたのは、肝腎《かんじん》の完成した正確な日付が分かっていないためだ。が、安政二年中であったのは諸書に示されている。しかし、それが本当に可能だったのだろうか？　筆者はやはり疑いを抑え切れない。

精錬方が申請を出した八月一日より十二月の末まで、責任者である田中近江をはじめ、中村奇輔、石黒寛二ら精錬方の主要メンバーは長崎にて伝習を受けていたはずなのだ。いかに佐賀と長崎が隣接しているとは言え、伝習はほとんど毎日朝から午後一杯行なわれていた。その状況でどうして雛形の製造が可能だったのか？　有り得ないことである。けれど、翌年でもそれは同様だ。彼らは二年近くを伝習所に学んでいた。多くの資料が安政二年の雛形完成を伝えているのだから、やはり信じる他にないのだろう。

となると考えられることは、製造願いを出す前から精錬方が密《ひそ》かに雛形製造に着手していたという可能性だ。部品を組み立てれば完成という段階辺りまで達してから彼らは製造願いを藩に提出したに違いない。せっかく願いが聞き届けられても、それから三、四年もかかったり、結局失敗に終われば面子《メンツ》どころか精錬方の存続にも関わってくる。それでなくても実用的な火術方に較べて無用の目で見られることの多かった精錬方である。精錬方は殿様の道楽だという陰口まで藩内には広まっていた。失敗は許されない状態にあったと言ってもいい。それらを覆すには大逆転しかない。精錬方を預かっているのは、策士の佐野栄寿。栄寿なればその程度のことは思い付く。これは想像でしかないが、製造願いを提出した日と完成して上覧を仰いだ日にそれほどの間はなかったはずだと筆者は見ている。

中村奇輔が長崎に入港したロシア艦隊の船室で蒸気車の模型を見せられたのは嘉永六年（一八五三）の秋。安政二年よりおよそ二年ほど前のことだ。この蒸気車の模型は精錬方の人間たちに多大なる衝撃と意欲の二つをもたらした。逆に言うなら、それから二年も放ってておくわけがないのである。彼らは早速に研究に取り掛かったと見るのが自然だ。その成果がようやく実ったところで栄寿は製造願いを提出し、許可が出たと同時に雛形の完成を申し伝えたのではなかったか？　それには大事を取るという気持ももちろんあったに違いないが、やはりインパクトを強めて、精錬方の存在を藩に知らしめるという計算が働いていたような気がする。請願から完成まであまりに日が空《あ》いては、無能の誹《そし》りさえ覚悟しなければならない。それなら研究状況をひた隠しにして、華々しく成果を見せつける方が効果的だ。

## 二

「実はもう雛形ができておりまする」

栄寿は願いを提出した帰りに本島藤大夫の家を訪れてにやにや笑った。

「できておるだと！」

聞かされて本島藤大夫は目を円くした。

「後は鉄路を精錬方の庭に設けて雛形を載せるだけにござる。試しもすでに」

「行なったと言うのか」

本島藤大夫は呆《あき》れて深い息を吐いた。

「何度か精錬方を訪ねたが……まったくそのような気配は感じられなかった」

「皆で隠しておりましたゆえに。本島さまには打ち明けてもよろしかったのですが、秘密にしておるという気持が反対に完成を早めました。一刻も早く藩の者たちを驚かしてやりたいという心が上手《うま》く働いたのでござる。近江翁や奇輔たちも、この数カ月、ほとんど不眠不休の毎日にござった。伝習所におる方が休まると冗談を申していたほどで」

「いかにもそなたらしい策だな。それで火術方への協力もままならぬということであったか。いやはや、なんと言ってよいやら」

「伝習所がこれ以上忙しくなりますと頻繁に佐賀との行き来がなりませぬ。まだ完全とは申せませぬが、そろそろ殿様にお目にかけてもいい頃合だと判断いたしました」

「それを知れば殿様もさぞかし驚かれるであろう。蒸気船はともかく、蒸気車となればまだ一度も御覧になっておられぬ。やられたな。これで精錬方の名は一挙に高まる。見事にしてやられたわ」

本島藤大夫は陽気な笑いを見せて、

「にしても……よく果たしてくれたな」

「ありがとうございます」

「殿へはいつお見せするつもりだ？」

「まさか明日、明後日というわけにも参りますまい。鉄路にも多少の時間がかかります。十日以内と考えておりますが」

「早ければ早いほどよかろう。人手が足りぬと言うなら火術方からも人夫を送る。それと、できるだけ多くの者に見せるよう手配せねばならぬ。精錬方の力を示してやらねば」

「おなじ日の方がよろしいかと思われますか」

「無論だ。殿のお喜びが同席した者たちに伝わる。それが大事ぞ」

「分かりました。では五日後辺りに」

「それがよい。明日にでもまた登城して殿にお目通りを願うのだな。殿様のことだ。五日でも遅いと申されるかも知れぬ」

「もしお望みであられれば、城に運び広間で試して見ても構わぬのですが」

「広間で？　危なくはないのか」

「大砲のようなものではありませぬ。大きさもせいぜいこの程度のもの」

栄寿は両手を広げて言った。蒸気車の雛形は車体の長さが一尺一寸ばかり、高さも一尺しかない。少し大きめの玩具《おもちゃ》と言ったところだろう。本島藤大夫は軽い失望を浮かべた。

「アメリカが幕府に土産として献上した蒸気車の雛形は人が乗れるほどの大きさであったと耳にしておりますが、それだと莫大《ばくだい》な費用がかかります。内密で拵《こしら》えるにはこれが限度にござりました。しかし、理屈にはなに一つ変わりがござらぬ。金さえ調達していただけるなら、本物とて作れましょう」

栄寿は言ったが、それは嘘《うそ》だった。現実はそう簡単なものではない。アメリカが献上した雛形とおなじ大きさに作るには、金よりも無数の実験が必要なのである。重量が倍になれば蒸気窯《がま》の強度が問題となる。水に浮かんだ船のスクルーを回転させるのとは違って、蒸気車の場合、重量のすべてが車輪に加わるのだ。それに抗《あらが》って動かすほどの力を得るには、蒸気窯を大きく厚くしなければならない。すると今度はその分の重量が増える。いたちごっこに等しかった。時間に余裕があればそれも不可能ではなかったが、すべての部品を手作りしなければならない状況では限界がある。近江や奇輔たちは諦《あきら》めて車体を小さくした。車輪と蒸気窯の部分だけに金属を用い、台座には木を使って軽量化を図った。しかし、決して騙《だま》そうと考えたわけではなかった。彼らは本格的な雛形を作るための試作品として、とりあえず玩具にも似た模型を手掛けたのである。それが上手く動いたので、正式な製造願いを提出しようと栄寿に相談があった。試運転を眺めた栄寿はこれを完成品として上覧を仰ごうと申し渡した。

新たな雛形を作るには時間が足りない。

長崎の伝習所に精錬方の主軸の派遣が決められていたのである。その状況ではたとえ認可が下りても雛形の完成にどれだけの歳月がかかるか見当もつかなかった。どうせ時間を取られるなら、本物を拵えることに費やすのが大切であろう。原理には変わりがない。大方はこの小さな雛形で納得するはずだと栄寿は考えた。小さな雛形を大きくするだけで、それが本物にはならないことを知っている者は藩にほとんどいない。いるとすれば火術方の何人かに過ぎなかった。そのこともあって栄寿は願いを出したその足で本島藤大夫の家を訪れたのである。

「原理が同一であれば……大きさに変わりがないか。いかにも」

本島藤大夫は複雑な顔をして頷《うなず》いた。

「船を造るとなれば、巨大な工場が必要となって参ります。一刻も早くその工場の建設に取り掛かるためには、できるということを藩に示さねばなりませぬ。悩むことは後でもできましょう。まず工場を作ることこそ大事。それにはその程度の雛形《ひながた》で充分かと」

「なるほど。悩むのは後でも構わぬ、か」

本島藤大夫も頷いた。

「近江翁はもう二回りも大きな雛形を拵えたい様子にござったが、伝習所にいては、出来上がるに何年かかるか分かりませぬ。むしろ我らが伝習所に学ぶ間に工場を建設して貰《もら》うのが肝要であると私が説き伏せました」

「分かった。儂《わし》もその考えに賛成だ」

「本島さまにそう言われれば安心です」

本心から栄寿は安堵《あんど》した。

三

それから四日後。精錬方は朝から慌ただしかった。昼過ぎに藩主鍋島閑叟公が完成した雛形の試運転を見物しにやってくる。雨の場合は翌日ということにしていたが、上は綺麗《きれい》な夏空だった。

自宅から通っている栄寿は正装に着替えて精錬方の門を潜った。近江たちの宿舎にだれの姿もないのを確かめると栄寿は真っ直ぐ中庭に向かった。広い庭には昨日より直径二間の環状の鉄路が敷かれている。案の定、庭には近江たちがいて雛形の試運転を行なっていた。昨日とて二度試みているのだが、藩主の臨席を仰ぎながら万が一の失敗があっては取り返しがつかない。近江も奇輔も寛二も寝起きのままの姿で働いている。

「ご精がでますな」

側《そば》に近付くまで彼らは栄寿に気付かなかった。近江の不安そうな目とぶつかって栄寿は訝《いぶか》しんだ。

「なにかまずいことでも？」

「速度を上げ過ぎますと車体に揺れが生じます。恐らく鉄路の加減かと存ずるが、あるいは窯の圧力が高くなり過ぎるのかも知れませぬ。三十周ぐらいまでなら安心でござるが、殿様がお喜びになられて、そのまま動かせと仰せになればどうなるか……」

「倒れますか？」

「鉄路から外れて飛び出す心配が……どうせ玩具のようなものじゃが、窯は激しく熱せられております。もし殿様の足元にでも行けばと皆で頭を抱えていたところにござる」

「なるほど、それは困りますな」

「殿さまにはあちらの縁側にて見物していただくわけには参りませぬかの」

近江は庭から離れた宿舎を示した。

「殿さまが拒みなさるに違いない。そうなると不備を説明しないわけには……」

栄寿はなんとしても成功させたかった。

「佐野さまに見ていただくのが一番です」

奇輔は言って蒸気車の窯に酒精（アルコール）を注ぎ入れた。これだけ小さな窯だと炭や薪を用いるわけにはいかない。火力も弱すぎる。酒精が最も適した燃料であった。

いくらも待たぬうちに高い煙突から熱い風が噴き出た。奇輔は煙突の側にある圧力弁を調節して蒸気圧を高めた。窯の内部が煮えたぎっている。頃合を見て奇輔は車輪止めの木枠を鉄路から取り外した。と同時に雛形をそっと前に押し出した。雛形はゆっくりと前進した。何度見ても栄寿は感動した。ただの金属の箱に過ぎぬものが、自力で車輪を回して動くのである。

「まったく問題ないように見えますが」

十周を超えても車体に特別な変化はなかった。奇輔は雛形に接近し、力を込めて蒸気車の牽《ひ》いている荷台を取り押さえた。雛形は停止した。その状態で弁を回してさらに圧力を高める。ふたたび奇輔は手を放した。雛形はぐんと前に飛び出した。今までよりも明らかに速度が上がっている。五、六周すると不気味な振動が伝わってきた。近江の言う通り車体は細かく左右に揺れている。それは次第に大きくなった。慌てて奇輔と寛二の二人が押さえにかかった。奇輔は弁を捻《ひね》って蒸気を抜いた。白い蒸気が高く噴き出て鼓膜が破れるほどの音を発した。

「鉄路の円をこの倍の広さにしておれば、曲がりが少なくなって安定したのかも知れませぬが……今となってはどうにも」

近江は嘆息した。

「速度を極力抑えるしかありますまいな」

「ですが」

奇輔は栄寿と向き合うと、

「はじめが問題です。どうしてもはじめは窯の熱を最大にしなくては……そもそも雛形が動きませぬ。途中で圧力を下げるとなると、今のように手で止めて弁を開放する他に……」

それでは不様《ぶざま》になる。

「私が引き受ける。要はさりげなく行なえばよいのであろう。様子を見て、どうなれば危うくなるか分かった。その前になんとか」

栄寿は近江たちに請け合った。

四

昼を過ぎると間もくな鍋島閑叟が近従の者たち、およそ五十人を引き連れて精錬方を訪れた。その中には本島藤大夫を筆頭にする火術方の七賢人も混じっている。栄寿は用意の整っている中庭にて人々を迎えた。

〈ほう……〉

最後の方には蘭学嫌いで知られる枝吉神陽の姿もあった。枝吉は自分の主宰する義祭《ぎさい》同盟の若者たちも何人か従えていた。大木喬任《たかとう》、江藤新平、大隈《おおくま》重信らの顔を認めた。いずれも緊張の面持ちで中庭に入ってくる。無理もない。彼らが藩公の間近にあるのは今日がはじめてと言っていいはずだ。紛れもなくこれは殿様の計らいだ、と栄寿は思った。藩の方針にことごとく異を唱える枝吉神陽であるが、その才を一番愛しているのは閑叟公その人なのである。殿様の許しがあればこそ枝吉神陽はこうして無事にいる。他の藩なら、危険人物として遠ざけられているに違いない。

「ここでよい」

閑叟公の声に栄寿は振り向いた。

炎天下を避けて案内の者が閑叟公に涼しい木陰を勧めたのだが、栄寿が思っていた通り閑叟公は鉄路の直ぐ側《そば》に席を作らせた。

近江や奇輔たちは鉄路を挟んで反対側に膝《ひざ》を揃《そろ》えた。鉄路を取り囲むように人々は陣取った。皆、鉄路を眺めてひそひそと話し合っている。まだ雛形は置かれていない。

栄寿は鉄路の円の中に座って一礼した。

「挨拶《あいさつ》など要《い》らぬぞ」

口を開きかけた栄寿にすかさず閑叟公が言って、笑いが広がった。

「佐賀の未来がどうなるのか、今日はそれを確かめに参った。おまえの永い苦労話を聞いても騙されぬ。また泣かれでもすれば宥《なだ》めるのに厄介じゃからな」

あははは、と枝吉神陽が笑った。

「まずはそちたちの働きを見せてくれ。話はそれからでよい」

はっ、と平伏した栄寿は奇輔を促した。

奇輔は人夫たちに命じた。作業場の片隅に白布で覆われた雛形がある。人夫たちは台座ごと運んできた。皆の目がそれに注がれた。

人夫は栄寿の脇《わき》に台座を置いた。

「紛れもなく我が国はじめての蒸気車にござります。とくと御覧あれ」

思い入れたっぷりに栄寿は布を取り払った。

人々にどよめきの声が上がった。

得体の知れない形であった。高い煙突と蒸気弁が真夏の太陽に照らされて金属の輝きを発している。閑叟公も身を乗り出して眺めた。

その間に奇輔は人夫たちに接続する荷台を鉄路の上に置くように指図した。

栄寿は手短に蒸気窯の仕組みを説明した。ガラス瓶に詰められた酒精を掲げて、これが車輪を動かすと言うと、皆に困惑の表情が浮かんだ。

「もういい、焦《じ》らすな」

閑叟公は汗を自分の手で拭《ぬぐ》いながら急《せ》かした。奇輔と寛二の二人が円の中に入り雛形を持ち上げて鉄路に載せた。荷台と接続させる。

「それでは試みまする」

栄寿は奇輔に酒精を渡した。窯の蓋《ふた》を開けて酒精を注いだ奇輔は直ぐに火をつけた。

「湯が沸き上がるまでしばしお待ち下さりませ。なに、じきにござる」

栄寿の言葉通り、見守るうちに煙突から煙がではじめた。奇輔は雛形《ひながた》の側に畏《かしこ》まって窯の中の火を見つめている。だれもが無言であった。動くわけがないと思っている者の方が多かったであろう。栄寿は奇輔の隣りにしゃがんだ。蒸気弁をわざと開閉した。ピーッと甲高い音が庭に響きわたった。腰を浮かせて逃げようとした者もいた。なんでもないと分かると、どっと沸いた。

奇輔は準備の整ったことを栄寿に伝えた。

「今日はお家にとって記念すべき日になりましょう。これが蒸気車にござります」

栄寿は荷台をそっと押した。

ゆっくりと、しかし、力強く車輪は回転した。おお、と驚きの声が広がった。蒸気車は走りはじめると次第に速度を上げた。だれもが食い入るように雛形の動きに見入っていた。雛形の動きは安定している。しかも明らかに速度が速まっている。それが信じられない。今では風を切る音さえ聞こえた。雛形は十周を楽にこなし、十三、十四と回り続けた。もういい、という声はだれからも上がらない。だれもがうっとりと見惚《みと》れていた。栄寿は雛形の揺れに注意していた。まだ大丈夫そうだが、そろそろ危ない。そう思った途端、微《かす》かな揺れが認められた。栄寿はすかさず雛形と並んで円の中を走った。

またまた驚きが起きた。栄寿の走りと雛形の速度はほぼ同等であった。相当に速い。

栄寿は並行して駆けながら蒸気弁に指を伸ばした。指の先が窯に触れて火傷《やけど》するほど熱い。それでも栄寿は笑顔を絶やさず作業を続けた。蒸気弁を開くと笛が鳴った。それを二度三度と繰り返す。激しい蒸気が噴き上がって栄寿の腕を真っ赤にさせた。そうとも知らず、周囲から拍手が起きた。笛と蒸気が試運転を派手に演出している。奇輔が栄寿と並んで走りながら、もう充分だという目配せをした。窯の圧力が下がりはじめている。雛形はゆっくりと速度を緩めだした。火膨れを袖《そで》で隠しながら栄寿は見守った。あらかじめ酒精の量も計算している。二十五周もすれば燃料がなくなって自然に停止する。

栄寿は近江と寛二を振り向いた。二人とも満足した顔で頷《うなず》いた。

やがて……雛形は停止した。偶然であろうが、それは閑叟公の正面であった。

「よくやり遂げたの」

閑叟公は立ち上がると雛形に接近して屈《かが》み込んだ。雛形はまるで息をついてでもいるように何度か蒸気を吐きだした。

「見事な働きである。まさかこれほどまでに出来上がっていようとは……機械というよりも生き物のようじゃ。儂《わし》はそちたちを誇りに思う。よくやってくれた。礼を言う」

やはり……栄寿は泣いた。火膨れの痛みなどどこかに消えていた。

「杢之助《もくのすけ》も見たか」

閑叟公は背後に控えている枝吉神陽に質《ただ》した。枝吉神陽も汗を拭いながら応じた。

「まさにお家の誇りと存じます」

枝吉神陽の言葉に皆が大きく首を振った。
本島藤大夫が拍手をした。それにつられて拍手が広がった。皆が笑っていた。
泣いているのは栄寿一人だった。

# 五

蒸気車の雛形の完成を見て以来、精錬方の評判は藩内に高まった。佐野栄寿の名もしかりである。自藩の力で蒸気船を造ろうという気運は一気に盛り上がった。ここぞとばかりに栄寿は藩の重役たちに造船機械の購入と工場の設立を訴えた。精錬方の運営費は藩公鍋島閑叟の懐から賄われているようなもので雛形作りがせいぜいだった。

栄寿は長崎の伝習の合間を縫っては佐賀に戻り、重役たちの説得を続けた。たとえ藩公が承知しても工場の設立と機械の購入には莫大《ばくだい》な金が要る。少なく見積もっても十万両となると、重役たちもさすがに逡巡《しゅんじゅん》した。現在の金額にすれば百三十億に達する金なのだ。それでも重役たちは次第に栄寿の説得に耳を傾けはじめた。もし機械を入手し、工場が完成したなら木製の蒸気船を四千両で拵《こしら》えて見せると栄寿は請け合ったのだ。使い古した蒸気船でも外国から買うとなると最低でも一万両はした。半額以下で造れるのなら充分に採算は取れる。大砲と同様に幕府や他藩から注文があれば五、六年で半分の五万両は取り返せるだろう。何度かの合議の末に重役たちは工場設立を決意した。栄寿の粘り勝ちであった。実際は工場が完成したとて直《す》ぐに船を造れるはずがない。どう早く見ても四年はかかる。その現実を栄寿はわざと隠して利益だけを訴えたのだ。工場さえ作ってしまえばどうにかなる、という目論見《もくろみ》だった。

と言っても蒸気船建造は国家的な大事業である。一藩にやすやすと可能なことではない。方針こそ定められたものの、実現までにはかなりの日数を強いられた。造船機械の購入には当然栄寿が一任されることになったが、ようやくオランダ側と交渉に入れるようになったのは安政五年（一八五八）の夏。蒸気車の雛形《ひながた》を完成させてから実に三年の月日が過ぎていた。その間、栄寿も安穏と日々を過ごしていたわけではない。精錬方は安政四年の六月には、これも日本ではじめての電信機を完成させた。藩公よりの命によって製作に着手したものだが、今考えて見ても信じられない技術力である。しかし、せっかく拵えさせた電信機を鍋島閑叟は薩摩《さつま》の島津斉彬《しまづなりあきら》にあっさりと贈呈した。これには無論、薩摩よりも佐賀の技術力が勝っているという自己顕示欲も含まれているだろう。反面、進み過ぎた精錬方の技術力をなにに用いればよいのか分からぬ状態も窺《うかが》える。蒸気車も電信機も、とりあえず戦さには無用の道具でしかなかった。だからこそ栄寿は焦っていたのである。火術方は連日大砲の製造に汗水を流している。それと較べて精錬方は殿様の道楽という目でしか見られていない。いかにも蒸気車雛形の完成直後には期待の目で眺められた精錬方も、三年を過ぎるとまたやっかい者扱いされはじめていたのだ。

オランダ側との正式な購入交渉が開始されて栄寿が意気込んだのも当たり前だった。一刻も早く最新の機械を、それもできるだけ安く購入しなければならない。その栄寿の意気込みは交渉開始わずかにして無残にも打ち砕かれた。

「こんな理不尽なことがあるか！」

藩邸に戻った栄寿は刀を放り投げると、首尾を待ち望んでいた奇輔の前に胡座《あぐら》をかいた。

「総領事のキルシウスが無法な値を？」

「それならばいくらでも策がある。輸入に伴う従価銭のことだ。欲たかりの役人どもめ。少なくとも三割、通常は五割を覚悟しろとぬかしおった」

「五割！　それはむごい」

「商売の通例を知らぬのかと嘲笑《わら》われた。まったく、呆《あき》れた者どもだ」

いかに貿易が認められている長崎出島であっても外国製品の購入には幕府も厳しい管理態勢を取っていた。交渉には幕府の通詞《つうじ》を介する定めとなっている。それが纏《まと》まれば今度は町役人に届けを提出し、さらに長崎奉行の許可を得なければならない。その段階で手数料が加算されていく仕組みだ。加えて関税まで支払うとなれば、確かに購入価格の五割増しになっても不思議ではない。五割増しで輸入しても外国製品は仕入れ値の三倍四倍で売り捌《さば》くことができる。だからだれも文句は言わない。それが習慣となった。長崎奉行を一年も務めると大身代になれるという理由は、この関税に役人の手数料が加算されていく従価銭の制度にあった。関税の他は奉行、役人、町役人、通詞で適当に分配する。奉行が最も多いのは当然であろう。最低でも長崎での総取り引き高の三パーセントは奉行の懐に入る。仮に今の金で五十億の取り引き高があれば奉行にはなんの苦労もなく一億五千万が転がり込む仕組みである。この時代、外国との窓口は長崎しかなかったのだから、取り引き高はもっとあったはずだ。しかも銃や大砲、あるいは佐賀が購入した蒸気船など、高価なものが増えはじめている。蘭学禁止令が解かれて以来、書物や医療器具なども目立つようになっていた。三百億としたなら奉行の取り分は九億。途方もない収益だ。現に栄寿は三万両の取り引きをしようとしていた。これに五割が上乗せされると四万五千両。その三パーセントは千三百五十両に当たる。今の価値に直せば二億近い金だ。なんの関わりもない奉行に渡る金にしては莫大過ぎる。栄寿の怒りももっともなことだった。

「だいたい、我が藩を奉行所はなんと心得おるのか！　我が藩あればこそ長崎の守りが固められておる。それを従価銭などと」

栄寿は珍しく激昂《げっこう》した。

「これまでの船にもその措置が取られているとぬかしたぞ。だから間抜けだと言うのだ。なぜ理不尽を申し立てぬ。役人どもは先例を盾にして今度も押し付けるつもりだ」

「しかし……それが決まりとあれば」

「習慣は国の定めではない。俺は断固として奉行所の者や町役人と争う。俺に許された金は三万両だ。従価銭を含めて三万ではろくな機械も買えぬ。船のようにまた使い古しの機械で我慢しろというのか！」

栄寿は立ち上がると藩邸を仕切っている聞役の久米次左衛門を捜しに走った。奉行所との折衝となれば独断では行動できない。

幸い藩邸にいた久米は栄寿の剣幕に呆《あき》れた顔をしながらも、理屈は認めた。が、従価銭の習慣は二百年以上も続けられている。いくら理を尽くしたところで退けるのは不可能だ。

「あなたの考えを聞いておるのではない」

つい栄寿も声を荒げた。

「私が画策して構わぬかと伺っているのです」

「この儂《わし》が無理だと申してもか？」

久米は頰《ほお》を引きつらせながら言った。

「だれも試みてはおらぬのでしょう。無理かどうかは、やって見なければ分かりませぬ」

「ならば勝手にしろ」

久米は怒鳴りつけた。

「ありがたき幸せ」

下手に相手にせず栄寿は頭を下げた。


てっきり役人と喧嘩《けんか》になると見ていた奇輔にとって、翌日からの栄寿の行動は不可解に思えた。栄寿は役人や通詞の接待にすべての情熱を傾けはじめたのである。栄寿は許されている範囲を超えた派手な接待を続けた。丸山遊廓《ゆうかく》に栄寿の姿が見えない日はなかった。

親しくなった役人や通詞たちに栄寿は必死で訴えた。

「売って数倍の利益を生む品物であるなら、いかにも五割の従価銭は当たり前であろうが、我が藩の購入する機械は利益を目的とする品物ではない。利益を得るのは日本という国にござるぞ。幕府がもし造船工場を作ると言うなら、なにも我が藩が私費を投じて作る必要もない。言わば国のために藩が肩代わりをしようとしているものではござらぬか。それに従価銭を要求するなど理不尽極まりない。五割もの割り増し金を払わねばならぬのなら、工場の規模を縮小せねばなりませぬ。いや、そもそも工場の設立そのものが白紙に戻らぬとも限らぬ。そうなれば国はどうなるのか。国が滅べば長崎の未来もない。あなた方は国が滅んでも長崎は今のままだと甘く考えておられるのではあるまいな？　上海の実情をご存知ではないのか？　今は諸外国の出店にあらゆる権利を奪われておる。国が敗れれば長崎とておなじ運命にござる。佐賀はそうならぬように国を挙げて取り組んでいるのですぞ。その佐賀の働きを阻むような仕打ちを致せば、皆様が国を滅ぼすことになる。そこをよくお考え下されい。国が生き残るかどうかは、皆様方のお心にかかっているのです」

栄寿はしばしば泣いて訴えた。最初は頑《かたく》なに拒んでいた役人や通詞たちも、この栄寿の涙の訴えに心が揺れ動いた。ついには今回に限り特例を認めるというところまで達した。

が、長崎奉行所がその判断を下そうとした矢先、幕府関係以外の貿易はすべて私貿易と見做《みな》して無条件に関税が賦課されることとなった。半年以上も費やした栄寿の努力は全部が無駄となった。途端に藩内から栄寿に対する不審の声が湧《わ》き上がった。従価銭の撤廃に成功すれば手柄であったろうが、結果は失敗である。過剰な接待が徒《あだ》となってしまった。使途不明の金が問題となり、栄寿は横領の嫌疑で摘発された。栄寿は断固として否定した。

どこをつついても証拠は上がらない。一ヵ月の謹慎処分となったが、結局許された。購入した機械の価格と性能にまったく落ち度がないと分かったせいであった。復帰した栄寿は佐賀藩の海軍取調方に出仕を命じられた。そればかりか、翌年の文久元年（一八六一）には幕府より佐賀に貸与された蒸気船観光丸の船長の地位を与えられた。機械の購入とともに造船工場も完成し、佐賀はいよいよ新しい時代に突入した。その舵取《かじと》りは栄寿その人であった。

六

文久元年の秋。

栄寿は近江を伴って長崎を訪ねた。この七月に待望の蒸気機関製造命令が出されたのである。そのための新たな機械の購入が必要となっていた。なんとか交渉を終え、近江と二人でのんびりと町を歩いていると、背中から栄寿の名を呼ぶ者があった。栄寿は振り向いた。栄寿の顔が輝いた。

「童仙！　童仙ではないか」

ぺこりと頭を下げた童仙に栄寿は駆け寄った。童仙は懐かしそうに笑った。

「もう何年になる？　思いのほか元気そうだ」

栄寿は乱暴に童仙の肩を叩《たた》いた。

「先生に会っていただけますか？」

童仙は辺りを気にしながら言った。

「先生？」

「長野主馬先生です」

「それは承知しておる。と言うと長崎に？」

栄寿は内心の動揺を押し隠して質《ただ》した。長野主馬、今は主膳《しゆぜん》と名乗っている。彦根藩主井伊直弼《いいなおすけ》に仕えた男であった。

「よくこれたものだな。長野主馬は多くの志士たちに命を狙《ねら》われていると耳にしたが」

「先生が是非にも佐野さんに会いたいと」

「俺に？　なんでだ」

「私が打ち明けたのです。お許し下さい」

「なるほど。後ろ楯《だて》の井伊様亡き今となっては彦根にもおられまい。それで逃げたか」

「そういうお人ではありません。ただ、佐野さんにお会いして話したいことがあると」

童仙は力説した。

「長野主馬は、やり過ぎた。大獄の責任は主馬にある。井伊様を唆したのは主馬だと噂《うわさ》が広まっている。長州の吉田松陰もあれで殺された。一度会っただけの男だったが、この国にとっては大事な人間だった。井伊様のなさろうとしたことも理解できぬではないが、俺が案じていた通りの結果となった。いまさら主馬と話し合ってどうなる？」

栄寿の言葉に近江も頷《うなず》いた。

「そこを曲げてお頼み致します。先生がなにを佐野さんに申し伝えるつもりか私にも分かりません。けれど保身などではありません。もしそうであるなら私が先生を」

「斬《き》る、と言うのか？」

童仙の覚悟を栄寿は察した。

「おまえも……男になったな」

栄寿は満足そうに笑うと、

「主馬のためではなく、おまえの願いとなれば承知せずにはおられまい」

会見の場所を訊《たず》ねた。童仙は裏通りの小さな宿屋の名と場所を栄寿に告げた。

「それよりは夕刻に藩邸の前にこい。小舟を用意しておく。夜の海ならどれほど大きな声を出しても安全だ」

藩邸の前と聞いて躊躇《ちゅうちょ》した童仙も栄寿の目を見詰めて大きく頷いた。

「儂《わし》も同行つかまつりましょう」

立ち去る童仙の後ろ姿を眺めながら近江が言った。一年前の三月三日に桜田門外で井直弼が暗殺されて以来、長野主馬の存在は無に等しくなっている。反対に疫病神のようなものだ。安政の大獄の陰の首謀者として志士たちの標的となっていた。そういう人物と通じることは危険以外のなにものでもない。

「その方がいいかも知れませぬ。身を案じるのでなく、翁がご一緒なら心が落ち着きます」

栄寿も願った。童仙にはああ言ったものの、栄寿はなぜか主馬を憎めなかった。この世で最も自分に似ている男だと感じていた。二人きりで会えば余計なことを考える。そのためにも近江が側に居て欲しい。

〈長野主馬か……〉

何日か旅をした思い出が脳裡《のうり》をかすめた。

あの男がいたから、俺は別の道を躊躇《ちゅうちょ》なく歩むことができたのかも知れぬ、と思った。

## 七

「記憶が蘇《よみがえ》ってまいった」

舟が陸からだいぶ離れると、それまで無言でいた主馬は苦笑いを見せた。

「貴殿とは旅をしたな。そのことは童仙も教えてはくれなかった」

言われて童仙は主馬に謝った。

「あの時はわざと私に近付いたのか？」

「長野主馬……恐るべき男と耳にしていました。どんな男かと興味をそそられて」

「噂は当てにならぬもの」

「噂以上と見ましたゆえに童仙を」

栄寿が言うと主馬は微笑《ほほえ》んで、

「この拙者とて、実を申せば噂以上の男と自惚《うぬぼ》れていましてな。この世はみどもがおらずばどうにもならぬと思い込んでいた」

「………」

「家茂《いえもち》様を将軍職に推したのも、すべては国のため。確かに慶喜《よしのぶ》公は鋭いお方であるが、水戸様のご子息なれば危ない。水戸様はこの国を途方もない場所に運ぶ船だ。拙者はそう信じたゆえに家茂様を将軍に、と。決して主君直弼公の出世を頼んでのことではない」

それには栄寿も頷いた。水戸《みと》斉昭《なりあき》は過激な攘夷《じょうい》論者であった。後先も顧みずに外国船打ち払いのみを主張する。もし息子の慶喜が将軍となれば、幕府は朝廷と足並みを揃《そろ》えて攘夷を決行していたに違いない。あの時点での主馬及び井伊直弼の判断は正しかったと栄寿も思っている。戦えば紛れもなく日本は諸外国の属国となっていただろう。

「大獄とて、我が国の暴走を抑えるためのもの。貴殿なら分かっていただけるであろうが、梁川星巌《やながわせいがん》どのや梅田雲浜《うめだうんぴん》どのの考えは理屈であって、現実をわざと無視している。下々の者たちに説くのなら構わぬが、帝《みかど》までその考えに傾きはじめたとあっては……開国は避けられぬ状況だった。それなれば、いかにして乗り切るかということこそ大事。かないもせぬ攘夷論など国を滅ぼす元凶でしかない」

「分かりますが……処分が過酷すぎましたな」

特に水戸藩士への締め付けが厳しかった。継嗣問題で破れた水戸藩に追い討ちをかけるような仕打ちと見られても仕方がない。それが桜田門外の暗殺へと結び付いている。

「恐らくこの童仙から耳にしておると思うが、拙者と直弼公の考えは、いずれ武士の世をなくすることであった。小さな島国では戦っても逃げ場がない。外に向かうことこそが我らの生き延びる唯一の道だ。それには融通の利かぬ武士の心ではやっていけぬ。商業を国の根幹となし、経済をもって外圧に立ち向かう。それしかないと思った。直弼公がハリスと結んだ条約が国にとって有利なものでないことは、だれよりも拙者と直弼公が承知だ。だが、あの条約のせいで少なくとも十五年は時間稼ぎができると考えた。その間に船を拵《こしら》え、我々も外国に進出する。そうなれば失ったものを我が手で取り戻せる。なのに……水戸や薩摩《さつま》の者たちがすべてを元に戻してしまった。直弼公という歯止めがない今、どういう世の中になるのか……たぶんまた水戸様の力が増大するであろう。せっかく結んだ条約も、直弼公がおらぬでは、単なる不平等な条約となる。十五年先を見たればこその条約なのだ。他の者には意味も分かるまい。やがてそれが攘夷の迎え火となる。いまさら愚痴を申しても仕方あるまいが……直弼公を殺《あや》めた代償は大きいぞ。たとえ当座は乗り切ったとしても百年後、二百年後にまで響く」

「当座を乗り切れるかどうかが先だ」

栄寿は溜《た》め息を吐いた。

「佐賀があれば心配はない」

主馬は笑って栄寿を見詰めた。

「佐賀がたった一つあるだけで、この国は外国と伍《ご》す文明国と認知されよう。思想はその国に暮らす者を動かすだけで、多国にまで影響を与えぬ。しかし……技術は別だ。技術は世界に通じる。言葉は通わずとも技術はその国の力を如実に伝える。これまで拙者はそれに気付かなかった。商業こそが光と思っていたが、技術国家という道もある」

主馬は断言した。

「拙者と直弼公の道は閉ざされた。残るは佐賀の働きにかかっている。時間はないかも知れぬが、なんとか志しを貫いて貰《もら》いたい」

主馬は栄寿に手を差し出した。

「これからどうするつもりです？」

握りながら栄寿は主馬に訊《たず》ねた。

「彦根に戻って天命を待つ。もはや今の世に未練もない。心弾む日々を過ごさせて貰《もら》った」

主馬は自分の運命を悟っていた。その通りに主馬は翌年の八月二十七日、彦根藩によって斬首《ざんしゅ》の刑に処せられるのだが……。

「その前に」

主馬は続けた。

「この童仙を佐賀に返しにまいった」

童仙は激しく首を横に振った。

「佐野栄寿、頼むに足る人物である」

主馬はきっぱりと言った。

「そして……佐賀はまだまだ人を求めている。拙者が果たせなかった夢を佐賀でやり遂げてくれ。それが拙者の望みだ」

それならおぬしも、と言いたい心を栄寿は必死で抑え付けた。ここで主馬を藩に迎えれば乱れが生じる。

童仙はぼろぼろと涙を溢《あふ》れさせた。

「こうして海から長崎を眺めると……」

童仙の目を避けるように主馬は呟《つぶや》いた。

「まるで火城だ」

「火城……」

思いがけない言葉に栄寿と近江は顔を見合わせた。藩主閑叟公から聞かされた言葉だ。

「山の上にまで広がる明りがこの国を守ってきた。明りは文明の象徴だ。あの明りをもっと広げれば諸外国とて侮ることもなくなろう。大砲や刀を揃えても国は守れぬ。明りは人に安堵《あんど》と畏怖《いふ》の両方を与える。それが佐賀だ。佐賀はまさしく我が国の火城ぞ。我が民にとっては大いなる安堵、そしてアメリカやロシアにとっては畏怖となる」

そうなればいい、と栄寿も念じた。

時代がどう動こうと佐賀は変わらない。変わらぬことこそが大切なのだ。火城は国家の要《かなめ》である。要が揺れ動いてはならない。

栄寿は舟を町の明りに向けさせた。

主馬は静かな顔で町を眺めている。

佐賀が混乱から身を遠ざけたのが誤解されるように、この男もまた誤解され続けるだろう。栄寿は主馬の横顔を見詰めて思った。

だが、他人にどう思われようと主馬は信じた道を歩き通した。これからは俺の番だ。栄寿は言い聞かせた。

長崎の明りが目に滲《にじ》んだ。

知らぬうちに栄寿は泣いていた。

なんのための涙か分からなかった。

それでも……

今日が本当の船出だと栄寿は感じた。

栄寿は涙を拭《ふ》かずに笑った。

笑いは胸の底に広がっていった。

# あとがき

取材で一度だけ訪れた場所だが、佐賀が好きなのである。若い頃に司馬遼太郎《しばりようたろう》さんの江藤新平を描いた小説を読んで以来、佐賀は私にとって特別な場所となった。佐賀は進んでいたんだな、というのが当時の素朴な感想で、いつかは訪れて見たいところの一つとなったけれど、私の暮らしている岩手と佐賀はあまりにも隔てられている。願いは果たされぬまま二十年近くが過ぎた。その間に佐賀への関心はさらに強まった。

本編の主人公である佐野常民については、日本赤十字社の生みの親であることよりも、ウィーンで開催された万国博覧会の日本側の実質的責任者を務めたことや、明治の美術界にエポックメーキングな役割を果たした美術団体「竜池会」の纏《まと》め役として興味が膨らんだ。私の研究対象であった浮世絵とも深い繋《つな》がりを持っている。それで伝記を探して読んでいるうちに、この小説で展開した彼の前半生を知ることとなった。からくり儀右衛門もまた私の興味を魅《ひ》きつけて離さない人物だった。と同時に佐賀の先進性もさらに強く認識された。

歴史は繰り返す、とはよく言われる言葉であるが、それは運命とか警告を示した言葉ではない、と私は解釈している。たとえ文明は進んでも人間の心は昔も今もたいして違わない。その人間の行動には道具や環境の差はあっても基本的に違いがないのだ。だから過去の歴史を詳しく調べることによって、未来を予測することだって可能となる。

たとえば黒船来航を巨大な外圧と置き換えれば、現在の日本の状況と似てくる。それに対して過去の日本人はどう対処してきたか？　なにが失敗して、なにが成功したのか。分析していけば日本は今後どういう道を選べばいいかが見えてくる。少なくとも指針にはなるだろう。

まあ、ここでは理解されやすいように外圧を例にしたけれど、本当はＵＦＯとかノストラダムスの問題が私の底辺にあった。世紀末を控えて日本は、地球はどうなっていくのか。それが私の心を支配していた。いたずらに怯《おび》えたり、また、反対にのんびりともしていられない。歴史のどの時代に解答が潜んでいるのか？　考えているうちに幕末期の佐賀の在り方が頭に浮かんできた。特に佐野常民の生き方は私にとって理想に思えてきた。

彼のように生きられたら、どんな未来があったとしても悔いはない。決して幕末の志士のごとく華々しい活躍をしてはいないが、未来を信じて自信を持って生きている。純然たる歴史小説を手掛けるのはこれが最初なのだけれど、そういう視点でなら書く意味があると私は感じた。

佐賀の素晴らしさは、国のために一丸となって無駄な回り道を厭《いと》わなかった点にある。揺れ動く時勢に惑わされることもなく、ただひたすら定めた目標に向かって歩き続けた。こんな道を今の日本が選べるだろうか？　ただ世界の幸福のためにひたすら一丸となれる国に。自分にはとても歩けそうにない道だ。だからこそ佐賀に魅かれる。日本もまた地球の火城となれる日を信じて結びとしたい。

平成四年三月

高橋克彦

# 解説

清原康正

本書『火城』は、月刊誌「歴史街道」に一九九〇年四月号から一九九二年二月号にかけて連載され、一九九二年五月にＰＨＰ研究所から刊行された長編作である。「あとがき」にも記されているように、高橋克彦が初めて手がけた歴史小説であった。

高橋克彦は一九八三年に第二十九回江戸川乱歩賞を受賞した浮世絵ミステリー『写楽殺人事件』で鮮烈なデビューを遂げた。その後、歴史ミステリー、ＳＦ、ホラーと自らの創作ジャンルのフィールドを広げていった。一九八六年に第七回吉川英治文学新人賞を受賞したホラー長編『総門谷』がシリーズ化され、本書の初版刊行の前までに『総門谷Ｒ　阿黒篇』と『総門谷Ｒ　鵺《ぬえ》篇』が出されている。平安時代が舞台の長編作だが、この二作は伝奇ＳＦである。また、明治時代を舞台に取った長編『倫敦《ロンドン》暗殺塔』が乱歩賞受賞から二年後の一九八五年に書き下ろしノベルスとして刊行されているのだが、これは歴史ミステリーであった。そして作家デビューから七年経って、この初めての歴史小説に取り組んだのだった。ちなみに、高橋克彦の初めての時代小説は『舫鬼《もやい》九郎』で、本書『火城』の連載がスタートした翌年の一九九一年八月号から一九九二年二月号にかけて連載されたもので、一九九二年刊の初版の「あとがき」には、「超能力や妖術《ようじゅつ》とは無関係な純然たる時代小説を書いてみたくて取りかかった」と記されていた。

　高橋克彦の創作活動を振り返って見た場合、この一九九〇年から一九九一年にかけてがターニング・ポイントとなっていることが分かる。一九九二年一月には、前年に刊行された短編集『緋《あか》い記憶』で第百六回直木賞を受賞してもいる。

　高橋克彦の最初の歴史小説の主人公は、日本赤十字社の生みの親佐野栄寿（後の常民）である。「あとがき」によると、この人物への興味は、「日本赤十字社の生みの親であることよりも、ウィーンで開催された万国博覧会の日本側の実質的責任者を務めたことや、明治の美術団体『竜池会』の纏《まと》め役」というところにあったという。「私の研究対象であった浮世絵とも深い繋《つな》がりを持っている」人物の伝記を渉猟しているうちに、その前半生を知ることとなったのだった。

　物語は「泣く、ということはひとつの才能である」といった意外な書き出しに始まり、嘉永三年（一八五〇）の冬、江戸の蘭医伊東玄朴が経営する塾「象先堂《しょうせんどう》」で、二十九歳の主人公栄寿が師の玄朴の前に平伏して泣いている場面へと繋げている。こうした展開で、この主人公がなぜ泣いているのか、と読者の興味を引き付け、物語世界の中へと読者を引きずり込んでいく。まことに巧みな構成である。

　佐野栄寿は佐賀藩士下村三郎左衛門の五男に生まれ、十一歳の時に親戚で藩主の侍医佐野常徴《つねみ》の養子となった。医学、蘭学、化学を学び、藩命で玄朴の門に入った。そんな栄寿が玄朴の前で泣いていたのは、塾の書庫に揃《そろ》えてある全二十一巻もの蘭語辞書『ズーフ・ハルマ』を勝手に質入れしたことがバレたためであった。この騒動で、栄寿は象先堂を追放され、帰藩することとなる。だが、栄寿は藩の留学生として年間三十六両もの送金を受ける身であった。金に困っていたわけでもないし、裏に何か事情があるはず、と当然のことながら読者は予想する。その予想を上回る展開が、次に用意されているのである。

この年の十月末に、高野長英が六年間にも及ぶ逃亡生活の末に江戸の潜居先で捕り方に包囲され、自刃して果てるという事件が起こっている。この長英の潜居や逃亡に玄朴が関与しており、栄寿の辞書質入れ騒動に繋がっている、という設定である。この設定は「すべて私の想像に過ぎない」としながらも、「しかし、そうとでも考えない限り、塾を追放された直後の栄寿の鮮やかな働きはとうてい首肯できないことである」と、資料を渉猟した上での考察を示している。資料渉猟に基づくこうした歴史考察が、この長編作の大きな魅力ともなっている。

塾を出た栄寿は、故郷の佐賀へ戻る途中、藩のために役立つ人材を求めて京都に立ち寄り、技術者を伴うことでマイナスをプラスに転じるという奇策を立てる。長崎滞在を経て故郷へと戻った栄寿は、藩の精錬方主任として我が国最初の蒸気船と蒸気機関車の模型製作に従事し、アメリカのペリー艦隊やロシアのプチャーチン艦隊の来航、大老井伊直弼《なおすけ》が暗殺された桜田門外の変、開国と列強各国との条約締結など、歴史の歯車が音を立てて回転していく中で、将来を見据えて、西欧の科学技術の受け入れ、育成、実践に全力を注ぐ。

開明的な藩主鍋島閑叟《なべしまかんそう》の後ろ楯《だて》もあって、「幕府が倒されても、商業国家となっても、あるいは外国の属国となっても、日本という国は残る。その時にこそ技術が求められるようになる」と、栄寿は佐賀藩の科学技術の発展に尽力する。からくり儀右衛門や大野弁吉などの技術者、井伊直弼のブレーンだった長野主馬《しゅめ》、漂流後にアメリカ滞在を体験したジョン万次郎、加賀の豪商銭屋五兵衛などとの関わりを通して、栄寿の科学技術に寄せる思いが描き出されていく。

藩主閑叟との会話の中に、題名の「火城」のことが出てくる。火城とは「陣の周囲に松《たい》明《まつ》をならべて防壁となすこと」と説明されており、この語を閑叟が口にする。

「火とは先を照らす灯でもある。今の世にあって佐賀ほど先を照らす人間を集めている国はなかろう」

「おまえも佐賀に燃える火の一つだ」

こうした閑叟の言葉に感動した栄寿は、国を守るために佐賀が先頭に立つのをやめて、「その力を後の世のために蓄えよう」という考えを持つに至る。安政二年（一八五五）に佐賀藩は幕府が開設した長崎海軍伝習所に佐賀の頭脳を投入した。これを作者は「佐賀は未来のために人を送り込んでいる」と評してもいる。この「火城」という語を、作者はもう一度、長野主馬の言葉として出している。技術国家の道を示唆した主馬は、栄寿に夢を託す。このあとで「火城」の語が主馬の口から飛び出し、栄寿が自ら信じる道を歩き通すことを決意する場面で、物語は終焉《しゅうえん》を迎える。

佐野栄寿を中心軸として幕末期の技術者たちの群像を描き出して、技術国家をめざした栄寿の理想をとらえた作者は、「あとがき」の中で次のように記している。

「人間の行動には道具や環境の差はあっても基本的に違いがないのだ。だから過去の歴史を詳しく調べることによって、未来を予測することだって可能となる」

「世紀末を控えて日本は、地球はどうなっていくのか。（略）歴史のどの時代に解答が潜んでいるのか？　考えているうちに幕末期の佐賀の在り方が頭に浮かんできた。特に佐野常民の生き方は私にとっての理想に思えてきた」

「佐賀の素晴らしさは、国のために一丸となって無駄な回り道を厭《いと》わなかった点にある。ただひたすら定めた目標に向かって歩き続けた。こんな道を今の日本が選べるだろうか？ただ世界の幸福のためにひたすら一丸となれる国に」

これらの文章は、本書の初版刊行の時点、つまり、世紀末を控えた時点を意識して書かれたものであるのだが、新世紀に入って以降の日本の現状にもそのまま当てはまるものだ。

高橋克彦は一九九六年刊の書き下ろしエッセイ『未来からのメッセージ』でも、「過去があってこそ現在があり、それは確実に未来に影響を及ぼす」（「まえがき」）と記していた。本書の「あとがき」に通じる思いでもある。

本書の「あとがき」は、「日本もまた地球の火城となれる日を信じて結びとしたい」という一文で終わっている。ここに高橋克彦のこの長編作に寄せる思いの強さがうかがえもする。

本書は、一九九五年九月にPHP文庫として刊行された作品を角川文庫に収録したものです。

# 火《か》城《じょう》

高《たか》橋《はし》克《かつ》彦《ひこ》

角川文庫　12222

平成十三年十一月二十五日　初版発行

発行者——角川歴彦

発行所——株式会社角川書店

東京都千代田区富士見二—十三—三

電話　編集部(〇三)三二三八—八五五五

営業部(〇三)三二三八—八五二一

〒一〇二—八一七七

振替〇〇一三〇—九—一九五二〇八

印刷・製本——e—Bookマニュファクチュアリング

装幀者——杉浦康平



た 17-4　ISBN4-04-170410-3　C0193